W0297779

Smithfield
Le dernier voyage

Alain Minot

Smithfield
Le dernier voyage
Roman

LE LYS BLEU
ÉDITIONS

© Lys Bleu Éditions – Alain Minot

ISBN : 979-10-377-4941-3

Le code de la propriété intellectuelle n'autorisant aux termes des paragraphes 2 et 3 de l'article L.122- 5, d'une part, que les copies ou reproductions strictement réservées à l'usage privé du copiste et non destinées à une utilisation collective et, d'autre part, sous réserve du nom de l'auteur et de la source, que les analyses et les courtes citations justifiées par le caractère critique, polémique, pédagogique, scientifique ou d'information, toute représentation ou reproduction intégrale ou partielle, faite sans le consentement de l'auteur ou de ses ayants droit ou ayants cause, est illicite (article L.122- 4). Cette représentation ou reproduction, par quelque procédé que ce soit, constituerait donc une contrefaçon sanctionnée par les articles L.335- 2 et suivants du Code de la propriété intellectuelle.

À Tom, Tusk, Rubens, et nos fidèles amis à quatre pattes...

Ne pouvoir vivre qu'une vie,
c'est comme ne pas vivre du tout.

Milan Kundera

Prologue

Le chien ne bouge pas. Depuis un bon moment déjà. Il se tient là, majestueux et calme, assis face aux Highlands, en haut du petit promontoire couvert de mousse humide et fraîche sur lequel il est venu tant de fois avec son jeune maître, des années durant. Il est pourtant bien seul, ce matin-là. Et son pelage n'est plus aussi soyeux qu'aux premiers jours. Au contraire, il est même particulièrement sale et boueux, le bougre ! Les longs poils qui lui couvrent habituellement les yeux sont comme tirés en arrière et rejoignent les oreilles, elles-mêmes prises dans de petites brindilles et des dizaines d'épines couvrent sa longue robe noueuse. Il n'a pas fière allure. Son col blanc ainsi que son museau sont tachés de sang frais, bien rouge encore. Il a dû se battre à l'aube. Avec un renard, un autre chien peut-être. Ce n'est pas ce qui manque dans la région. Pourtant, il ne semble pas blessé, et n'accuse aucun signe de fatigue inhabituelle. Il attend, seulement… Il sait.

Il sait que, non loin de là, caché en retrait derrière un buisson, le chasseur qui le suit maintenant depuis plusieurs jours à travers le royaume, mandaté de Londres pour l'abattre, le tient en joue. Lui aussi attend. Patiemment. Le doigt posé sur la détente, il vise. Mais ne tire pas. Il hésite. Comme par respect pour l'animal qui, après tant de miles parcourus à travers la lande, le nargue encore une fois depuis son promontoire, et tourne sournoisement la tête dans sa direction… Sans se voir vraiment, ils se dévisagent pourtant l'un l'autre. Enfin complices en cet ultime instant.

En ce matin de juin 1870, j'écris ces quelques lignes, assis sur ma paillasse, dans l'obscurité d'une cellule que je partage avec les rats. Je ne me soucie guère de la sentence qui m'a été notifiée par mes juges. Elle est méritée et je serai probablement mort avant dix heures, pendu comme il se doit au centre de la cour glaciale de cette prison londonienne. Pourtant, sachez que je suis étonnamment calme et serein. L'image de mon corps inerte oscillant lentement au bout d'une corde semble guère n'inspirer que les murs de ma geôle, déjà couverts d'illustrations macabres, témoignages – s'il en est besoin – de semblables exécutions passées. Par un heureux hasard – Oui, hasard. Je n'aime pas parler de chance – on ne m'a pas refusé les quelques feuillets sur lesquels je me penche à présent, m'efforçant de relater cette histoire du mieux que je peux, à la lueur de l'unique bougie posée près de moi. Tout est sombre. Ici comme dans ma tête. Pourtant, et tandis que je trempe à nouveau ma plume dans l'encrier, je ne peux m'empêcher de me remémorer ce léger rictus de satisfaction malsaine que j'ai laissé paraître au bord de mes lèvres en frappant cette pauvre femme… Un sourire juste assez visible pour qu'elle puisse s'en rendre compte avant de… Mais n'allons pas si vite. Chaque chose en son temps. Vous vous demandez déjà certainement quel diable je peux bien être pour relater de telles horreurs avec un tel plaisir ! Patience… Vous saurez tout de moi. Et mes yeux pétillent d'avance de pouvoir vous relater ainsi ces faits, en de telles circonstances…

Mais attention ! Ne cherchez à juger aucun des personnages du récit qui va suivre. Vous pourriez avoir été l'un d'entre eux – vous serez certainement l'un d'entre eux, un jour ou l'autre –

et votre vie ne vaudra alors sans doute guère mieux que la leur, ou que la mienne dans quelques heures… Croyez-moi, chaque être mérite aussi bien la tolérance que la pitié ou le dédain. Le hasard distribue les rôles… La roue tourne, voilà tout. Méfiez-vous des apparences… J'ai croisé des hommes qui faisaient le mal pour que le bien en résulte dans les siècles à venir. Moi-même, j'ai été Prince d'Égypte, esclave à Babylone, j'ai échappé de peu aux cornes du Minotaure… J'ai connu la faim, la guerre, vénéré des idoles… Comme vous, j'ai volé, tué, aimé, violé, trahi… Je me suis battu aux côtés des plus vaillants guerriers.

J'ai vécu l'instant magique du papillon quand il sort de sa chrysalide ; la mort programmée de l'abeille au milieu des frelons… J'ai dansé avec les plus belles femmes du monde, au château de Versailles… Sur les bords d'un fleuve, à Bénarès, j'ai côtoyé des lépreux, décapité des innocents, adulé des bourreaux contre un morceau de pain. J'ai écrit des symphonies, brûlé des manuscrits. J'ai joué la comédie…

Me voici donc au seuil de cette énième existence éphémère. Je connais trop bien ce moment pour le craindre ou même chercher à l'éviter. Il est inévitable, nécessaire même, et présage de l'avenir du monde. J'espère pourtant avoir encore un peu de temps… Savourer cette minute d'éternité. Qui sait ce que me réserve l'instant qui va suivre… ?

Voyez ! La lueur de l'aube pointe déjà par le soupirail. Combien de temps dois-je encore attendre avant que la porte de la cellule ne s'ouvre ? Combien de temps faut-il encore à ce chasseur, depuis sa cachette, avant qu'il ne trouve enfin la force de tirer sur ce chien qui, assis sur le promontoire, attend comme moi patiemment que le soleil se lève… ?

Acte I
Un anniversaire

Il ne reconnaissait que difficilement les paysages qu'il avait tant parcourus, des années durant. Même l'approche de Londres, si belle et si paisible il y avait encore deux ans à peine, ne provoquait plus guère chez James McFarlain qu'une sorte de déception mêlée de nostalgie désormais bien inutile. Il était trop tard pour les regrets.

À mesure qu'il avançait vers la capitale noyée dans le brouillard au loin, il voyait combien ses chiens eux-mêmes pressentaient les changements irréversibles qui s'installaient aux alentours. L'aîné des deux Bearded[1] surtout, qui l'accompagnait depuis si longtemps, lui et son troupeau – il n'avait toujours eu que des chiens de cette race tant il en appréciait les qualités exceptionnelles – ne pouvait plus faire cent mètres sans s'arrêter, dressant fixement l'oreille au moindre bruit de ferraille perçu par lui seul, à des miles de là, le long du chantier d'une nouvelle ligne de chemin de fer. « Encore une ! » pensait alors McFarlain, la quarantaine bien tassée, invitant son compagnon, d'une tape amicale sur le flanc, à mieux tenir son rôle de berger et veiller à rameuter les derniers moutons dispersés à l'arrière.

Il était triste, McFarlain. Inquiet, plus exactement. Insatisfait. Pourtant il se souvenait parfaitement de l'enthousiasme qui l'avait traversé près de trente années auparavant, le 15 septembre 1830 exactement (cette date avait été à jamais gravée dans sa mémoire) lors de l'inauguration de la ligne Liverpool-Manchester. Il ne se souvenait de rien d'autre pour autant, en

[1] Le Bearded Collie, ou Collie Barbu est un chien de berger d'origine écossaise.

particulier comment il s'était retrouvé là, gamin, avec son père, au milieu de cette foule en délire, quelque part entre le mont Olive et la montée vers Sutton, non loin du viaduc de Sankey. On lui avait bien dit que même le Premier ministre était de la partie. À huit ans, ce sont des choses qui marquent. Un Premier ministre à bord d'un train inaugural, ce devait être quelqu'un d'important, pas vrai ? Pas pour rien qu'on l'avait nommé ainsi, après tout. Et Duc de Wellington, par-dessus le marché ! Ce ne pouvait pas être n'importe qui. Avec un titre pareil… ! Non vraiment, il était en train de vivre un moment historique. « Tu te rends compte, James… Alors qu'il faut quatre heures à une diligence pour rejoindre Manchester depuis Liverpool, ce train parcourt désormais la même distance en moins d'une heure et trente minutes ! » lui répétait inlassablement son père, comme pour mieux le convaincre de savourer avec lui ce moment unique. Il faut dire qu'ils n'avaient pas lésiné sur les moyens, à la Société des Chemins de Fer ! Pas moins de huit locomotives avaient été alignées à cette occasion, tirant chacune plusieurs wagons avec à bord au total près de six cents passagers acclamés par des milliers de spectateurs, amassés çà et là par grappes entières tout le long du parcours. Il y en avait partout : les uns hurlant debout sur leurs charrettes, d'autres paisiblement allongés dans l'herbe (sans doute les moins convaincus) ; d'autres, encore entassés par dizaines sur des barges étroites gesticulant dangereusement au risque de se retrouver dans le fleuve, par trois mètres de fond.

Comme tous ceux qui s'étaient déplacés ce jour-là, James célébrait joyeusement l'incomparable magie du progrès en marche. Ce n'est que bien plus tard qu'il comprit la portée réelle de cette « Révolution Industrielle », dont tout le monde parlait et dont le chemin de fer était devenu le symbole vivant. C'était sans appel. Lui qui devait à son tour mener chaque année pour les vendre ses bêtes par monts et par vaux depuis le sud de l'Écosse jusqu'au marché de Smithfield[2], à Londres, comprenait bien qu'un monde – son monde – était en train de disparaître. « Du moins – se consolait-il, croisant les yeux pétillants de son chien qui, ayant remis de l'ordre à l'arrière du troupeau, revenait fièrement vers lui – tant que cette chaudière ambulante ne montera pas jusqu'à de par chez nous, on aura peut-être encore une chance d'exister, pas vrai Kenny ? »

Kenny Robertson n'était pas d'un caractère aussi optimiste. Il était de ceux qui, dans cette Angleterre en pleine mutation, montraient le plus de réticence à l'égard du chemin de fer. Pour eux, en effet, le développement de ce moyen de transport bruyant et ravageur était la fin de toute une ruralité à laquelle ils étaient extrêmement attachés. « Vous verrez, James… disait-il les jours où il avait suffisamment bu pour oser une opinion un tantinet personnelle. Vous verrez. Un jour, ils vous rachèteront vos terres au plus bas prix, pour y faire passer leur monstre de fer. Et où est-ce que vous ferez paître vos bêtes alors ? Hein… ? D'ailleurs, vous aussi vous devrez bien vous y faire. C'est dans des wagons à bestiaux qu'ils vont se rendre à Londres, vos moutons, désormais ! On n'aura plus besoin de nous, croyez-moi. » Puis il repartait près du feu, et s'allongeait sous sa couverture tout en grommelant dans son sommeil.

Il n'avait pas tort, Kenny Robertson. Il était simple mais somme toute assez logique. Lui et James McFarlain se connaissaient bien. Ils étaient comme des frères de route, et parcouraient ensemble les chemins qui les menaient à Londres depuis bien des années. Au pays, le reste du temps, il s'occupait

---

[2] Le marché de Smithfield, du nom du quartier situé au nord-ouest de Londres, est vieux de plusieurs siècles. C'est aujourd'hui le dernier marché de commerce de gros de viande de la capitale britannique et l'un des plus importants d'Europe.

d'une ferme posée à quelques miles de chez McFarlain, sur des terres que lui avait octroyées ce dernier, de l'autre côté du village. Un poil plus âgé que James, il vivait avec sa femme Jessie, et avait une fillette qui répondait au joli nom d'Isobel. Leur fils aîné, Iain, rustre, acariâtre et sans éducation, accompagnait les deux hommes depuis peu dans leur transhumance annuelle vers les marchés londoniens. James avait accepté le garçon avec réticence, mais se disait que, au fond, il ne devait pas être un si mauvais bougre. Bien qu'il ne fallait pas attendre de lui le moindre sourire ou une quelconque conversation intelligible en retour, le jeune homme s'était montré effectivement assez capable d'assurer les tâches qu'on lui demandait d'exécuter. Pourquoi donc le rejeter sur un *a priori* ? Tout en le regardant au loin, assis à l'écart du troupeau, le visage fermé et le dos voûté sur un quelconque passe-temps, James savait pourtant qu'il lui préférerait bientôt son fils aîné, Michael, lorsque ce dernier aurait l'âge de l'accompagner à travers les landes. Puis ce serait au tour de son jeune frère Ewan, le moment venu. Du moins tant que… « Maudite ferraille ! » Il se retourna nerveusement dans sa couverture. L'image de la machine infernale, crachant sa fumée noire tout au long de l'horizon, s'imposa à nouveau à lui. Impitoyable.

Comme s'il sentait qu'il devait intervenir, son chien lui lécha affectueusement le visage puis vint aussitôt se blottir derrière son dos. La nuit était claire. Le troupeau était calme. Demain, ils entreraient dans Londres. Ils vendraient les bêtes aux plus offrants – cela pourrait prendre quelques jours – puis, tandis qu'ils resteraient encore quelques semaines à travailler comme main-d'œuvre dans les champs aux abords de la capitale, les chiens rentreraient seuls vers les Highlands, comme à leur habitude, s'arrêtant de ferme en ferme pour se nourrir, guidés par leur instinct, leur endurance et leur mémoire exceptionnels. Leurs maîtres ne les rejoindraient, eux et leurs familles, qu'après les récoltes, à la fin de l'été, et par la mer cette fois.

James McFarlain s'endort lentement. Ses lèvres accusent un léger rictus. Il est heureux de nouveau. Il pense à sa femme, à ses fils et à la fête qui a précédé son départ, quelques semaines plus tôt…

* * *

13 avril 1863. C'est l'effervescence chez les McFarlain ! Et comment ! Ils célèbrent ce jour-là l'anniversaire de leur plus jeune fils Ewan, douze ans ! Les yeux émerveillés du garçonnet ne peuvent se détacher de ceux du chiot qu'il serre devant lui entre ses mains. Il n'en revient toujours pas. Son père, pourtant, le lui a confirmé au moins deux fois déjà. Il sait maintenant qu'il est vraiment pour lui. C'est *son* chien. Son tout premier chien. Jamais il ne l'oublierait, ce moment. Tous l'entourent ; le congratulent bruyamment. Autour de James et Moyra McFarlain, Michael, le frère aîné d'Ewan, quatorze ans passés, la famille Robertson au complet ainsi que le Révérend Paul Finneghan, pasteur de la paroisse.

Mais pour le moment, Ewan ne voit ni n'entend personne d'autre que Black Boy. « *Black Boy* ». Il en a décidé ainsi et ce sera son nom. Il le serre tendrement contre son épaule. Ses yeux brillent de bonheur tandis que le chiot lui mordille déjà le lobe de l'oreille. Au hasard d'un mouvement de tête, sa petite langue rose est venue s'aventurer affectueusement le long de la joue du garçonnet. C'en est fait de ces deux-là. À la vie, à la mort ! Ils sont d'ores et déjà d'inséparables amis.

« Bon anniversaire, Ewan… ! Joyeux douzième anniversaire ! » Les mots résonnent maintenant plus distinctement autour de lui. Le jeune garçon sort de son émerveillement solitaire, reprend peu à peu contact avec la réalité, redécouvre enfin tous ceux qui l'aiment.

James McFarlain caresse la chevelure rousse de son fils avec l'affection d'un père qui sait combien ce cadeau est important pour lui comme pour leur avenir commun de berger : « Va pour Black Boy ! » Tous se pressent autour d'Ewan et de son nouveau compagnon. Un Bearded, bien sûr ! Ayant embrassé son fils sur les deux joues, Moyra s'éclipse dans la pièce voisine.

Jessie Robertson, la femme de Kenny, s'avance à son tour et tend un paquet au jeune garçon : « Tiens ! Ça te tiendra chaud, cet hiver. » Ewan le saisit maladroitement, ne sachant trop comment le tenir tant il est déjà encombré du chiot.

— Me… Merci, Madame Robertson. » Son père l'aide à sortir hâtivement la casquette qu'il contient et la pose aussitôt sur la tête de son fils qui, orné de son nouveau couvre-chef, parade fièrement devant les convives. « Maman ! Où est maman ? » s'étonne-t-il alors, inquiet de ne plus la voir.

Celle-ci n'est pas longue à revenir. S'étant rapidement frayée un chemin, elle s'approche de lui, un second chiot dans les bras : « Que tu es beau, mon fils ! Que tu es beau avec cette casquette ! Un vrai McFarlain… » Le visage d'Ewan, à demi caché sous sa visière trop grande, s'est figé de stupeur face au nouveau Bearded. Il n'en croit pas ses yeux. Un autre chiot ? Sans plus attendre, et souhaitant dissiper le moindre malentendu, Moyra tend la petite boule de poils à Isobel : « Tiens, ma chérie. On ne t'a pas oubliée. » La fillette, déjà extrêmement attendrie par Black Boy qu'elle n'a cessé de caresser depuis de longues minutes, s'immobilise à son tour, saisit fébrilement le chiot à moitié endormi des mains de sa bienfaitrice. « On a pensé que ça te ferait plaisir d'avoir aussi ton propre chien… » « Même si ça n'est pas *ton* anniversaire. », avait-elle aussitôt ajouté, sans manquer de jeter un rapide coup d'œil en direction de Jessie, comme pour mieux se valoriser auprès d'elle. La mère d'Isobel sourit en retour, quelque peu embarrassée tout de même : « Oh ! Merci, Madame McFarlain. Il ne fallait pas… ! » Elle n'avait jamais pu appeler par son prénom cette amie de longue date. « Merci, *Moyra* ! » non, décidément, ça n'était vraiment pas possible. James était l'employé de son mari, elle s'était donc toujours gardée de la moindre familiarité à l'égard des McFarlain.

Les yeux d'Isobel pétillent de bonheur. Elle se tourne vers le maître des lieux, serre contre son cœur le chiot dont la petite queue pointue et à l'extrémité blanche remue déjà spontanément en signe de reconnaissance éternelle : « Merci à vous, Monsieur McFarlain. »

— Si ton père est d'accord, bien sûr ! James se tourne vers Kenny, depuis longtemps complice, bien évidemment. N'est-ce pas Robertson… ? Vous n'avez rien contre, j'espère ? » L'homme s'accroupit à hauteur de sa fille : « Tu promets de t'en occuper comme il faut, hein… ? Tu promets. » Sans répondre, Isobel, émue jusqu'aux larmes, se précipite dans les bras de son père, écrasant bien involontairement la pauvre bête contre sa poitrine.

Ewan s'avance d'un pas. Muets de bonheur, exhibant chacun fièrement son chiot, les deux enfants échangent leurs regards troublés. « Tu vas l'appeler comment ton chien… ? Dis, Isobel ! Comment tu vas l'appeler ? »

— Chuck ! La réponse est immédiate et sans appel. Tu seras Chuck, confirme-t-elle tandis que la fillette lève le chiot bien haut devant elle. Les yeux de l'animal ont du mal à s'entrouvrir. Ses pattes arrière chargées de fatigue pendent de tout leur poids, laissant paraître un petit ventre rose, lisse et bien rond. Ça lui va bien, non… ? Chuck ! »

Le jeune garçon s'approche davantage. Black Boy avance alors son museau, aussi hyperactif que celui d'un lapin, à la recherche de la moindre odeur. « Chuck, je te présente Black Boy… Black Boy, voici Chuck. Chuck Robertson. Vous allez être les meilleurs amis du monde ! »

« Eh, Junior ! » Une voix jeune et claire perce dans le calme relatif de la pièce. « Tu oublies qu'ils sont frangins ces deux-là. Évite-nous donc tes mondanités débiles ! »

Tous se tournent vers Michael, le frère aîné d'Ewan, pas peu fier d'avoir enfin pu attirer l'attention sur lui. Il est accroupi près de la couverture sur laquelle se repose la mère des deux chiots, légèrement à l'écart, à l'ombre d'un volumineux buffet en bois massif. L'adolescent aime à taquiner son jeune frère. C'est un fort beau jeune homme aux yeux clairs et rieurs. Il en est conscient : ce sourire ravageur fait toujours son effet. C'est d'ailleurs avec un certain plaisir qu'il abuse de son charme, en particulier lorsqu'il est en public ou en présence d'étrangers, et qu'il peut, tout comme ce jour-là et à l'image de son père qu'il admire, se parer de son plus beau kilt et arborer fièrement sa magnifique tenue clanique. Debout à ses côtés, Jeff, le chien mâle adulte géniteur des deux chiots et dont il est le maître, ne le quitte pas des yeux, balayant l'air de sa queue volumineuse.

Sans attendre, d'un ton moqueur, Michael interpelle à nouveau son jeune frère : « Non mais regardez-le ! Toujours à en faire des tonnes, celui-là… À vouloir faire son intéressant ! » Content de son petit succès, il caresse affectueusement la chienne d'un côté et, de l'autre, serre tendrement son fidèle compagnon contre lui. Ses yeux brillent, il est heureux. Tout simplement…

« Allons, Michael ! » D'une voix puissante, l'air faussement choqué quoique fort autoritaire, Moyra vient sèchement d'intimer son fils de bien vouloir se taire. Les McFarlain sont d'une famille de fermiers aisés et cultivés. Moyra en particulier met un point d'honneur à la bonne éducation de ses enfants. Or, celle-ci étant supervisée par le révérend Finneghan, debout près d'elle à cette minute précise, la jeune femme se devait *a fortiori* de réagir aussitôt, tenter de faire bonne figure face à ses invités. « Laisse donc ton frère tranquille ! renchérit-elle le plus sérieusement du monde. Et d'abord, qui t'a appris à parler comme ça… ? » Michael, qui connaît bien sa mère, ne s'en émeut nullement. Il avait même prévu sa réaction et partage discrètement avec elle un sourire complice. « C'est vous, Révérend… ? Je ne peux pas le croire ! » lance-t-elle avec ironie.

Sortant de ses pensées, un peu hagard, choqué et fort surpris d'avoir été si brusquement pris à partie, le pauvre homme semble bien être le seul à ne pas partager l'humour de son interlocutrice.

— Certainement pas… !

— Je l'espère bien ! reprend-elle sèchement. Depuis le temps que vous avez la charge de l'éducation de mes enfants… Vous nous coûtez assez cher comme ça, vous savez ! »

Le révérend Finneghan, la soixantaine, est un homme affable d'un abord fort sympathique et à la stature suffisamment imposante pour avoir su soumettre la parole divine à ses ouailles depuis plus de trente-cinq ans. Il était devenu le pasteur du village quinze années plus tôt, après avoir souhaité de son plein gré quitter une paroisse pourtant bien plus importante et cossue des environs de Londres. La scission de l'Église presbytérienne d'Écosse de 1843 était récente, et résonnait encore dans bien des têtes. Après dix années de lutte acharnée, un grand nombre de pasteurs proches de la doctrine de Calvin, et désireux d'une plus grande autonomie, avaient en effet quitté l'Église épiscopalienne, renonçant du même coup à leur paroisse, leur presbytère et, cela va sans dire, leur traitement.

Finneghan était l'un d'eux. On l'avait tout d'abord regardé fixement durant des semaines, sans comprendre véritablement ce qui le faisait s'éloigner au plus vite de la capitale et de tant de confort acquis. Puis, n'ayant rien à y redire, tous s'étaient finalement accordés sur le fait que c'était, après tout, une sage décision. En fait, et au-delà des considérations d'ordre politique, il quittait surtout Londres pour tous ces ragots insupportables de nouveaux riches qui étaient progressivement devenus son quotidien, particulièrement les jours de confesse. Le retour dans ses Highlands natales – il était originaire de Glasgow – était devenu plus que nécessaire. Un instinct de survie, en quelque sorte. Sans doute regretterait-il les merveilleux moments passés dans les théâtres londoniens qu'il aimait tant fréquenter. Mais, fort d'un caractère trempé et d'un bagage culturel impressionnant, il n'aurait pour rien au monde pu revenir sur sa décision. Un poste s'était libéré dans la petite communauté de Crieff, à l'ouest de Perth. C'est là qu'il fut nommé et qu'il décida d'aller finir ses jours.

Outre son rôle de pasteur, l'heureux homme officiait également comme précepteur dans les familles les plus aisées du comté. C'est ainsi qu'il était entré au service des McFarlain lorsque Michael eut atteint ses dix ans. Devenu un ami de la famille, ils ne s'étaient pour ainsi dire pas quittés depuis. Finneghan dispensait fièrement ses cours à l'adolescent sous la rubrique qu'il avait intitulée *Littérature et Histoire Contemporaine*. Il avait toujours veillé en effet à ne jamais opposer les deux matières, jouant savamment de l'intérêt qu'avaient précisément montré au cours du siècle (et montraient encore) de nombreux écrivains – écossais de surcroît – pour la chose politique. Idéaliste dans l'âme, ardent défenseur du peuple et du plus grand nombre, Finneghan n'en était pas moins critique envers la société et doutait à plus d'un titre. Une chose était sûre : cet homme avait la bêtise en horreur. Et s'il croyait assurément en l'éducation des classes populaires et s'y était adonné avec passion durant toute son existence, il resta longtemps partagé quant à l'utilité réelle de toute lutte collective dans le contexte d'ignorance et de grande pauvreté que connaissait alors l'Angleterre victorienne.

Convaincu de la primauté du courage, de l'initiative et de l'effort personnel dans toute réussite humaine, il fut davantage séduit par le libéralisme d'un Samuel Smiles[3] que par les idées socialistes et aimait, pour illustrer ses propos, puiser quelques-unes de ses citations dans le livre le plus célèbre du journaliste, *Self-Help,* paru en 1859 :

« *Le plus grand des esclaves n'est pas celui que dirige un despote, aussi puissant et cruel soit-il, mais bien celui qui est l'esclave de sa propre ignorance morale, de son égoïsme ou de son vice.* »[4], avait-il un jour dicté de mémoire au jeune Michael un peu perplexe, avant de lui recommander de s'atteler aussitôt à la lecture de l'ouvrage tout entier…

Par ailleurs – ce n'est un secret pour personne –, Finneghan aime la France et sa culture. Peu d'auteurs du pays de Molière lui sont à vrai dire étrangers : Ewan en sait quelque chose, lui

---

[3] Samuel Smiles (1812 – 1904) se tourne vers le journalisme après avoir étudié la médecine puis devient responsable de compagnies ferroviaires. Son idole est George Stephenson, l'inventeur de la locomotive à vapeur, et incarne les vertus cardinales de l'auteur de *Self-Help* (1859) : le goût de l'effort, le courage et la persévérance.

[4] « *The greatest slave is not he who is ruled by a despot, great though that evil be, but he who is the thrall of his own moral ignorance, selfishness, and vice.* »

qui se doit de réciter par cœur au début de chaque cours des passages entiers des œuvres françaises issues de sa précieuse bibliothèque. En outre, passionné de théâtre, l'homme a toujours veillé depuis son retour de Londres à attirer les troupes itinérantes dans la région et aime considérer comme partie intégrale de son sacerdoce le partage de cette passion avec les habitants les moins fortunés des villages dont il a la charge.

* * *

Iain Robertson s'ennuie. L'anniversaire d'Ewan ne l'intéresse que fort peu. On a eu du mal à l'y amener et il ne s'associera à aucun moment ce jour-là à la bonne humeur générale autour des enfants. On ne le distingue d'ailleurs presque pas dans l'obscurité, tant il se fait discret, debout au fond de la pièce, à proximité du buffet. On pourrait le croire absent. C'est un garçon taciturne et peu sociable. On l'a déjà dit. À bientôt 17 ans, il est connu dans tout le village – certaines mauvaises langues diraient « dans tout le comté », et elles n'auraient pas tort – pour des larcins occasionnels et autres activités barbares peu avouables envers les animaux… Le jeune homme n'est pas vilain, loin s'en faut. Pourtant, sa réputation et son caractère lui donnent un air sévère et peu amène, et les quelques villageoises qui se sont aventurées à le fréquenter un peu ne l'ont sans doute pas fait que pour ses beaux yeux…

Depuis son arrivée, Jessie n'a eu de cesse de veiller à ce que son fils se comporte en garçon bien élevé et « responsable ». Connaissant le jeune homme, le mot peut porter à sourire. Mais que peut donc une mère souhaiter d'autre à son fils, même si c'est un vaurien de la pire espèce… ? Or donc, à ce moment précis, et tout en essayant de rester discrète devant Moyra, Jessie cherche à attirer l'attention de son mari, l'invitant d'un regard appuyé à mieux surveiller son fils. Elle est sûre, en effet, de l'avoir vu glisser subrepticement un objet brillant dans sa poche (il n'aurait pas brillé, eût-il eu pour autant moins de valeur ?). Après un temps raisonnable, nécessaire à déchiffrer le message de sa femme, Kenny Robertson se dirige donc vers le buffet où se tient sa progéniture et l'interpelle vivement, quoique discrètement, d'un sévère froncement de sourcils qu'il a larges et roux : « Iain ! » semble-t-il hurler en silence…

Aucun effet. Rien. Bien que surpris sur le fait, celui-ci feindra malgré tout l'innocence. Mieux encore, il ira même jusqu'à user du mépris pour répondre à l'injonction paternelle.

— Quoi ?… renvoie-t-il une première fois au visage de son père, avançant le menton d'un geste vif et dédaigneux. Quoi encore ! » Du mépris, vous dis-je… Ce garçon n'est que pur mépris !

— Ne reste pas à l'écart. Viens donc t'amuser avec nous…

Usant d'abord de la méthode douce, cherchant presque à être aimable, Kenny sait qu'il est préférable de ne pas braquer son fils, l'accuser d'un larcin dont il n'a, en réalité, pas même été le témoin. Regarde ta sœur comme elle est heureuse !... Elle a hérité du petit chiot marron. Tu sais, celui qui nous a fait tant rire, ta mère et moi, ces dernières semaines…

— Ah ouais… ? Iain regarde à peine l'animal. Et on va encore se le coltiner longtemps à la maison, j'imagine ! Ça n'a pas suffi de le cacher du regard des gosses pendant deux mois… ! Ah, ça va être gai !

Kenny perd patience. Agacé, il sent qu'il ne pourra plus tenir longtemps, tire sèchement le jeune homme par la manche vers le centre de la pièce.

— Tu pourrais au moins faire semblant de t'amuser… !

— C'est ça, ouais. Je vais faire semblant… ! Comme ça, tout le monde va être content. Formidable ! »

Le garçon tente un sourire forcé, proche de la grimace, feint même de prendre part à la fête. C'en est trop. Abandonnant son sang-froid, Kenny saisit fermement la main de son fils et la porte vivement – quoiqu'aussi discrètement que possible – contre la poche de la veste dans laquelle le jeune homme a (ou aurait) caché l'objet en question. Iain étant droitier, ce sera la poche droite. Gagné ! Le corps de l'adolescent se fige, raide de la honte d'avoir été percé à jour.

Robertson n'aura alors d'autre choix que de traîner le chenapan hors de la maison. À quoi bon plus de discrétion ? James McFarlain l'aurait sans doute remarqué, d'une manière ou d'une autre. Et alors… ? N'est-il pas normal qu'un père réprimande son fils de temps à autre ? En particulier celui-ci ?

Après un bref mais viril entretien à l'abri des regards, Iain ira donc très vite et tout naturellement remettre l'objet du larcin à sa place, sur le buffet, énergiquement encouragé par son père qui le suivra de près : « Tu as de la chance d'être mon fils ! » lui aura-t-il dit froidement. Iain, comme à son habitude, aura alors probablement détourné son regard de celui de son père. Avec mépris, sans aucun doute. Pour autant, il n'aura pas pu éviter le ton glacial et sans détour de la réprimande paternelle. Il y a des fois où même le plus hargneux des molosses sait qu'il a perdu : il est alors préférable pour lui de faire le dos rond. « Ne me prends pas pour plus bête que je suis ! Si tu crois que je vais continuer à fermer les yeux sur toutes les saloperies que tu fais derrière notre dos ! Hein, Iain… ! Tu vois ce que je veux dire, n'est-ce pas… Et ne t'avise surtout pas à toucher au chien de ta sœur ! Tu m'as compris… ? »

Iain n'en revient pas. Pour la première fois depuis fort longtemps, il ne trouve rien à redire. Son père aurait-il découvert ce qu'il est advenu du troisième chiot de la portée… ? Il en avait pourtant caché les restes très loin, à la sortie opposée du village, dans la petite pinède où, la nuit, il avait l'habitude d'enterrer les cadavres des chats. Oui, les chats. En général. Mais ce soir-là… il n'en avait pas trouvé, de chat. Alors il avait pensé qu'un chiot, après tout… Ça pourrait faire l'affaire. Aussi bien. Non, ce devait être une parole arrivée comme ça, au hasard… De manière totalement irréfléchie. Une parole en l'air, quoi. C'est vrai : on se croit visé parce qu'on sait, et alors on se sent coupable. Mais l'autre, en définitive, il sait pas. Il fait pas le rapprochement… Il bluffe ! Comme au Poker. Il joue son va-tout, quoi… ! Non, décidément. Personne ne pouvait savoir ce qu'il faisait, lui et ses tarés de copains dans les sous-bois une à deux fois par mois, en particulier les nuits de pleine lune, avec leurs chats, leurs bougies et autres amulettes sataniques…

S'étant ainsi partiellement rassuré, le jeune homme aura bien essayé une dernière fois de reprendre le dessus, arrachant vivement son bras de l'emprise paternelle. Mais cela n'aura pas suffi. Cette fois-ci, il sait qu'il est vaincu. Et c'est la tête basse donc qu'il sera rentré dans la chaumière, aura reposé discrètement l'objet à sa place sur le buffet, en prenant soin surtout d'éviter le regard des autres… Plus tard, il se vengerait. Voilà tout.

* * *

Le repas d'anniversaire – outre les quelques incivilités habituelles de Iain que chacun tenta cependant, et avec raison, de ne pas relever outre mesure – se déroula dans la bonne humeur et fut, de l'avis de tous au moment du départ, « une belle réussite ! »

« Si vous voulez bien passer à table... ! » Moyra McFarlain s'était approchée avec fierté de la grande table qu'elle avait soigneusement ornée elle-même de ses plus belles assiettes. Elle les avait disposées de façon rigoureuse et ordonnée à même le bois, à équidistance les unes des autres. Les couverts en argent hérités de longue date et sortis pour l'occasion brillaient de part et d'autre comme au premier jour. Quatre carafes en cristal remplies d'eau et de vin ponctuaient également de manière régulière la longue et magnifique table. Au centre, un gigantesque plat rempli de cochonnailles aux couleurs rouges et pourpres invitait déjà les convives à se réunir, tandis que de grosses miches de pain posées çà et là attendaient d'être découpées en autant de tranches...

« Les enfants, ramenez les chiots près de leur mère, voulez-vous ! Nous allons déjeuner. » Le ton de la maîtresse de maison était autoritaire. *« Il y a un temps pour tout et chaque chose à sa place.* » Telle était sa devise. Elle la répétait sans cesse et n'hésita pas à la partager une nouvelle fois ce jour-là, cherchant des yeux l'approbation de Jessie. Ewan et Isobel savaient de leur côté qu'il n'y avait pas lieu de discuter, et ils s'exécutaient la plupart du temps sans broncher. D'ailleurs, les petites boules de poils elles-mêmes ne demandaient visiblement rien d'autre, éreintées qu'elles étaient des étreintes à répétition qu'on venait de leur faire subir. Une fois couchées, elles se blottirent contre leur mère et s'endormirent aussitôt sur la couverture.

« Mon révérend, si vous le permettez... Venez donc vous asseoir près de moi ! » Debout derrière sa chaise, Moyra, qui tenait autant à son plan de table qu'à la stricte disposition des couverts, indique à chacun sa place, tel un adjudant face à son bataillon : « Kenny… c'est vous qui serez à ma droite aujourd'hui. Attention, je vais pouvoir vous surveiller… ! Elle interpelle alors sèchement son mari : James !... Tu te mets à droite de Jessie, s'il te plaît. » James McFarlain, qui appréciait sans se l'avouer l'autorité et le sens aigu de l'organisation de son épouse, saisit affectueusement la main de son invitée, la baise tendrement et, en parfait *gentleman farmer*, l'accompagne royalement jusqu'à sa place : « Si vous le voulez bien, chère Jessie… » Il lui avait naturellement offert son bras. Celle-ci l'avait saisi sans hésitation, rougissant légèrement, puis l'avait suivi non sans éprouver une certaine satisfaction tandis qu'elle jetait quelques coups d'œil discrets en direction de son mari qui semblait comme souvent bien plus intéressé par le plat de cochonnailles que par ses devoirs conjugaux…

« Bon, les enfants se mettent où ils veulent, bien entendu… » Moyra avait dit cela d'un ton un tant soit peu effacé : elle cherchait Iain du regard. L'ayant rapidement localisé près de la cheminée, soulagée, elle l'invite à son tour à rejoindre la table. Le pied lourd, la tête basse, celui-ci s'avance – cela va de soi – sans enthousiasme aucun.

Michael, toujours à l'affût d'une blague, s'approche alors de son jeune frère :

« Va te laver les mains, Junior ! Tu as suffisamment tripoté ton chiot toute la matinée… Il venait d'imiter pour s'amuser la voix de sa mère, fort bien d'ailleurs, et non sans une certaine insolence. C'était risqué, il le savait, car même les jours de fête, Moyra n'admettait pas chez ses enfants certains manquements à la discipline et au respect. Encore moins en présence de leur précepteur. Michael eut donc la chance que celle-ci fut bien trop occupée ce jour-là pour s'en apercevoir. Seul Ewan parut s'en amuser et éclata du rire qu'on lui connaissait bien. Ainsi encouragé, son frère le pousse vivement par l'épaule : va te laver les mains, je te dis !

— Eh ! Fais gaffe, Michael ! Ewan manque de s'étouffer, se retourne face à lui, furieux, cherche à se hausser sur la pointe des pieds : J'ai douze ans maintenant. T'es pas au courant, peut-être… ? Je t'interdis de m'appeler comme ça désormais… ! Compris ?

— Dans tes rêves, Junior ! Il lui claque le haut du crâne d'un geste franc de la main avec l'affection brutale mais bien réelle d'un grand frère. Dans tes rêves… »

Tous riaient maintenant de bon cœur. Moyra les ayant précédés, ils s'étaient enfin assis à leur place respective autour de la table. Michael fait sèchement claquer ses doigts : Jeff se redresse alors, vient aussitôt s'asseoir à ses côtés.

« Servez-vous, Révérend ! Servez-vous tous, mes chers amis. Et bon appétit ! »

James verse exceptionnellement du vin dans le verre de son plus jeune fils qui n'en revient pas : « Bon anniversaire à toi, mon cher fils ! » Il fait glisser le verre en direction du garçon. Ses yeux pétillent, son visage resplendit de bonheur. Pourtant, il reste muet un bon moment, fixe le vin qui reluit au fond du verre toujours posé sur la table face à lui, n'ose y toucher. Curieusement, cette fois-ci, alors qu'il en a enfin acquis le droit, il hésite.

« Bon anniversaire, Ewan ! » Tous lèvent leur verre, l'encouragent en chœur à passer le cap.

Jeff tout aussi impatient aboie même deux fois, sortant involontairement Iain de sa torpeur habituelle : le jeune abruti sursaute, visiblement dérangé. Le regard vide et glacial, enfermé jusqu'alors dans une sorte de mutisme inexpliqué, il saisit sans attendre la carafe posée devant lui, remplit gaillardement son verre, le porte aussitôt à ses lèvres et boit d'une traite, devançant grossièrement et sans aucun état d'âme notre héros du jour. « C'est ça, bon anniversaire, le puceau… ! », maugrée-t-il dédaigneusement tandis qu'il repose déjà son verre, sous le regard noir et désapprobateur d'un père dont il n'a cure. Ce dernier, d'ailleurs trop loin pour l'atteindre de la main, préfère ne pas intervenir, par égard pour ses hôtes du moins… On fera donc mine, une fois encore, de ne pas avoir entendu…

* * *

Lorsque la mouche qui voltigeait inlassablement au-dessus des convives depuis le début du repas se posa enfin sur les restes du gâteau, cela faisait déjà bien dix bonnes minutes que les enfants avaient quitté la table, impatients qu'ils étaient de retrouver leurs chiots respectifs accrochés aux mamelles de leur mère à l'ombre du buffet. Ewan et Isobel durent attendre cependant la fin de la tétée (qui leur parut vite interminable) pour se précipiter avec leurs compagnons à l'extérieur de la ferme sous la surveillance de Michael et de son chien fidèle.

Les adultes s'étaient quant à eux séparés peu après le déjeuner, regroupés instinctivement en deux camps bien distincts, hommes contre femmes, à chaque extrémité de la longue table. Le révérend Finneghan avait aussitôt choisi le camp du sexe faible, pensant y trouver, c'est évident, une écoute plus attentive que du côté des maris… Et il eut bien raison, le pasteur : James McFarlain et Kenny Robertson, cigare en bouche, penchés au-dessus d'une vaste carte de l'Angleterre dépliée pour l'occasion, discutaient déjà très sérieusement et avec force détails de leur prochaine transhumance vers la capitale.

Iain de son côté, assis à sa place le dos courbé, n'avait pas bougé d'un iota. Il semblait ailleurs, immobile, la tête penchée au-dessus de son assiette vide, la main gauche tout juste occupée à rouler lentement la mie de son pain en une multitude de petites boulettes qu'il prenait soin d'aligner devant lui sans rien dire. Pourtant depuis quelque temps déjà et sans rien laisser paraître, tel un animal à l'affût, il surveillait de près l'insecte posé sur le gâteau et ses yeux s'étaient comme figés sur cette proie potentielle. Tandis qu'un mince filet de bave s'écoulait lentement de sa bouche entr'ouverte, sa main droite, en position levée, semblait n'attendre qu'un signal pour s'abattre, le moment venu. Malgré cette allure étrange, pitoyable, et tout compte fait assez risible, personne ne faisait plus guère attention à lui depuis bien longtemps. Il faisait partie du paysage, voilà tout, et l'on devait s'en accommoder…

« Apprends-lui qui est le maître, Junior ! N'oublie pas que c'est lui qui doit prendre la relève : il faut qu'il t'obéisse au doigt et à l'œil… ! Appuyé contre la porte d'entrée, Michael lance son chien en direction de son jeune frère : va ! Va lui apprendre comment il faut faire… ! » Jeff, qui n'attendait qu'un signal, bondit au quart de tour et, en un clin d'œil, se rue joyeusement sur Ewan. Tout en se protégeant le visage et sous la pression de l'animal, le jeune garçon n'hésite pas une seconde : il se laisse brusquement tomber en arrière et roule de plaisir dans l'herbe humide, entraînant Jeff avec lui entre ses bras. Bientôt rejoints par les deux chiots à la démarche hésitante et maladroite, déséquilibrés qu'ils sont à cet âge-là à l'arrière-train par une petite queue hyperactive, ne demandant qu'à partager – avec le monde entier si possible – un amour et une joie de vivre quasi inépuisables.

Debout, légèrement à l'écart, Isobel observe en riant son ami d'enfance couvert des trois encombrantes boules de poils, piétiné de toutes parts de six paires de pattes sales et particulièrement actives. Pour l'autorité, il repasserait… ! songe-t-elle avec amusement. La fillette aurait bien voulu les rejoindre, elle aussi : rouler avec les chiens sur le sol mouillé, quelle plaisante perspective pour une gamine de douze ans… Pourtant, n'oubliant pas les consignes strictes de bienséance que lui a imposées sa mère au réveil, et désireuse de ne pas salir sa jolie robe claire du dimanche, elle se refuse avec regret à suivre son instinct de gamine qui cogne pourtant si fort dans sa poitrine…

Amusé lui aussi par cet heureux spectacle, Michael ne tarde pas néanmoins à rejoindre les adultes : à bientôt quinze ans, on se doit en effet – croit-on – pour être pris au sérieux, de ne pas côtoyer trop ouvertement le monde des enfants. Optant donc pour le clan des femmes – dans un premier temps, du moins – il se positionne sans rien dire derrière le pasteur en pleine conversation.

« Un gigantesque bâtiment de fer et de verre… ! Oui, c'est cela qui fascinait le plus les visiteurs : la démesure des proportions associée au mélange des matériaux. »

Finneghan n'a qu'un défaut. Enfin, un défaut connu de tous, dirons-nous : le révérend est fier. Oh… ! Pas fier au point d'être condamné aux flammes éternelles de l'Enfer. Non, bien sûr. Cet homme est pieux. Non, il est fier d'avoir pu assister à l'inauguration de l'Exposition Universelle de 1851, qui s'est tenue à Londres en présence de Sa Majesté la reine Victoria et du non moins célèbre archevêque de Canterbury… Et, à la moindre occasion – ce jour-là en était une –, il le rappelait inévitablement à qui, pourtant, ne voulait plus l'entendre.

Il fait une courte pause, reprend son souffle. Son corps vibre intensément, semble encore exhaler cette vive émotion, intacte, identique à celle qu'il avait dû ressentir durant ces journées exceptionnelles qui marquèrent à jamais son existence.

Moyra lui sourit poliment : « Il semble que c'était hier ! Ça fait pourtant bientôt dix ans, n'est-ce pas Révérend ?

— Douze, pour être exact… ! Douze ans, le 1er mai. Tout juste ! Bon sang, comme le temps passe…

Elle lui remplit de thé la tasse qu'il tend alors tout naturellement.

— C'est toujours un plaisir de vous en entendre parler… Mais je vous en prie, ne vous arrêtez pas. Continuez, révérend, continuez !

Il n'en faut pas plus pour que la machine ne se remette aussitôt en branle. D'autant que Jessie Robertson, les yeux pétillants de la gourmandise qu'ont les petites filles pour les contes de fées, insiste déjà à son tour, tremblant d'impatience :

« Oh oui, révérend. Continuez, s'il vous plaît… ! Chaque fois que vous nous racontez une histoire, j'ai comme l'impression d'y être. »

Tandis qu'il s'apprête à poursuivre, le pasteur est interrompu par Michael. N'en pouvant plus de se retenir, le jeune impertinent se penche vers sa mère, affiche un sourire moqueur :

« Mais de quoi parlez-vous donc de ce côté-ci de la table… ? Finneghan sursaute : il ne l'avait pas vu. Je parierais bien pour la reine et… L'adolescent fait mine de découvrir la réponse : l'Exposition Universelle de 1852 ! J'ai raison ou j'ai raison ? » puis laisse éclater bruyamment ce rire clair et communicatif qui fait qu'on l'aime d'emblée et sans retenue. Ce faisant, il offre au pasteur une occasion inespérée de reprendre la main :

« 51, Michael. 1851, voyons ! Avant de te moquer de tes aînés, tu devrais réviser tes dates ! » corrige-t-il d'une satisfaction toute professorale.

Moyra cherche à corriger son fils, lance maladroitement son bras dans sa direction.

« Tu vas nous laisser tranquilles, espèce de… elle se reprend séance tenante, pense au pasteur… de malotru ! Le rire de Michael redouble dans les aigus. Je vous en prie, révérend… Ne faites pas attention à cet impertinent… Poursuivez, s'il vous plaît. »

Balayant à nouveau l'air au hasard devant elle, Moyra atteint miraculeusement Michael au niveau de la cuisse. Mais si la main claque – assez vivement du reste – sur le muscle saillant, sa voix trahit toutefois une fort bonne humeur. Michael s'en rend compte et sait en profiter : feignant de se protéger, il se met à tournoyer joyeusement autour du brave homme…

« Oh oui, révérend… S'il vous plaît. Juste une vingtième fois… s'amuse-t-il d'un ton moqueur. La dernière, c'est promis ! Je vous assure que cette fois-ci, ce sera la dernière… »

À la fois agacée et séduite par son imbécile de fils, la jeune femme a bien du mal à garder son sérieux. C'est vrai tout de même, il faut qu'il se taise, enfin ! Ne meurt-elle pas d'envie, tout comme Jessie d'ailleurs, d'entendre la suite de l'histoire… ?

« Michael ! Ça suffit, maintenant… Tu n'as donc aucun respect… »

Sans le vouloir, Moyra vient de croiser le regard vide de Iain, assis face à elle, de l'autre côté de la table, la bouche entrouverte – on l'a dit – bave au menton, le bras toujours levé, immobile, prêt à frapper la pauvre mouche qui voltige imprudemment devant lui, imperturbable, au-dessus de son assiette. L'image est saisissante. Troublante, même. À tel point que Moyra n'entend pas Finneghan reprendre bientôt son récit, là exactement où il l'avait laissé quelques minutes auparavant. S'étant rapidement fait une raison sur la santé mentale du pauvre garçon, elle ne tarde pas d'ailleurs à recouvrer ses esprits et, connaissant l'histoire du couronnement par cœur, n'a aucun mal à en reprendre le cours :

« C'était une espèce de grande verrière, en fait… au centre de Hyde Park, pour être plus précis… Ils appelaient ça *Le Palais de Cristal*, et abritait toute l'exposition ! C'était gigantesque… Trois fois plus grand que la cathédrale Saint-Paul ! Vous rendez-vous compte… ? »

N'ayant que peu d'attrait pour l'architecture, Moyra cherche discrètement à orienter la trame plus à son goût : « Et la reine… ? Vous avez vu la reine… ? » Jessie, qui commençait aussi à montrer quelques signes de fatigue, rebondit aussitôt avec la même impatience : « Oh oui, révérend, la reine… ! Où se tenait donc la reine Victoria ? »

L'homme n'apprécie guère être interrompu de la sorte, fait mine de ne pas entendre leur complainte et poursuit comme si de rien n'était…

« C'était à peine croyable ! Il pleuvait depuis le matin… Oh, pas une grosse pluie, un bon crachin, tout au plus ! Mais, dès que la reine est apparue, eh bien… le soleil s'est montré ; plus vif que jamais ! Vous imaginez-vous la scène, chère Moyra, à travers une telle étendue de verre… ? Quelle lumière ! Ça étincelait de partout… !

À grand renfort de gestes inutiles, Finneghan se revoit déjà sous le faisceau d'un immense et puissant projecteur dirigeant sur lui une vive lumière céleste. Ému jusqu'aux larmes, il lève les yeux au ciel. Un véritable *miracle*, je vous dis… ! Ses mains se joignent instantanément en prière – vieille habitude professionnelle, sans doute. Enfin… corrige-t-il aussitôt avec la modestie d'un homme d'Église… ce sont les mots de l'archevêque de Canterbury ! Oh, il ne me l'a pas dit personnellement… Mais, c'est ce qu'on a laissé entendre à l'époque… »

Sentant l'attention de son auditoire s'affaiblir, l'homme consent enfin à glisser quelques mots sur la reine : « La reine, me demandiez-vous… ? » Les deux femmes, à qui il venait de saisir les poignets dans chacune de ses mains, se redressent aussitôt sur leur siège, savourant à l'avance la tournure du récit : la reine donc, puisque vous insistez, était assise sur une estrade avec le Prince Albert, face à une magnifique fontaine tout en cristal. La foule, vous imaginez bien, l'acclamait de toutes parts… ! Vous auriez vu cela, chère Moyra ! Il relâche le bras de Jessie choisissant *de facto* de se tourner vers son auditrice privilégiée, comme si seule cette dernière pouvait réellement prendre la mesure de ce qui allait suivre. « J'ai même entendu *des Français* crier "Vive la reine" ! – Son accent était impeccable – Vous imaginez ? *Des Français*… ! Crier comme ça "*Vive la Reine*", au milieu de la foule ! *En français* ! Et devant notre grande Victoria… Un miracle, je vous dis. Non, vraiment. Un véritable miracle ! »

Des Français venus acclamer une autre reine que la leur… ? Parbleu ! Après tout, c'en était peut-être un, de miracle… Il n'en fallut pas plus pour faire réagir Michael. L'adolescent, qui s'ennuyait, se redresse derechef sur ses deux jambes puis, s'étant figé dans un *garde-à-vous* digne de la République française, entonne les premières notes de l'hymne national parfaitement accordé, insiste notamment sur la rugosité du *r*, typiquement française et dont raffolent tant les Anglo-Saxons de part et d'autre de l'Atlantique. : « *Allons enfants de la patriiii-e... !* »

Portée à partager sa bonne humeur, Moyra juge néanmoins la désapprobation clairement affichée sur le visage du pasteur bien plus déterminante, et invite vivement le garnement à quitter une fois pour toutes ce bout de table-ci, le somme de rejoindre de ce pas le clan des hommes de peu de foi, à l'autre extrémité de la table, ceux qui – ainsi qu'elle aime à le répéter à l'envi – « *ne comprendront décidément jamais rien aux femmes* »...

* * *

Bien trop absorbés par l'élaboration de leur plan de voyage, c'est à peine si ces *Messieurs* du clan adverse ont daigné lever les yeux aux premières mesures de *La Marseillaise*. Tandis qu'il s'apprête à les rejoindre, s'amusant encore de la maladresse dont sa pauvre mère vient à nouveau de faire preuve en le manquant d'une main peu assurée, Michael fait une courte pause à hauteur du fils Robertson aux aguets, plus étrange que jamais face à l'infatigable mouche virevoltant, indécise, au-dessus de ce qu'il reste du gâteau d'anniversaire. Ne voulant rater pour rien au monde une si belle occasion d'intervenir, il se penche discrètement par-dessus son épaule :

« Ça va, Iain... ? – le ton est volontairement moqueur. – Tu as avalé de travers ? Tu veux peut-être que je t'aide... ? », insiste-t-il lourdement, tapotant le dos de sa victime avec insistance comme pour l'aider à expulser un morceau de *je-ne-sais-quoi* coincé au fond de sa gorge.

Le jeune illuminé fulmine de rage mais tient à conserver la pose, si ridicule fût-elle. Il ne veut en aucun cas effrayer sa proie qui, d'après ses calculs, aurait eu plutôt tendance à se rapprocher ces dernières minutes. « Laisse-moi tranquille ! » lâche-t-il, à peine audible, sans réelle conviction. Il sait qu'il pourra se venger plus tard, quand il voudra. Alors... Quelle importance ? « *Chaque chose en son temps* », aurait très certainement conclu Moyra.

Michael se délecte de la situation : tout cela l'amuse énormément. Il s'écarte vivement, faisant mine de craindre son opposant avec l'ironie facile de celui qui ne risque plus rien : « Mais c'est qu'il va mordre, pardi ! » puis, éclatant naturellement de rire, se hâte de rejoindre les deux adultes en pleine discussion. On a beau être téméraire, un peu de prudence, néanmoins, n'a jamais fait de mal à personne...

Le garçon sait qu'il doit désormais se tenir à carreau : on ne plaisante pas de la même manière de ce côté-ci de la table, on y parle de choses sérieuses. Il croit donc préférable de se tenir légèrement en retrait, derrière le paternel, de suivre en silence, par-dessus les épaules... James fait glisser une nouvelle fois son index le long du tracé noir fraîchement dessiné qui parcourt la carte de l'Angleterre du nord au sud, en direction de Londres. Son doigt s'arrête aux trois quarts environ, soulignant un nom que Michael, de là où il se tient, n'arrive pas à déchiffrer. Un lieu-dit, probablement, un patelin parmi tant d'autres.

« Non, par là ça n'est plus possible non plus ! s'agace McFarlain en se redressant vivement, manifestement contrarié. Il faut bifurquer plus haut... À hauteur de Nottingham, par exemple...

— Ça va nous rallonger d'au moins une journée... ! L'observation est sèche, pourtant le ton est bien las. Kenny se voit déjà marcher une journée de plus sous la pluie et dans le froid : cette perspective ne le satisfait pas. Guère plus ravi que son ami, James ne peut d'ailleurs qu'acquiescer de la tête, avec regret, croyant bon toutefois de justifier son choix, non sans une pointe d'agacement :

— Va dire ça à la Société de Chemins de Fer ! Va leur dire, Kenny ! Ce sont eux qui ont exproprié les Sullivan, l'an dernier ! Ce sont eux qui ont forcé les McGillan à vendre leur ferme, et leur terre avec… ! Ce foutu train va bientôt arriver jusqu'ici et tu sais quoi… ? C'est nous, alors, qui serons obligés de vendre… ! Au bout du compte, voilà ce qui va arriver, moi je te dis ! ».

Il sait qu'il prêche un convaincu, McFarlain. D'autant que c'est Kenny, précisément, qui l'a lui-même mis en garde ces dernières années, usant quasiment des mêmes arguments, tandis que James, très marqué par ses souvenirs d'enfance, s'émerveillait encore naïvement des bienfaits que devait engendrer cette « révolution industrielle en marche », comme on l'appelait alors fièrement.

Kenny Robertson ne disait plus rien maintenant. Il savait trop bien qu'il n'y avait plus d'alternative possible. Lui, comme les autres, devrait évoluer, et s'en était fait une raison. Si tous deux observaient prudemment l'irrémédiable évolution de la société s'organiser sous leurs yeux, James pour autant ne la craignait pas à titre personnel. Le monde, répétait-il à l'envi, évoluerait bientôt sans lui, et bien mieux sans aucun doute. Il pensait en revanche à ses deux fils, à leur avenir à la ferme, et de ce fait ne pouvait se résoudre à capituler si lâchement. Or, c'est précisément ce dilemme qui, le plaçant face à ses propres contradictions, le mettait parfois hors de lui. Comme ce jour-là, par exemple. Kenny, qui connaissait bien son ami, tentait alors de le calmer, non sans chercher d'ailleurs à se rassurer lui-même :

« Si on rejoint notre ancien itinéraire ici… il pose le doigt sur un petit village, à l'est de Coventry, on pourra toujours être hébergé chez les Fitzpatrick. On s'y est déjà arrêté, ça ne devrait pas poser de problème. Non, vraiment… pour le moment James, croyez-moi, ce n'est pas si grave que ça…

Malgré toute sa sincérité, le ton n'y était pas. Et c'était perceptible.

— Pour le moment ! reprend McFarlain avec retenue, appréciant à sa juste valeur l'effort de son ami : il se souvient effectivement du bon accueil que les Fitzpatrick leur avaient réservé à l'époque. Mais le troupeau, poursuit-il, le troupeau, lui, il va marquer le pas… Ça fait quand même un sacré détour ! Et à Londres, pour sûr, il va pas être au mieux de sa forme ! »

L'homme connaît bien ses bêtes et a beaucoup de considération pour ce qu'il aime appeler « *sa matière première* ». Il en est fier et sa réputation n'est plus à faire. Il lui arrive même de songer que, lorsque les trains arriveront en plein cœur de Londres sur le marché de Smithfield, les moutons, au moins, n'auront plus à marcher autant. Une bien mince consolation, mais bon… Tout est allé si vite ces dernières années. Finis les longs voyages à travers les champs boueux, adieu les pertes, les vols, les attaques de renards et autres chiens errants… Ah, il aura fière allure désormais le troupeau, en arrivant à Londres ! On pourra peut-être même en tirer davantage auprès des acheteurs les plus récalcitrants…

« Tu verras ! plaisante-t-il – Sa voix était plus claire maintenant. Il avait rempli à nouveau le verre de Kenny puis, détendu, presque rassuré, s'était servi à son tour : c'était jour de fête après tout – Tu verras : un jour, les bêtes refuseront même de monter dans le wagon à bestiaux ! C'est en première classe qu'elles voudront aller à Londres. En première classe, cher Monsieur, pas moins je vous dis ! »

Profitant de la bonne humeur retrouvée et tandis que les deux hommes s'apprêtent à trinquer, Michael croit bon d'intervenir. Il s'avance d'un pas, s'interpose entre les deux adultes, tend déjà son verre sous le nez de son père : « Absolument, Messieurs ! D'ailleurs, moi aussi, j'aimerais bien boire à leur santé, aux bêtes… ! »

James le découvre avec surprise : « Toujours là quand il faut, celui-ci… ! » À bien le regarder toutefois, et derrière sa gaieté de circonstance, il sent bien pourtant que quelque chose ne va pas. Il n'a pas tort le paternel : depuis qu'il s'était posté en silence derrière les deux adultes, Michael avait écouté leur conversation non sans une certaine inquiétude qu'il cherchait à présent à dissimuler de son mieux. Son visage dégageait, il est vrai, comme une profonde mélancolie.

McFarlain n'aime pas voir son fils dans cet état et, sans attendre, se décide à crever l'abcès...

« Je vois bien que tu es déçu, Michael… – Sa voix était bien celle d'un père, à la fois douce et affectueuse, sans condescendance aucune – Cette fois-ci, tu restes encore à la ferme, avec ta mère et ton frère. Il leur faut un homme à la maison, tu comprends ? Et puis, tu dois terminer tes études… Qu'est-ce qu'il dirait, Finneghan, si tu t'en allais ? – Il lui sourit affectueusement – Mais à partir de l'an prochain, on t'emmène partout avec nous. C'est promis ! Pas vrai, Kenny… ? C'est bien ce qu'on a convenu ?

James aimait associer son compagnon de voyage à ses prises de décision : c'était sa politique ; elle leur avait toujours assuré de bonnes relations. D'ailleurs, Robertson connaissait bien mieux le terrain que lui et s'était avéré de fort bon conseil durant toutes ces randonnées qu'ils entreprenaient ensemble depuis maintenant une bonne quinzaine d'années.

— Sûr, mon gars ! Tu ne seras pas de trop, Michael, crois-moi… Et j'en connais un qui va être rudement content, tu sais… ! Kenny venait de croiser le regard de Jeff qui, de retour du jardin, hirsute et langue pendante, entrait en courant dans la salle à manger.

— Eh bien ! Quand on parle du loup… James ne se lasse pas d'admirer la vivacité d'esprit qui perce à travers le regard de ses chiens, toujours à l'affût du moindre message. Jeff s'était aussitôt assis aux pieds de Michael et fixait déjà son jeune maître, hochant la tête de droite à gauche, comme s'il comprenait qu'on parlait de lui.

— Tu verrais comme il galope celui-là, chaque fois qu'on le voit repartir de Londres, ton père et moi… ! Ah, il ne demande pas son reste, je t'assure ! On a vraiment l'impression qu'il ne pense qu'à te rejoindre au plus vite ! Et nous alors, tu sais, c'est comme si on n'existait plus du tout… ! »

Le jeune homme s'accroupit à hauteur de son compagnon, le caresse affectueusement tandis qu'il tend déjà sa patte, cherche à cacher les quelques larmes qui lui emplissent les yeux. Comme il tombe à pic, l'animal ! Et bien que Michael s'évertue à cacher sa peine du mieux qu'il peut, il a plus que jamais grand besoin de réconfort : on a sa fierté bien sûr ; même un rire, fût-il de façade, ne saurait dissimuler bien longtemps une sensibilité extrême… Kenny n'a-t-il pas laissé entendre qu'ils assisteraient les frères Williams pour les récoltes de fin de saison… ? Cela repousserait d'autant leur retour de Londres : au bas mot, de deux à trois semaines supplémentaires. Assurément, son père ne serait pas rentré avant la mi-octobre… Michael serre le chien plus fort dans ses bras :

« Tu vas encore nous abandonner de longues semaines avec maman, dis ! Tu n'as pas honte… ? Il parlait à Jeff, mais c'est à son père qu'il s'adressait, évidemment. James ne le comprend que trop bien : il s'approche de son fils, lui caresse affectueusement la nuque.

— Allez ! ne t'en fais pas, fiston… ! Tout ça va très bien se passer, tu verras. Ce n'est pas la première fois, tout de même. Qu'est-ce que c'est que trois mois ? Et puis… tu sais, on revient par la mer cette année… Tu es grand maintenant. Pourquoi ne viendrais-tu pas nous rejoindre au port à notre arrivée… ? Si ça te dit, bien sûr…

James avait bien joué. La perspective de venir les attendre à Dundee ne pouvait que réjouir son fils. Indubitablement.

— C'est vrai… ? Michael relève vivement la tête. Il n'en revient pas. Ses yeux, encore baignés de larmes il y a une minute à peine, pétillent à nouveau de bonheur. Son visage resplendit de toute sa beauté : on reconnaît bien là la grâce dont bénéficient certains adolescents de pouvoir ainsi passer d'un état à l'autre en une fraction de seconde. Génial ! Tu es génial, papa… ! » Il saisit affectueusement la tête ébouriffée de son compagnon à quatre pattes, l'interpelle aussitôt les yeux dans les yeux : « Et toi, tu viendras avec moi… ! Je te le promets. » La croupe de l'animal s'agite déjà du bonheur annoncé d'une quelconque promenade avec son maître. Il avait appris à conjuguer le verbe « *venir avec* » à tous les temps !

Sans perdre une seconde, McFarlain lève son verre à la cantonade, bientôt relayé par Kenny puis par Michael qui se redresse fièrement au côté de son père.

« Alors, trinquons, mes enfants… ! Trinquons à l'Écosse ! À la terre… ! À nos fermes… ! – il cherche hâtivement sa femme du regard – et à nos charmantes femmes, bien entendu… ! »

Toutes ces émotions l'avaient transformé, lui aussi. Ce lyrisme l'avait surpris. Il se sentit sourire : entouré de ses proches, et en dépit des sombres perspectives d'avenir, McFarlain était en définitive un homme heureux.

Michael lève joyeusement son verre en direction du pasteur : « Vive la reine… ! », lance-t-il derechef dans un français impeccable.

Sans véritablement comprendre de quoi il s'agissait, les membres du *clan des femmes* avaient fini par se joindre à la bonne humeur générale. Moyra et Jessie échangèrent sans réfléchir avec leurs maris respectifs un sourire aimable, quoique distant d'une longueur de table. Quant à Finneghan, une nouvelle fois interrompu au milieu de son récit, on pouvait aisément deviner à son regard lointain et instable qu'il n'avait manifestement pas encore quitté tout à fait les tumultes de Londres, pas plus que les allées de sa chère et tendre *Exposition Universelle…*

« Longue vie à la reine… ! Longue vie à notre grande reine Victoria ! » Unis dans une même ferveur, le saint homme et ses deux ouailles se lèvent enfin, le verre à la main, trop heureux de pouvoir honorer ainsi leur reine favorite.

Tous s'étaient exprimés d'une seule et même voix. Tous sauf Iain, bien sûr. On l'avait complètement oublié celui-là, et chacun s'en félicitait secrètement. Pourtant, en une fraction de seconde, d'un bruit sourd et soudain, le jeune imbécile se rappela tristement au souvenir des autres, anéantissant par là même le simple et précieux bonheur d'être ensemble…

Le vaurien affiche un étrange sourire, glacial et satisfait – diabolique, à vrai dire –, soulève lentement la main qu'il vient d'abattre violemment sur la table – sa main droite pour être précis – et découvre, à moitié collé sur le bois, le cadavre écrasé quoi qu'encore légèrement tremblant de la mouche qu'il est enfin parvenu à occire d'un coup sec et précis. Iain saisit délicatement l'insecte par l'une des ailes en piteux état, le porte avec délectation à hauteur de ses yeux : il est aux anges. Au diable, devrais-je dire plutôt ! S'étant inquiété du silence qui s'était installé autour de lui, le jeune monstre découvre alors son entourage, avec une stupéfaction imbécile. Debout immobiles, les yeux écarquillés, rivés sur lui, tous le dévisagent avec autant d'effroi que du dégoût de ne pouvoir rien dire. Que pourraient-ils donc bien dire d'ailleurs, tant la stupeur est totale… ?

« Quoi… ? Qu'est-ce que j'ai encore fait ? »… Feignant de ne pas se rendre compte de sa culpabilité, ni même de la cruauté de son geste, Iain dévisage son père avec le regard niais d'un enfant de dix ans, totalement inconscient, irresponsable et immature. N'obtenant en retour qu'un long silence embarrassé, sa réaction est explosive : « Allez donc vous faire voir, tous autant que vous êtes ! » conclut-il sans appel, avec la délicatesse qu'on lui connaît. Ayant pris le temps néanmoins d'envelopper l'insecte dans son mouchoir avec une précaution fort surprenante et aux allures de cérémonial, il glisse le tout furtivement dans sa poche puis se lève enfin, brusquement cette fois-ci, veillant bien surtout à bousculer au passage un des verres malencontreusement posés là et qui, naturellement, vient se fracasser bruyamment sur le sol.

* * *

Tandis qu'il se précipite furieusement à l'extérieur, Iain croise sans les voir les deux enfants de retour du jardin. Inconscients du drame qui s'était joué sans eux, ces derniers rejoignent gaillardement leurs mères, tenant dans les bras avec une même tendresse les chiots à moitié endormis, recroquevillés en toute confiance déjà, en deux boules de poils brillantes, lisses et uniformes…

« Il répond à son nom, maman ! Black Boy… il connaît déjà son nom ! Tu te rends compte… ? Je… Je l'ai appelé et… et il a tout de suite couru vers moi ! Tout de suite… Pas vrai, Isobel ? Tu te rends compte, maman ? Tu te rends compte… »

Ewan est essoufflé. Il a vraisemblablement couru comme un fou dehors avec son chiot. Mais le chiot, maintenant, il dort profondément dans les bras de son maître. Tandis qu'Ewan, lui, a tant de choses à dire… Non, décidément, il ne peut pas attendre. Il faut que ça sorte. Tout raconter. Le moindre détail ; avant qu'il n'oublie. Peu importe si sa mère l'intime de se calmer. De boire un peu d'eau. De reprendre son souffle…

De son côté, Isobel n'est pas en reste. Tout aussi essoufflée qu'Ewan, moins débraillée peut-être : c'est déjà une jeune fille et, après tout, les jeunes filles se doivent de ne pas être débraillées lorsqu'elles jouent. Alors que les garçons… Bref, elle aussi a rejoint sa mère et se colle déjà contre elle, gesticulant nerveusement, impatiente de raconter sa part des choses.

« C'est vrai, maman… ! enchaîne-t-elle sans attendre. Il était en train de jouer avec Chuck… Eh bien, dès qu'il l'a appelé… "*Black Boy !*", il a dit comme ça… Eh bien après… Black Boy… il a tout de suite été le rejoindre ! Tu l'aurais vu, maman… Qu'est-ce qu'il était drôle ! »

Leur vitalité, leur joie de vivre faisaient plaisir à voir. Les deux enfants ne surent jamais en réalité à quel point leur soudaine et euphorique entrée fut la bienvenue ce jour-là, à ce moment précis surtout ; une si belle coïncidence ! Le parfait timing, en quelque sorte. Involontaire peut-être, il venait tout de même à point nommé.

La maîtresse de maison – qui s'en félicitait peut-être plus encore que les autres – en profite donc pour changer de sujet, faire oublier au plus vite le regrettable incident. Elle se tourne vers le pasteur qui lui paraît songeur et lointain, visiblement perdu : l'incroyable sortie de Iain – « Que le diable l'emporte, celui-là ! » – l'agitation des enfants autour de lui… Tout cela l'a, semble-t-il, quelque peu abasourdi. On le serait à moins, me direz-vous. Peu importe, il faut enchaîner ; rester naturelle surtout : « Révérend, n'aviez-vous pas… ? » Les mots lui manquent, se bousculent : l'image de Iain soulevant le cadavre encore fébrile d'une mouche écrasée s'impose à nouveau devant elle, sournoise et machiavélique. Il lui faut résister, se ressaisir immédiatement. Moyra se passe la main sur le visage, reformule posément sa question :… N'aviez-vous pas demandé à Ewan de nous préparer un de ces petits spectacles dont il a le secret ? Pardon ! Dont *vous* avez le secret… » Sans attendre, elle interpelle son fils, debout à ses côtés : Ewan… ? Qu'est-ce que tu vas nous interpréter mon chéri, aujourd'hui ? » La jeune femme connaît la réponse mais ne veut pas perdre la moindre seconde : pas question de faire retomber l'ambiance chaleureuse si miraculeusement retrouvée ! Elle cherche Michael du regard – perdu entre son père et Kenny, debout le verre à la main à l'autre bout de la table – insiste, fronce les sourcils, lui intime d'intervenir au plus vite : bref, l'appelle au secours.

L'adolescent s'avance diligemment vers son frère, saisit sans rien dire le chiot endormi dans ses bras et, avant même qu'il ne se soit aperçu de rien, le dépose délicatement sur les genoux de sa mère. Sa respiration est syncopée, les pattes arrière s'activent désespérément dans le vide, balayant l'air rondement et à intervalles réguliers. Il ne faut surtout pas réveiller l'animal : il rêve très certainement de nuages de coton blanc, de chats tigrés et de vertes prairies…

« C'est vrai ça, Junior ! Qu'est-ce que *Monsieur Shakespeare* en personne nous a préparé cette fois-ci… ? »

L'humour teinté de moquerie avec lequel Michael s'était énergiquement adressé à son frère amuse d'emblée toute la tablée, à l'exception du jeune Ewan précisément qui, tout excité à l'idée de se produire en spectacle, s'en étrangle d'autant plus.

— Je… je t'ai déjà dit… Michael… de… de ne pas m'appeler comme ça ! »

La stratégie de Moyra a payé : la joie règne de nouveau chez les McFarlain. La fête peut enfin reprendre ses droits… !

Michael débarrasse pour le moins succinctement un coin de table des assiettes et des quelques verres qui s'y trouvaient encore (c'est-à-dire qu'il les pousse grossièrement de l'avant-bras : ce garçon, après tout, n'a pas encore quinze ans !), soulève Ewan à la force de ses bras, le hisse sans prévenir sur ce qu'il est désormais convenu d'appeler *la scène*. Surpris, mais non mécontent d'être enfin redevenu le centre de toutes les attentions, le jeune garçon réajuste alors fièrement sa casquette, remonte son pantalon trop large et salue longuement l'assemblée qui, pour la circonstance, s'est regroupée face à lui, en une seule et même famille.

Encouragé par Moyra, Finneghan se place promptement devant ladite « scène » face au public, salue comme il se doit. Véritable maître de cérémonie il n'est pas peu fier, le pasteur, de venir présenter son travail. Après tout, ils l'ont tant répété tous deux ces dernières semaines, lui et son apprenti comédien.

« *Nous* allons vous interpréter… » Emporté par un excès d'enthousiasme, il se ravise aussitôt : n'est-il pas celui – lui, l'homme de Dieu – qui tous les dimanches, prêche abnégation et humilité ? Il s'interrompt donc, amorce un rapide et discret pas de côté (sans pour autant disparaître tout à fait de l'axe central), laisse réapparaître et en toute modestie l'unique et véritable héros de la fête. « Pardon… reprend-il avec humour, désignant déjà de la main droite le garçonnet de plus en plus impatient, debout derrière lui sur son piédestal. Je veux dire… Ewan McFarlain… Le grand, le talentueux, le fabuleux Ewan McFarlain va vous interpréter du haut de ses douze ans… – et du haut de cette table ! – une fable de Jean de La Fontaine… le grand fabuliste français, à ce jour inégalé. »

Ewan se redresse, remonte hâtivement des deux mains son pantalon, amorce une longue inspiration :

« Mesdames et Messieurs ! … »

— Plus fort, *Shakespeare* ! Plus fort… ! La voix de Michael avait retenti à l'arrière de la salle. C'est vrai quoi… On n'entend rien au fond ! »

Tous riaient désormais. Oublié l'ennuyeux récit du révérend Finneghan, l'*Exposition Universelle*… Oublié l'irrévérencieux et inquiétant Iain Robertson. Oubliés la Révolution Industrielle en marche et son effroyable chemin de fer. C'était bien l'anniversaire d'Ewan, après tout, qu'on était venu fêter ce jour-là. C'était à lui de s'exprimer maintenant. Rien qu'à lui ! Certes, Moyra aurait pu tenter une nouvelle réflexion vis-à-vis de Michael. Pour la forme, en tout cas. Pour arrondir les angles. S'attirer une dernière fois et sans grande conviction, les bonnes grâces du révérend… Au diable tout cela ! Elle ne voulait plus cacher sa bonne humeur. Tout ce qu'elle souhaitait maintenant à vrai dire, c'était partager en toute simplicité son bonheur de voir ses fils grandir auprès d'elle, heureux, savants et bien dans leur tête. De réaliser combien elle aussi avait jusque-là, bon an mal an, réussi sa vie de mère de famille. Combien elle pouvait en être fière de ces deux jeunes merveilles de la Nature. Elle regardait Ewan, pensait à Michael, à James son époux, à sa vie confortable, à ses amis Robertson. À Finneghan, même… ! Moyra McFarlain est heureuse. Une larme de bonheur glisse lentement le long de sa joue.

Shakespeare riait, lui aussi. Il aimait bien, finalement, ce surnom que lui avait affectueusement donné Michael. C'était bien mieux en tout cas que *Junior* ! Incontestablement… Il se sentait plus en confiance maintenant. Chacun s'était tu et le regardait avec attention. Il allait pouvoir enfin commencer : « Je vais… Ewan hésite. *Surtout prendre le temps nécessaire pour clarifier sa voix*, Finneghan avait été toujours très clair sur ce point : *reprendre son souffle ; ne jamais hésiter à recommencer sa phrase... La corriger au besoin…* Je vais vous interpréter *Le Corbeau et le Renard*, de Jean de La Fontaine… En anglais, tout de même ! » précise-t-il aussitôt, le sourire aux lèvres, histoire de tester son auditoire... L'effet fait mouche. Le jeune interprète peut enfin respirer : il est le maître à bord, il tient déjà son public…

Finneghan vient rapidement s'asseoir aux côtés de Moyra, se penche vers elle : « Vous allez voir. C'est vraiment très drôle… Et tellement instructif sur notre *pauvre* société… ! »

« *Shhuuuuut ! Silence, mon révérend. Du respect pour le théâââtre, voyons... !* » Qui d'autre que Michael aurait pu se moquer de la sorte de son professeur… ? Satisfait de ce qui aurait pu constituer une nouvelle sortie – et quelle sortie ! –, le jeune insolent savoure en silence cette tirade avortée. Il se balance nonchalamment sur sa chaise, affiche un sourire à la fois naïf et plaisant, se laisse porter docilement par ses pensées adolescentes. C'est un doux rêveur. Entouré de ses proches, il se sait en sécurité. Heureux, il lève un regard admiratif en direction de son jeune frère qu'il aime tant : Ewan a un tel potentiel, songe-t-il en le regardant, debout sur son coin de table, un rien ridicule, fier comme un coq malgré son pantalon tombant et sa casquette trop large, prêt à déclamer ses vers. Pauvre Ewan ! C'en est fait de lui : le moment est venu ; les trois coups fatidiques résonnent dans sa tête… Seul sur scène, le jeune garçon n'en mène pas large. Il commence néanmoins : ainsi le doit tout artiste au lever du rideau…

* * *

Tandis que le soleil disparaît enfin derrière les contreforts d'Am Monadh, à l'ouest, au-delà des toutes dernières fermes, là où le mot *voyage* commence à prendre un sens, les ombres gris mauve des arbres, des haies et des bâtisses gagnent peu à peu sur la rivière, en contrebas, apportant avec elles la vive et glaçante fraîcheur d'avril. Un rassurant fumet de tourbe chaude monte jusqu'aux narines des retardataires, les invitant à rejoindre sans tarder la chaleur de leur chaumière, se préparer à passer une autre nuit froide en famille. La journée se termine. Lentement. Ewan frémit. Il est encore en nage et n'a pas pris soin d'enfiler une veste avant de sortir. Il est perdu dans ses pensées. Ce fut une bien trop belle journée. Elle ne doit pas se terminer ainsi. Jamais.

Assis sur le promontoire où il aime venir s'isoler parfois, son chiot serré dans les bras encore tremblant d'émoi, le jeune garçon savoure son succès. Tandis que les applaudissements résonnent encore dans sa tête, il regarde glisser les nuages roses au loin, vers l'horizon, pense qu'il se laisserait bien emporter par l'un d'eux. Son visage rayonne de bonheur. Ses yeux pétillent comme pétillent les yeux des hommes quand ils rêvent de liberté. Il a réussi.

Tenter maintenant de faire revivre et de savourer chaque instant, encore et encore. Pas facile, pour un jeune garçon de douze ans…

Tout s'était passé si vite. Il se revoit immobile sur le rebord de la table. Pardon, de la *scène*. Il avait commencé par fermer les yeux. Longuement. Le silence, il s'en souvient, s'était peu à peu installé dans la pièce. Tous les yeux étaient maintenant braqués sur lui, impatients. Il le sentait. Ses tempes battaient fort, prêtes à éclater sous la pression du sang bouillonnant d'énergie. Ewan inspire doucement, profondément, gonfle son torse et, debout sur son piédestal, se découvre enfin oiseau. Nul doute : il est corbeau sur son arbre perché. Dans son bec assurément, il tient un fromage. À peine a-t-il ouvert les yeux qu'il saute déjà sur le sol avec l'agilité d'un enfant et se faufile aussitôt, tel un rôdeur expérimenté, parmi les spectateurs ébahis. Il se fige ; change de posture. Il est maintenant renard, Maître Renard, les yeux levés vers le perchoir imaginaire. « Que vous êtes joli ! »… Le texte fuse, les mots s'enchaînent, impeccablement. Liant le geste à la parole, Ewan improvise alors un échange malicieux avec le pasteur, se moque gentiment de sa tenue noire aux allures d'oiseau de malheur : « Si votre ramage se rapporte à votre plumage »… L'allusion fait mouche. Chacun cherche à contenir son rire comme il le peut, par respect du moins pour Finneghan. Celui-ci ne s'est, comme souvent, rendu compte de rien, trop occupé qu'il est à suivre sur les lèvres du garçonnet, mot après mot, le texte de la fable pour en apprécier la finesse et la musique.

Encouragé par le succès, Ewan saute de nouveau sur la table, léger comme un cabri, échappe de justesse à une tape amicale de sa mère. « Le corbeau ne se sent plus de joie »… Le garçon se fait lourd, remonte grossièrement son pantalon décidément trop large, réajuste exagérément sa casquette, provoquant à nouveau les rires des spectateurs pleinement transportés dans son univers. Il le tient, son public, et sait qu'il est le maître des lieux. Mieux : le maître de l'univers ! Ewan lâche sa proie imaginaire, saute à nouveau au sol, atterrit non sans surprise aux pieds de Moyra, lui arrache aussitôt le chiot endormi sur ses genoux. « Le Renard s'en saisit »… Affolée, la pauvre bête se débat tant qu'elle peut. Peu importe. Infatigable, son maître se lance déjà, frénétiquement, autour de la table, se fige, s'avance à nouveau, prend au passage à partie chacun des convives puis, comme s'il s'agissait d'un mets succulent, serre le chiot avec envie contre sa poitrine, le présente enfin au ciel du bout des bras en une ultime liturgie : « Cette leçon vaut bien un fromage, sans doute… » Effet garanti : émerveillés, la bouche légèrement entrouverte, tous suivent l'offrande du regard… Finneghan ? Il est comblé, naturellement.

Reprenant lentement sa place contre le rebord de la table, là où tout avait commencé, l'enfant caresse amoureusement son chiot encore tremblant d'émotions, lève les yeux vers l'assemblée, attend encore un moment puis, posément, savourant sa prestation jusqu'au dernier instant, révèle enfin à son public la morale tant attendue…

Au loin, le clocher résonne. Six heures, déjà. Il commence à faire vraiment froid dehors. Songer à rentrer. Ewan frissonne de nouveau. Il pense au révérend. C'est lui qui s'était levé le premier à la fin du spectacle. Lui encore qui l'avait embrassé tendrement comme pour mieux le remercier de ce moment de pur bonheur. Et puis les applaudissements, bien sûr. Beaucoup d'applaudissements. Il revoit sa mère, une larme sur chaque joue, qui le serre contre elle, affectueusement, sans trop pouvoir rien dire. Du moins, n'entend-il pas ses paroles. Il entend surtout Michael usurper une nouvelle fois le nom de Shakespeare pour le féliciter à voix haute depuis le fond de la pièce. « T'es le meilleur, Junior », dira-t-il même sincèrement en aparté à son jeune frère tandis que celui-ci, chargé d'émotion, se hâtera près de lui avant de disparaître en courant au-dehors, à la surprise générale.

Ewan n'aura pas remarqué, en revanche, à quel point la jeune et jolie Isobel l'avait dévoré du regard tout au long de la représentation. Combien elle l'avait applaudi plus longtemps que les autres avec un si bel enthousiasme. Il ne sait pas non plus qu'elle l'a suivi discrètement à l'extérieur lorsqu'il est venu s'isoler sur son promontoire et que, bravant le froid tout comme lui, elle l'observe encore du regard, amoureusement, de loin en retrait, depuis un bon moment déjà. Elle aussi caresse tendrement son chiot endormi dans ses bras. Elle aussi a douze ans, rêve de nuages roses et de voyages lointains… Moins lointains, toutefois. Ici même peut-être, à vrai dire, et à portée de la main…

Acte II
Rien d'autre. Rien d'autre que le théâtre

Il faisait déjà nuit. C'est ce qu'il semblait, du moins. Pourtant il ne devait pas être plus de quatre heures. Sous la pluie battante, on ne distinguait guère que les deux silhouettes sombres et massives des roulottes, arrêtées à quelque distance l'une derrière l'autre, sur le bord du chemin. L'homme qui venait de remonter à bord de la première, d'où émanait une très faible lumière, semblait de bien mauvaise humeur. Trempé qu'il était jusqu'aux os, et ce malgré une longue capeline de cuir qui l'enveloppait jusqu'aux chevilles, il tira la porte si fort derrière lui qu'elle claqua d'abord bruyamment et se rouvrit aussitôt. Un bref éclair illumina la lande. Les chevaux frémirent puis se cambrèrent, secouant frénétiquement l'habitacle. Déséquilibré, Jean-Louis Lalumière s'accrocha rapidement à ce qu'il put trouver d'assez solide à proximité, puis eut toutes les peines du monde à rattraper le battant qui claquait violemment dans le vent, au gré des fortes rafales. Il jura mais, fort heureusement, le tonnerre – bien que lointain (l'orage semblait s'éloigner enfin) – couvrit ses propos.

Il avait de quoi être en colère, le brave homme. La seconde roulotte, après avoir heurté violemment quelque caillasse et fragilisé l'un de ses essieux, avait dévié de sa route et s'était malencontreusement embourbée dans le fossé. Il s'en était fallu de peu pour que, emportée dans son élan, elle ne se couche sur le côté, entraînant probablement avec elle un ou même les deux chevaux au sol. Or, les bêtes étaient restées étrangement calmes et la voiture, quoique stabilisée dans un équilibre précaire, avait bien résisté. John Farlow, qui la conduisait alors, avait été projeté à terre sans ménagement, mais il s'était relevé rapidement, ne souffrant de rien d'autre que d'une belle frayeur et de quelques contusions sans gravité. Maintenant, il ne restait donc plus qu'à attendre que le vent se calme et, au matin sans aucun doute, on saurait quoi faire, prendre les bonnes décisions. Après tout, des situations comme celle-ci, le petit théâtre ambulant en avait connu bien d'autres.

Lorsqu'il réussit enfin à fermer puis sécuriser la portière, Jean-Louis Lalumière s'immobilisa, le temps d'apprécier le calme ainsi que le confort, tout relatif pourtant, qui régnaient à présent à l'intérieur de la roulotte. Il n'y faisait pas chaud, loin s'en faut, mais le contraste avec l'extérieur était saisissant. L'homme, grand et mince, la cinquantaine à peine, d'allure plutôt austère, savait en effet goûter de ces moments-là, même au plus fort des difficultés. Il n'y avait pas eu de victimes, aucun dégât matériel majeur. Pour lui, c'était bien là le principal. L'avenir de la troupe en dépendait. Au bout d'une minute, la femme à la chevelure blanche qui se tenait debout, imperturbable, à l'avant aux côtés d'un Farlow bien crotté et encore sous le choc, lui fit gentiment remarquer en français – mais non sans un certain flegme très *british* – que sa capeline gouttait dangereusement et, s'il n'y remédiait pas au plus vite, menaçait déjà d'inonder une bonne partie de l'habitacle. Sans discuter – il voyait bien qu'elle avait raison – Jean-Louis se hâta de s'en débarrasser et la fit pendre au clou tout désigné à droite de la cuisinière sur laquelle chauffait l'eau du thé. Elle y sècherait probablement plus vite, pensa-t-il. Puis, sans rien dire, il alla s'asseoir dans le petit fauteuil de velours rouge, vieux et tout râpé, qui semblait lui ouvrir les bras à l'angle opposé, jeta brièvement un coup d'œil par la fenêtre, vit qu'on n'y voyait décidément plus rien puis, tout en grommelant quelques mots inaudibles, récupéra sa pipe du fond de la poche humide de son pantalon. Il la regarda avec satisfaction, jugeant qu'il la méritait sans doute plus que quiconque à cet instant. On pouvait lire alors sur son visage marqué, l'air las et dégoûté des voyageurs qui n'ont pas choisi de partir. Sans même la regarder, il ouvrit machinalement la tabatière posée à sa droite, sur le rebord de la fenêtre, y plongea les doigts et commença à bourrer sa pipe de tabac odorant, brun et miel.

Marie ne disait rien. Assise face à lui sur la banquette qui lui servait aussi de lit, la jeune fille avait regardé son père entrer, rapidement jugé son humeur peu amène et conclut qu'il était préférable de se faire oublier, un temps du moins, le temps pour lui de fumer sa première pipe, se détendre et retrouver un tant soit peu de sérénité. Régine Mercier – la Française aux cheveux blancs qui s'attardait patiemment à nettoyer les blessures du pauvre Farlow – n'était pas sa mère. Elle n'était pas non plus la femme de Lalumière. Non. Bien que tout, il est vrai, puisse le laisser paraître. Légèrement plus âgée que ce dernier, elle le suivait en effet depuis des années aussi fidèlement que le ferait n'importe quelle épouse digne de ce nom. Mais il semble bien que ces deux-là ne se soient en réalité jamais véritablement « rencontrés », l'un et l'autre. Oh ! Elle aurait bien voulu, Régine. À bientôt 50 ans, elle n'a pas dit son dernier mot d'ailleurs. Mais, Jean-Louis… Enfin, disons qu'au-delà d'une vision pragmatique des choses, celui-ci n'avait jamais vu jusqu'à présent dans sa relation avec Régine Mercier d'autre intérêt que « purement professionnel ». Enfin, pas seulement. Il faudra bien qu'il l'admette un jour. Car c'est elle aussi, Régine, qui avait élevé sa fille, Marie – seize ans – et qui s'était chargée de son éducation de A à Z après que sa mère, une certaine

Madeleine – son nom ici importe peu ; Béjart, en tout cas, n'était pas le sien – que sa mère, donc, l'a abandonnée, un an et demi à peine après l'avoir mise au monde. La Madeleine en question s'était en effet entichée d'un de ces acteurs en vogue qui avait dû lui vendre la lune mieux que Lalumière à l'époque. Ils étaient partis ensemble vers de nouveaux cieux, plus prometteurs sans doute. Pourtant, les astres qui flottaient tous les soirs dans le ciel au-dessus du théâtre parisien où officiait régulièrement Jean-Louis à l'époque, commencèrent à briller de plus en plus, et la foule se pressa toujours plus nombreuse à chaque nouvelle représentation. La Compagnie Lalumière – loin d'être original, ce nom n'était pas, néanmoins, plus bête qu'un autre – ne comptait alors pas moins de dix acteurs permanents, metteur en scène inclus. Et tandis que l'on n'entendit plus jamais parler par la suite de la mère indigne ni de l'acteur en vogue, la troupe du petit théâtre du haut de la rue du Montparnasse où elle se produisait depuis une petite dizaine d'années semblait assurément promise à un bel avenir.

Alors pourquoi ? Pourquoi et comment cette compagnie prospère, si acclamée dans la Ville Lumière il y avait encore deux ans à peine, s'était-elle retrouvée ce soir de mai 1863 réduite à quatre personnes (dont un estropié et une mineure à demi orpheline), quatre chevaux et deux misérables roulottes (dont une en sursis), à attendre dans l'obscurité une aide plus qu'improbable sur un chemin boueux, au milieu de nulle part, sous une pluie battante, dans une province incertaine, à vingt ou trente miles quelque part au nord-est de Glasgow… ?

* * *

Frisette avait été montée pour la première fois par son auteur à Paris, au Théâtre du Palais-Royal, le 23 avril 1846. Cette date, Lalumière ne l'oublierait jamais. Elle était désormais comme gravée sur une plaque de marbre au plus profond de sa mémoire, et l'affiche jaunie du spectacle qu'il avait précieusement conservée prônait encore fièrement à l'intérieur de la roulotte aux parois déjà surchargées de maints autres souvenirs. Le « grand » Eugène Labiche[5] soi-même – il n'était en réalité devenu « grand » et célèbre que dans les années 1860 mais, c'est bien connu, la valeur ne retient pas le nombre des années – le grand Eugène Labiche donc s'était donné la peine de joindre aux deux places d'orchestre qu'il lui avait envoyées une note amicale invitant le jeune acteur – qui avait alors à peine plus de trente ans – à l'honorer de sa présence avec la personne de son choix, à l'occasion de la première de sa pièce. L'auteur – plus exactement, le co-auteur : Labiche avait en effet écrit la pièce en collaboration avec Auguste Lefranc – avait le même âge que son camarade Jean-Louis avec qui il avait autrefois usé ses fonds de culotte, deux années durant, au collège Bourbon. En souvenir du bon vieux temps, plus que par une fidèle amitié, il était venu l'applaudir quelques semaines plus tôt dans *L'Avare* de Molière et avait beaucoup apprécié la qualité de son jeu, en un Cléante particulièrement convaincant. Il était d'ailleurs venu l'encourager personnellement dans sa loge à l'issue de la représentation, et n'avait pas manqué au passage, après s'être assuré de la présence du directeur du théâtre et de quelques illustres critiques parisiens, d'égratigner à plusieurs reprises le nom du metteur en scène – curieusement absent ce soir-là – dont il avait particulièrement détesté le travail. La jeune et alors fort

[5] Eugène Labiche (1815 – 1888) est un dramaturge français, membre de l'Académie française (1880).

séduisante Régine Mercier, qui (déjà !) accompagnait Jean-Louis dans son travail, s'en était dit « extrêmement choquée », n'acceptant pas que l'on puisse ainsi laisser faire un tel rustre en public, fût-il Eugène Labiche. C'est la raison pour laquelle – la raison officielle, tout du moins – Régine n'approuva pas à cœur joie le choix de Lalumière de monter la pièce en question en son théâtre de la rue du Montparnasse quelque quinze années plus tard. Parallèlement, des rumeurs laissèrent entendre à l'époque qu'elle et le « fantomatique » metteur en scène avaient eu une liaison aussi courte que passionnée : d'où sa réprobation.

Celle-ci fut néanmoins de très courte durée. On vit même l'actrice soutenir ardemment le projet dès lors qu'elle fut absolument certaine de tenir le rôle de Madame Ménachet, rôle si essentiel à ses yeux qu'elle n'aurait voulu le voir jouer pour rien au monde par quelque autre rivale de la troupe. La pièce, un vaudeville en un acte et quatre personnages – enfin trois, et une voix – avait fortement impressionné Jean-Louis lors de la première au Palais-Royal. Très enlevée, fort efficace et peu onéreuse, il s'était promis de la monter dès que l'occasion se présenterait. Elle lui revint donc immédiatement à l'esprit quinze ans plus tard lorsque le directeur du théâtre lui commanda une pièce courte et divertissante.

« Tu comprends, Jean-Louis, lui avait-il dit sans rire un matin dans son bureau, entre deux gorgées d'un café amer et bien trop chaud qu'il avait fait venir du troquet d'en face, c'est bien gentil de vouloir cultiver ces imbéciles pendant des heures avec du Racine ou du Shakespeare et leur horde invraisemblable d'acteurs ! Mais, si tu peux les faire rire simplement avec deux ou trois personnages, un lit, une table et un placard à balais, tu as ma bénédiction ! »

Il aurait probablement conclu d'un de ces rires gras dont il était coutumier s'il ne s'était pas brûlé la langue et n'avait manqué de renverser la tasse sur ses genoux.

« Bon sang de... » Son éducation lui interdisait d'en dire davantage, et c'était finalement bien mieux ainsi.

Comme à son habitude et profitant de l'incident, Lalumière s'était levé lentement, préférant garder son énergie pour le travail. Il s'était contenté de sourire mollement en retour avant de sortir avec flegme, sans rien ajouter, ce qui chez lui et pour tous ceux qui le connaissaient bien, était un signe affirmé de mépris, de pur dédain envers celui qui lui ouvrait tout de même son établissement en toute confiance depuis près de dix années : personne n'est à l'abri d'une ou deux contradictions, en particulier dans les milieux artistiques.

Dès le lendemain, son projet était accepté. Un contrat fut rapidement établi et signé dans la semaine. Régine, fort enjouée – on l'a dit – depuis qu'elle avait obtenu un rôle, connaissait fort bien la pièce pour l'avoir déjà vue à sa création ; elle se chargea donc de la promouvoir auprès de la troupe. Jean-Louis qui, par ailleurs, n'aimait pas trop cet exercice préliminaire la laissa faire non sans une certaine délectation. Son rôle de simple logeuse – la fameuse Madame Ménachet – y apparaissait, selon ses dires, comme étant le personnage central de la pièce, incontournable, autour duquel s'articulaient tout naturellement les deux autres rôles : Frisette, jeune ouvrière en dentelles, et Gaudrion, simple garçon boulanger.

Régine Mercier avait, pour l'occasion, réuni la troupe au grand complet sur la petite scène du théâtre.

« À neuf heures, précises ! » avait-elle insisté. Et gare aux retardataires ! »

On ne sut jamais vraiment si elle avait ou non dit cela sur le ton de la plaisanterie mais, curieusement, tous furent au rendez-vous ce matin-là, à l'heure dite. Chacun avait rapidement pris place sans trop réfléchir, formant instinctivement un large cercle dont le centre était l'actrice elle-même. Jean-Louis avait été invité, lui aussi, à s'asseoir à la circonférence d'où, il faut bien l'avouer, il pouvait savourer pleinement le moment, non sans un malin plaisir, tout en s'enivrant du parfum de miel que dégageait en se consumant le tabac de sa toute première pipe de la journée. La future Madame Ménachet attendit un moment que le silence se fasse. Puis, en quelques phrases, tournant lentement sur son axe, posa habilement le décor :

« Depuis quelques jours, Gaudrion, le garçon boulanger, vit comme Frisette, la lingère, dans le même appartement d'une logeuse : moi, Madame Ménachet… ! Elle se désigne fièrement de la main droite. Ben oui… ! ajoute-t-elle alors, s'appropriant définitivement le rôle, c'est que *je* manque cruellement de place, *moi* ! Bon… – s'agace-t-elle en silence des moues moqueuses affichées çà et là sur les visages de ses compagnons –, bien entendu, leurs horaires de travail diffèrent, et ils ne se croisent guère jusque-là que dans l'escalier. De fait, le boulanger ne sait pas qu'il vit chez la lingère et, réciproquement, la lingère ne sait pas qu'elle vit chez le boulanger. Par ailleurs, le boulanger déteste les femmes, et la lingère, cela va sans dire, déteste les hommes… !

Régine fait une courte pause, s'assure discrètement de l'effet de cette rapide mise en bouche sur l'auditoire.

« Évidemment, poursuit-elle rassurée, la rencontre est bientôt inévitable entre le boulanger et la lingère, rendant du même coup pitoyable la situation de la logeuse… *Ma* situation, en quelque sorte… ! »

Entraînée dans sa bonne humeur, et fort satisfaite de la qualité de sa prestation, l'actrice laisse échapper un rire franc, gras et suffisamment communicatif pour trouver aussitôt écho autour d'elle, ce qui ne manque pas de l'encourager à poursuivre sans délai.

« Bon ! Nous allons maintenant vous faire une lecture… » Elle fait signe à ses deux partenaires assis aux côtés de Jean-Louis de la rejoindre au centre.

« Au fait, tout le monde sait que Lise et Jeannot ont le privilège de m'accompagner dans cette belle aventure… ? Les deux jeunes gens rouges d'émotion se lèvent, applaudis par leurs camarades. Oui, oui ! ajoute-t-elle alors aussitôt, parfaitement à l'aise dans son rôle de meneuse de revues. Vous pouvez les encourager, M'sieurs dames… ! Elle les embrasse tous deux comme du bon pain puis, levant les bras, réclame à nouveau le silence…

« Quant à notre Jean-Louis… Le ton est gentiment moqueur. L'actrice s'avance rapidement vers le metteur en scène, visiblement mal à l'aise. Notre Jean-Louis national… reprend-elle, parfaitement désinhibée, tandis qu'à la surprise générale elle l'entoure déjà de ses bras et s'assoit affectueusement sur ses genoux… Eh bien… ! Figurez-vous qu'il tient absolument à faire la voix de Barbadoux, le brasseur amoureux… Au moins cette fois-ci, pour une fois, on ne le verra pas de toute la représentation ! » s'amuse-t-elle avec humour.

Tous, y compris l'intéressé, éclatent joyeusement de rire, laissant enfin paraître le bonheur d'être ensemble ! Encouragé par Régine qui ne manque pas de l'embrasser tendrement sur la joue avant de le libérer de son emprise, Jean-Louis finit par se lever, rouge d'embarras. Redevenu bien involontairement le centre de toutes les attentions, le chef de cette belle famille théâtrale, de cette troupe heureuse et soudée qu'il a eu tant de plaisir à diriger durant toutes ces années, cet homme sévère enfin redevenu enfant, cherche à cacher son émotion, à retenir les quelques larmes qu'il sent à regret s'amasser déjà derrière ses paupières.

Nul doute : *Frisette* serait assurément un succès. Jean-Louis le sait. Porté par le talent et l'enthousiasme débordant de Régine, le spectacle s'annonce d'ores et déjà savoureux. Peu importe le rôle. Petit, grand, subalterne ou de premier plan. L'actrice fédère, elle rayonne. Elle *est* le théâtre. Elle l'incarne. C'est pour cela qu'il l'apprécie mieux que quiconque et depuis si longtemps. Durant toute la matinée, il a regardé s'activer sa partenaire de toujours, d'un œil tendre et bienveillant – presque mélancolique – avec la vraie reconnaissance de l'homme de théâtre, du professionnel, pour qui les noms de « troupe » et de « générosité » signifient réellement quelque chose dès lors qu'il s'agit de monter un projet, le faire vivre sur scène, le partager enfin, en parfaite symbiose avec les spectateurs…

Jamais pourtant, jusque-là, n'avait-il su (ni même voulu) lui avouer ses sentiments. Par pudeur, peut-être. Par crainte, plutôt, de se voir obligé de partager sa vie avec une femme – une seule – et de lui ouvrir son âme, totalement ; de chérir avec elle ses secrets, tous ses secrets. Même les plus inavouables. Même *le* plus inavouable… Une seule et même femme, si amoureuse fût-elle, il ne saurait l'envisager, lui l'artiste, le saltimbanque : rien jamais ne devrait le rattacher aux cruelles obligations, bien trop *normales* à son goût, du monde réel… Or, ce jour-là, et pour la première fois, peut-être, le baiser de Régine l'avait troublé…

* * *

La pluie avait enfin cessé et avec elle le tapage assourdissant de l'eau sur le mince toit de pin censé protéger l'habitacle des intempéries britanniques. Le silence régnait enfin dans la roulotte depuis une bonne demi-heure quand il fut interrompu par le sifflement strident et familier de la bouilloire. Régine qui, en prévision, s'était plantée devant le réchaud, immobile, depuis bientôt cinq bonnes minutes, la saisit aussitôt : elle avait cette impatience que partagent celles et ceux pour qui toute bonne organisation rime avec *art de vivre*. Elle crut bon de servir le thé en priorité au pauvre Farlow qui, il est vrai, en avait bien besoin dans ses vêtements humides, tout grelottant et contusionné qu'il était depuis sa chute. Ayant rempli sa tasse, elle réajusta hâtivement de sa main libre le bandage qu'elle venait pourtant d'enrouler tant bien que mal autour du crâne du brave homme. Partiellement desserré, il avait glissé par-delà l'oreille gauche, laissant apparaître un vilain hématome sur le front, juste au-dessus de l'arcade sourcilière. C'est alors qu'elle remarqua que Jean-Louis, qui tirait toujours inlassablement sur sa pipe, la regardait fixement depuis son fauteuil, à l'autre bout de la roulotte. Son regard paisible et comme chargé d'une tendre nostalgie laissait paraître, pour qui voulait bien le saisir, un urgent besoin de réconfort. Ce regard, Régine le connaissait bien. C'était comme un appel à l'aide. Une sorte de communion qui réunissait parfois les deux êtres à intervalles réguliers dans leurs souvenirs depuis qu'ils avaient échoué avec Marie sur cette terre étrangère. Ce soir-là toutefois, et tandis qu'ils traversaient une passe sans doute plus pénible qu'à l'ordinaire, Régine détecta davantage de peine dans les yeux de l'acteur. Or, ne trouvant pas en elle-même (et pour la première fois) la force nécessaire pour y répondre, elle chercha dans un premier temps à l'éviter. Elle décida donc d'aller servir Marie qui, décidément bien silencieuse, et telle une petite fille modèle, lui tendait déjà sa tasse. Arrivée à hauteur de la jeune fille et comme prise de remords, elle ne put néanmoins s'empêcher de tourner à nouveau les yeux vers Jean-Louis qui lui parut alors esquisser un sourire victorieux. Il s'en fallut de peu pour que Régine, vexée, lui tournât résolument le dos. Mais leurs regards, décidément attirés l'un vers l'autre ce soir-là, brillaient bien trop fort : ils s'étaient croisés le temps nécessaire – elle l'avait immédiatement compris – pour qu'une fois encore leurs souvenirs communs de cette dernière et fatale soirée parisienne du 17 décembre 1860 resurgissent aussitôt…

* * *

Comme on s'en doutait – comme on l'espérait, tout du moins –, la foule s'était pressée en nombre aux portes du petit théâtre de la rue du Montparnasse, le soir de la grande première. Il régnait alors dans la capitale comme un air de fête. Il avait neigé toute l'après-midi et, pour la première fois de l'année, les rues s'étaient couvertes d'un épais manteau blanc, ce qui ne manquait pas de réjouir les Parisiens, jeunes et moins jeunes. Le grand Eugène Labiche s'était fait excuser, naturellement, prétextant un épouvantable mal de tête lié à un soudain refroidissement. Mais il avait cru bon (par correction, sans doute) de se faire représenter par son ami et co-auteur Édouard Martin, avec qui il venait d'écrire *Le Voyage de monsieur Perrichon*. Il avait aussi convaincu son ami et grand critique dramatique du moment, Francisque Sarcey – fort décrié par ailleurs parmi les auteurs modernes et novateurs de l'époque (Octave Mirbeau n'avait-il pas été jusqu'à traiter son bon sens théâtral de *caca* ?) – de se déplacer en personne. Fort heureusement, celui-ci appréciait grandement les vaudevilles de Labiche, de même que le théâtre de Victorien Sardou estimant que, d'une manière générale, les pièces étaient faites pour être jouées devant un public nombreux, et non pour une élite. Toujours est-il qu'il était fort influent et créait l'événement à chacune de ses apparitions. Jean-Louis se souvenait d'ailleurs avoir lu un article dans lequel Émile Zola lui-même écrivait au sujet du critique : « *Dès qu'il entre, un murmure court de loge en loge. On se penche pour l'apercevoir, les maris le montrent à leur femme, des jeunes filles le contemplent. [...] "Sarcey ! Sarcey !... Où donc ?... Tenez, ce gros là-bas qui manque d'écraser une dame. [...] S'il applaudit, la fortune de l'œuvre est faite ; s'il bâille, tout est perdu."* » On pria donc dans les coulisses pour qu'il ne bâillât pas ce soir-là !

« Qu'est-ce qu'ils fichent ici, ces deux-là ? » Régine, qui comme Jean-Louis scrutait impatiemment la salle à travers l'interstice du rideau depuis bientôt dix minutes, ne s'intéressait déjà plus au célèbre critique. Elle venait en effet d'apercevoir deux hommes qu'elle ne fut pas longue à reconnaître. C'étaient deux policiers qui travaillaient au commissariat du 11 de la rue Vavin, non loin du théâtre, et qu'elle avait déjà vus à l'œuvre sur quelques malheureux affamés deux semaines plus tôt, tandis qu'ils tentaient maladroitement de dérober le portefeuille d'un bourgeois bien en chair qui, le visage bas et au pas de course, revenait sans l'ombre d'un doute de tromper sa femme avec l'une des aguichantes pensionnaires de chez Madame Jeanine qui officiaient dans le quartier. La rudesse avec laquelle ils avaient poussé puis plaqué l'un des délinquants au sol – celui qui, aussitôt abandonné par ses compères, n'avait pas su courir assez vite –, elle n'aurait jamais pu l'oublier de sitôt. Or, les deux fonctionnaires lui apparurent cette fois-ci bien plus discrets que d'ordinaire, bien trop discrets à vrai dire à son goût dans leur tenue civile mal ajustée qui, il faut bien l'avouer, cadraient fort mal avec les costumes trois pièces sombres et élégants des personnalités qui arpentent habituellement les théâtres parisiens les soirs de première. Ces deux-là n'avaient manifestement pas été invités et cherchaient désespérément à se faire oublier. C'était raté. Aussitôt entrés, ils avaient pourtant pris soin d'éviter l'ouvreuse et s'étaient rapidement dirigés dans la demi-pénombre du théâtre, en direction du fumoir de gauche, au fond de l'orchestre.

Ils étaient curieusement accompagnés d'un jeune adolescent d'une quinzaine d'années qui, en dépit de son allure de *Gavroche* (si tant est que l'œuvre de Victor Hugo ait eu la bonne idée de paraître deux ans plus tôt !), aurait pu passer pour le fils de l'un d'entre eux si les deux hommes ne s'étaient comportés avec lui comme avec n'importe quelle autre de leurs victimes : une main posée sur chacune de ses épaules, ils dirigeaient vivement le jeune garçon, l'encadrant de près et sans aucun état d'âme à travers la foule, aussi froidement qu'ils l'auraient probablement fait quelques heures plus tôt dans les coursives de leur propre commissariat. Une fois coincé entre ce genre d'individu, songea Régine, tout être raisonnable – si innocent fut-il – devait peu à peu et irrémédiablement se sentir déjà suspect, coupable potentiel, tout juste bon à être jeté en prison.

« Tu as vu… ? Régine lève les yeux vers Jean-Louis qui, collé contre elle, scrute la salle par-dessus son épaule. Pas de réponse. À vrai dire, il ne l'écoute pas. À ce stade, il n'est plus là pour personne d'ailleurs, depuis de longues minutes. Tu as vu les deux flics au fond de la salle ? insiste-t-elle alors, activant sèchement son menton dans leur direction. C'est toi qui les as invités, j'imagine… tente-t-elle encore, sur le ton de la plaisanterie.

— J'ai invité qui ? lance-t-il alors sans réfléchir, agacé et forcé de s'arracher malgré lui de ses pensées : il ne comprend vraisemblablement pas de quoi elle veut parler.

— Les deux flics, là-bas, au fond à gauche… Avec le môme entre les deux ! »

L'effet fut immédiat. La transformation étonnante ; redoutable. À peine les avait-il enfin aperçus que Jean-Louis s'était aussitôt détaché de Régine. Il avait reculé d'un pas, puis s'était pour ainsi dire figé. Comme pour chercher à parler d'autre chose, il prétexta alors l'imminence du lever de rideau et, sans rien ajouter, disparut hâtivement dans l'obscurité des coulisses, côté jardin. Certes, son attitude avait surpris Régine sur le moment mais, le connaissant bien, elle associa vite sa réaction au trac de la première et ne tarda pas à rejoindre les deux autres acteurs qui, déambulant nerveusement au milieu du décor, cherchaient visiblement et du mieux qu'ils pouvaient à oublier leur propre angoisse. Elle nota seulement avec regret que Jean-Louis n'était pas allé encourager la troupe ce soir-là, ainsi qu'il le faisait pourtant habituellement les soirs de première…

Puis tout était allé très vite. Depuis la régie, on éteignit progressivement les lumières de la salle, à commencer par l'imposant lustre central qui suscitait tant d'admiration, en particulier chez la gent féminine qui avaient cœur à imaginer les longues heures passées à le faire briller. Grâce au tout récent jeu d'orgue à gaz dont venait de se doter le petit théâtre, couplé à l'usage de bien meilleures lentilles de Fresnel et de quelques filtres de mica savamment dosés pour intensifier les couleurs, on lança enfin les effets scéniques. Ah ! que de progrès avaient été réalisés depuis les éclairages, si révolutionnaires à l'époque, utilisés pour la première fois dès 1820 au Théâtre de l'Odéon, puis ultérieurement à l'Opéra Garnier !

« Paris, *ville lumière* ! » La capitale n'a pas acquis sa réputation pour rien, pense brièvement Régine tandis qu'elle déambulait encore, à demi rêveuse, derrière le rideau rouge. Émerveillée, les yeux brillants, elle lève les yeux vers les cintres, répond amicalement au petit signe d'encouragement d'un technicien du théâtre qu'elle ne reconnaît d'ailleurs pas. Puis se hâtant de parcourir une dernière fois – comme pour mieux se l'approprier – l'architecture de la petite chambre d'hôtel garni (unique décor de la pièce en un acte), elle se remémore mot pour mot et pour la énième fois les indications scéniques de l'auteur… Jean-Louis avait bien insisté : celles-ci devraient être scrupuleusement respectées :

« *Au fond, à gauche, un lit avec rideau ; à droite, du lit, une fontaine, puis une porte conduisant à l'extérieur. À gauche, au premier plan, une croisée ; au deuxième plan, une cheminée ; au troisième plan, une porte conduisant à un cabinet. À droite, premier plan, une porte conduisant à un autre cabinet ; deuxième plan, une cheminée ; troisième plan, une croisée. Une moitié de la chambre est tapissée d'un papier rouge, l'autre d'un papier jaune. À gauche, une table. Chaises, un vase sur chaque cheminée, pelle, pincettes, un gril, un réchaud.* »

« Tout est en place. Parfaitement à sa place », constate-t-elle alors avec satisfaction, réajustant néanmoins une chaise contre la table…

Huit heures moins une. Rien d'autre ne compte plus désormais pour l'actrice que le théâtre. Pas même les deux policiers. Ni même le très honorable et distingué Francisque Sarcey. Qu'ils aillent au diable, après tout ! Dehors, la neige elle-même peut bien s'arrêter de tomber. Fondre si elle le doit ! Sur le plateau, la tension est à son maximum. N'ayant rien à y faire à ce moment précis, Régine et Jeannot rejoignent promptement les coulisses. Côté jardin pour Régine, surprise de ne pas y trouver Jean-Louis. Qu'importe ! Il ne doit pas être bien loin. La seule personne qui compte à présent, c'est Lise. Enfin… Frisette. Seule sur scène avec elle-même, debout face au miroir accroché au manteau de la cheminée de gauche, la jeune lingère termine sa toilette dans la chambre de l'hôtel garni. Les trois coups retentissent. Le rideau se lève sur la salle bondée d'où résonnent encore quelques derniers toussotements vite étouffés par une vive et chaleureuse salve d'applaudissements. Le théâtre est roi. La pièce peut enfin commencer…

Une voix monte aussitôt, puissante, depuis les coulisses, derrière la porte d'entrée. « Mamzelle Frisette ? Mamzelle Frisette... ? » s'enquête-t-elle, impatiente. « Hein ! Quoi ? » s'interroge la pauvre fille qui va devoir une nouvelle fois affronter Barbaroux, son infatigable séducteur…

Mais pour Régine, à ce moment précis, tout a déjà basculé dans l'effroi. Son visage s'est comme métamorphosé. Figé, glacé. Cette voix qui aurait dû la rassurer, qui aurait dû lui faire comprendre que tout allait bien, que tout le monde était en place, que le succès était à portée de main. Cette voix-là, malheureusement, elle l'avait immédiatement reconnue. Et ce n'était pas celle de Jean-Louis…

* * *

Cela faisait maintenant quatre heures que la diligence avait quitté Paris. Quatre longues heures pendant lesquelles Régine – assise inconfortablement face à Jean-Louis, balancée entre Marie d'une part, profondément endormie contre la portière droite du véhicule, et une brave souillon bien en chair de l'autre qui, oscillant régulièrement d'une fesse à l'autre à la recherche d'une position satisfaisante, exhalait involontairement une odeur bien peu aimable – quatre longues heures interminables donc, durant lesquelles la pauvre Régine, ne trouvant pas le sommeil, revivait en boucle le fil d'une soirée qu'elle n'aurait pourtant jamais cru devoir connaître un jour. C'était d'autant plus pénible pour elle qu'une douzaine de volailles ne cessaient de jacasser du fond de leurs cageots en équilibre précaire au-dessus de leurs têtes et s'agitaient de plus belle au rythme des embardées inévitables la nuit par temps de neige, ne manquant pas de disséminer çà et là leur duvet crasseux dans le sordide habitacle de troisième classe.

Elle ne pouvait quitter Jean-Louis du regard. Il paraissait si calme, si anonyme et si paisible dans son sommeil. C'était à peine croyable. Lui à cause de qui tout avait si brusquement basculé. Lui, Jean-Louis Lalumière, le metteur en scène dont le *Tout-Paris* semblait encore annoncer la gloire quelques heures auparavant. Lui qui, par sa faute, avait simplement tout gâché… dormait paisiblement. S'il n'avait pas eu les poings fermement rivés à la poignée de cuir d'une vieille sacoche qu'il avait pris soin de garder tout contre lui (et dans laquelle il avait promptement amassé toute sa fortune et rapidement plié la non moins précieuse affiche de la première de *Frisette* au Théâtre du Palais-Royal), on aurait pu dire que cet homme-là avait l'allure – tant jalousée ! – d'un enfant bercé dans une heureuse insouciance.

Régine n'en revenait pas : elle n'éprouvait pas de colère envers lui. Bien sûr, elle lui en voulait d'avoir entraîné avec eux sa fille, Marie. Mais s'en voulait davantage de l'avoir suivi. Une fois encore. Sans rien demander. Ou plutôt, sans rien *oser* demander. Toujours fermer les yeux. Toujours tourner la tête. Par habitude, non par fidélité. Elle se refusait en effet d'y voir le moindre attachement sentimental. « D'amour, il ne saurait en être question. Certainement pas ! », s'évertuait-elle à se persuader chaque fois que leurs yeux s'étaient croisés plus intimement que d'habitude, au détour d'un escalier, au hasard d'une coursive. Elle l'avait suivi, une fois de plus. Bêtement. Voilà. C'était sa faute, après tout. Elle ne devrait s'en prendre qu'à elle-même. Et pourtant…

Pourtant, quand elle comprit depuis les coulisses que Jean-Louis avait abandonné son rôle ; quand, une minute à peine avant d'entrer en scène, elle apprit du régisseur de plateau qu'il avait déjà regagné sa loge et lui intimait de l'y rejoindre avec Marie sitôt le rideau tombé, sans même attendre les applaudissements, ni même – avait-il ajouté, paraît-il – les huées éventuelles du public… alors, Régine Mercier sut mieux que quiconque ce qu'aimer voulait dire. Sans aucune haine ni amertume pour celui qui l'avait en quelque sorte trahie, elle décida de jouir aussi intensément que possible de cette représentation qu'elle savait ultime, puis elle rejoindrait sans hésitation son mentor de toujours et le suivrait n'importe où, jusqu'au bout du monde, si la situation l'exigeait.

Inlassablement, elle le regardait dormir. Elle lui en voulait seulement de pouvoir dormir aussi paisiblement. Comme si rien ne s'était passé. Comme s'il était normal de tout abandonner, de tourner la page aussi facilement. Ou bien – pensa-t-elle comme pour se rassurer – ou bien jouait-il une nouvelle fois la comédie, mieux que jamais sans doute, histoire de rire de la situation. Histoire de faire semblant d'être fort. Histoire de ne pas pleurer.

Certes, Marie n'avait pas bronché quand son père lui avait annoncé qu'ils devaient fuir Paris au plus vite, des créanciers malveillants ayant soi-disant lancé la police à ses trousses. C'était crédible, après tout : n'avait-il pas déjà engagé autrefois une grande partie de sa fortune dans quelques projets hasardeux ? La jeune fille en avait vu passer, des créanciers insatisfaits, souvent accompagnés de vilains hommes aux chapeaux noirs qui, dès l'aube, n'hésitaient pas à réveiller la maisonnée, à saisir des meubles qui ne leur appartenaient même pas ! Mais Régine ! N'avait-elle pas droit quant à elle à une explication, disons... plus crédible ? Plus acceptable ? Moins irrévérencieuse ? Moins méprisante, surtout ? Non pas. Jean-Louis jugea même celle-ci amplement suffisante. L'actrice devrait s'en contenter. Pourtant ne l'avait-elle pas averti elle-même, à quelques minutes du lever de rideau, de l'étrange présence à l'orchestre des deux policiers en civil et de l'adolescent ? Ne l'avait-elle pas vu se figer aussitôt derrière elle puis disparaître dans les coulisses, comme s'il avait vu le Diable en personne ? Quoi ! La vérité... ? Le mensonge... ? Il n'en avait cure ! Qu'elle pense ce qu'elle veuille, après tout. Pour Jean-Louis, ce n'était déjà plus son affaire. Son affaire, à cet instant, c'était de fuir la capitale au plus vite. Si elle décidait de le suivre (il savait qu'elle le suivrait), elle devait seulement se hâter de prendre quelques affaires chaudes, le juste nécessaire, puis le rejoindre avec Marie à l'arrière du théâtre et disparaître sans se retourner. Jamais.

C'est ce qu'ils avaient donc fait. Une calèche les avait tout d'abord conduits sous la neige jusqu'à la Porte de Saint-Denis d'où partaient la plupart des diligences vers le Nord et la

Belgique, puis ils attendirent deux heures du matin avant de quitter enfin Paris, direction Calais, puis l'Angleterre… Ils y débarquèrent trois jours plus tard, après un long et éprouvant voyage, en particulier pour la jeune Marie qui, à peine arrivée à Londres, tomba malade et dut s'aliter durant une semaine dans la chambre peu confortable d'une auberge sordide, chambre qu'elle partagea tant bien que mal avec Régine. Celle-ci veilla sur elle une fois de plus, telle une mère, tandis que Jean-Louis, totalement métamorphosé et rempli d'une énergie stupéfiante, cherchait déjà à construire sa nouvelle existence, arpentant les rues de Londres, du matin jusqu'au soir, comme s'il y avait toujours vécu…

Ce n'était pas, à vrai dire, totalement faux. Maîtrisant assez bien la langue de Shakespeare de par son éducation et son intérêt précoce pour le théâtre britannique, il avait eu la chance de croiser assez tôt deux figures importantes de la scène londonienne de l'époque : Charles James Mathews et John Maddison Morton. Le premier était l'un des rares acteurs anglais à avoir eu quelque succès en France, notamment à Paris dans l'adaptation française de *Cool as a Cucumber* sottement rebaptisée *Un Anglais timide,* en 1863. Jean-Louis l'admirait beaucoup. Il lui avait été présenté lors de la première de *Frisette* au Théâtre du Palais-Royal. L'Anglais était alors accompagné de Morton, un compatriote, auteur de théâtre, apprécié tout particulièrement dans son pays pour ses comédies burlesques. Tous deux furent tellement séduits par le travail de Labiche qu'à peine rentrés à Londres (et non sans l'accord fort intéressé du célèbre auteur français), Morton en écrivit une version très similaire qu'il baptisa *Box and Cox* (du nom des deux colocataires) et qui restera son œuvre la plus connue, tandis que

Mathews, devenu directeur du Lyceum Theatre, un important théâtre situé à Westminster, dans le West End de la capitale, se chargea de la création de la pièce.

La première eut lieu le 1er novembre 1847, soit à peine un an et demi plus tard. Porté par l'acteur John Baldwin Buckstone – qui en tirera par ailleurs sa notoriété en se réservant longtemps le rôle de Cox –, le vaudeville connut un tel succès public qu'une représentation exceptionnelle fut donnée en l'honneur de Sa Majesté la reine Victoria, au château de Windsor, en janvier 1849. La pièce fut reprise en 1850 au Haymarket Theatre, que dirigeait alors Baldwin, avant de connaître une forte popularité dans le Royaume-Uni tout entier.

Bref, un véritable boulevard s'ouvrait devant Lalumière, et il pourrait même sembler – à qui n'aurait pas suivi scrupuleusement l'affaire – que celui-ci avait minutieusement planifié ce voyage des années durant et pris subitement la décision de quitter le pays ce soir de grande première en un magistral *coup de théâtre*, ultime pied de nez de l'acteur aux mondanités parisiennes qu'il méprisait tant. Il n'en était rien. N'étant pas de nature à se laisser abattre, Jean-Louis mit donc à profit les trois longues journées de voyage pour tourner définitivement la page et définir précisément le profil de sa nouvelle existence. Le lien entre ses deux vies était clair et tout tracé : s'il n'avait pu s'enorgueillir du succès parisien de *Frisette* – ou du moins, si *on* ne lui en avait pas laissé le temps – alors il se chargerait de faire rayonner *Box and Cox*, en nomade, auprès du petit peuple, tel un Jean-Baptiste Poquelin et sa troupe, à travers l'Angleterre, le Pays de Galles et pourquoi pas jusqu'en Écosse ! Le temps, du moins, de se faire oublier, de disparaître, d'effacer le passé…

À peine débarqué, Jean-Louis avait su tout naturellement vers où guider ses pas : il était allé derechef rendre visite à ses « bons vieux amis » Morton et Mathews (autant qu'il se plaisait à les appeler) pour les convaincre de lui confier les rênes d'une ou deux bonnes vieilles roulottes et de mener ainsi leur pièce vers de nouvelles destinées, plus populaires encore.

« *À l'ancienne... !* s'évertuait-il à répéter en français, et par Dieu sait quel soudain snobisme d'émigré. J'en ai assez de jouer pour tous ces bourgeois ! Comprenez-vous… ? »

C'était une de ses dernières lubies : la lutte des classes… Cultiver les petites gens ! Il s'en était convaincu en moins d'une semaine. Du moins avait-il besoin de cette nouvelle et généreuse idée – qui lui avait été relativement étrangère jusque-là dans sa carrière – pour se motiver à entreprendre de nouvelles choses. À aller de l'avant.

« Le théâtre, c'est le peuple ! Pas vrai ? » argumentait-il avec conviction.

Jean-Louis se rendit rapidement compte aux sourires complices de ses interlocuteurs qu'il ne fallait peut-être pas trop en rajouter. L'homme de bon sens sut cependant les intéresser suffisamment à son projet pour qu'ils lui financent l'acquisition de deux vastes roulottes, de quatre chevaux et de tout le matériel nécessaire à la construction d'une scène et d'un décor minimaliste. On était bien loin des effets scéniques modernes du petit théâtre de la rue du Montparnasse… ! Mathews fournit par ailleurs gracieusement à son « vieil ami » Lalumière, dont il appréciait réellement le travail, les costumes nécessaires aux représentations. Quant à Morton, il lui présenta la semaine suivante un de ses amis acteurs, un certain John Farlow, qui – assurait-il – saurait lui être gré de le prendre dans sa troupe et lui serait fort utile en retour dans tous ses déplacements. De surcroît, la version anglaise de *Frisette*, contrairement à l'originale, mettait en scène deux hommes et une femme : Jean-Louis aurait donc bien besoin, au-delà d'un solide homme de main, d'un comédien de talent pour mener à bien son projet.

Si Farlow, de par sa belle stature, saurait à la fois conduire une roulotte, s'occuper des décors et jouer la comédie, Régine n'aurait quant à elle aucun mal, pensait-il, à reproduire fidèlement son rôle de logeuse qu'elle connaissait par cœur et qui, dans le vaudeville anglais, était fort semblable à celui de Madame Ménachet ! Elle ne pourrait même, après tout, que lui en être reconnaissante ! Évidemment, son anglais était encore assez approximatif, mais elle saurait vite l'améliorer, avec l'aide de Farlow, de la jeune Marie, mais aussi et surtout grâce à une bonne dose d'improvisation. Et pour cela, il faut bien le dire, on pouvait lui faire amplement confiance !

* * *

C'est ainsi que, quelque deux années et un printemps plus tard, le petit théâtre ambulant et ses deux roulottes itinérantes se retrouvèrent momentanément bloqués sous l'orage, à quelque distance de Glasgow…

Acte III
Un « mini festival culturel »

On ne comptait plus les allers-retours qu'avait parcourus le Révérend Finneghan depuis l'aube ce matin-là, traversant de part et d'autre la place du village avec une énergie sans pareille pour un homme de son âge. Comme chaque année à la même époque, il avait abandonné pour quelques jours sa paroisse voisine de Crieff, ses ouailles et son ministère, pour se consacrer corps et âme à l'organisation de la quatrième édition de son *mini festival culturel* (comme il aimait fièrement le nommer) dans le cadre des traditionnels Highland Games du petit village de Cuimridh, à quelque onze miles de là et dans les hauteurs duquel demeuraient les familles McFarlain et Robertson.

Les jeux longtemps interdits dans la région, comme tout autre rassemblement d'ailleurs, suite à l'échec des révoltes jacobites de la fin du XVIIIe siècle, étaient réapparus dès les années vingt et avaient depuis pris bien trop d'ampleur à son goût, notamment à Crieff où ils ne ressemblaient plus guère à ses yeux qu'à une sorte de gigantesque réunion de mâles en rut, plus soucieux d'étaler la force de leurs muscles devant les plus belles (et souvent moins belles) *femelles* du comté, que de montrer en cette occasion festive la moindre fibre intellectuelle ou culturelle. Il n'en pouvait plus de croiser à chaque coin de rue des hommes massifs à moitié nus, parés du simple kilt de rigueur, et la plupart du temps ivres de bière du matin jusqu'au soir, se hâtant vers les aires réservées à des épreuves de force plus absurdes les unes que les autres comme le *Stone Put*, par exemple, vulgaire lancer de pierres, bientôt remplacé par le non moins absurde *Scottish Hammer Throw*, où l'on trouva bien plus amusant (car sans doute plus dangereux) de substituer les pierres par de lourds et imposants marteaux de fonte. Le saint homme ne supportait plus d'entendre ses ouailles, d'ordinaire si réservées, se mettre à hurler telles des bêtes sauvages incultes (ce qui n'était pas loin d'être le cas) et se mêler à la foule en délire, tandis que des hommes de tous âges s'exténuaient tant qu'ils pouvaient à mesurer leur virilité au nombre de centimètres gagnés sur l'adversaire lors d'un désormais fameux *Tug of War,* ou « Tirer de Corde », dont la réputation n'était plus à faire à travers l'ensemble du royaume et par-delà les mers.

Pourtant, en tête du palmarès des activités sportives les plus appréciées de tous – et les plus redoutées du pasteur – outre les différentes luttes traditionnelles écossaises, ou *Back-Holds*, qui ne manquaient de s'organiser çà et là dans la ville au hasard d'une sortie de pub bien arrosée (ce qui était, à n'en pas douter, bien plus amusant), Finneghan en retenait une particulièrement redoutable : le *Caber Toss*. Ce « lancer de troncs d'arbre » était en réalité tout un art et chaque concurrent se devait de suivre une technique bien précise à laquelle il ne pouvait déroger en aucune façon sous peine de disqualification et de honte éternelle auprès des siens. Les troncs ne mesurant pas moins de cinq à six mètres chacun, leur poids pouvait varier entre trente-cinq et soixante kilogrammes. On imagine donc sans peine la corpulence des gaillards se présentant à l'épreuve, les plus frêles et non moins virils et courageux challengeurs étant exclus d'emblée par un jury d'anciens champions intransigeants, conscients par ailleurs des risques encourus. Car il s'agissait de lancer le tronc non pas horizontalement, mais bien verticalement, de sorte que celui-ci exécute un tour complet sur lui-même dans l'axe du lancer avant de retomber lourdement sur le sol. Une véritable épreuve de force donc, non sans danger pour le lanceur ni pour les spectateurs les plus inconscients venus s'entasser aux abords immédiats des cercles de jeu…

Bref, quand Finneghan avait appris en s'installant dans la région que la reine Victoria, qu'il vénérait tant, s'était elle-même déplacée jusqu'à Braemer à l'occasion des Jeux de 1848 – initiant ainsi sans le savoir une tradition perpétuée par la suite par chaque monarque de l'Empire – il jura par tous les diables de tout tenter pour qu'enfin la culture, la vraie, trouve aussi sa place en Écosse, au moins une fois l'an. Avec une sage modestie, il se contenta toutefois dans un premier temps de créer son *mini festival* dans le petit village de Cuimridh, sachant qu'il y trouverait, sinon le succès, du moins l'indéfectible soutien de Moyra McFarlain, sa plus fidèle et loyale admiratrice. Toujours à l'affût de nouveaux spectacles, quelle ne fut donc pas sa joie lorsqu'un de ses confrères et amis officiant dans la région de Liverpool lui annonça par courrier qu'une petite troupe de théâtre de grand talent parcourait depuis peu l'Écosse et ne manquerait pas, si on lui offrait le couvert et le gîte, de s'arrêter à Cuimridh à l'occasion dudit festival, comme à toute autre occasion d'ailleurs.

« *J'ai cru comprendre en outre*, précisait maladroitement la lettre, *que le directeur de la petite troupe ambulante est un immigré français de Paris (qu'il aurait quitté, paraît-il, très brusquement et pour d'obscures raisons qu'il me reste à éclaircir), et que la pièce qu'il propose de jouer actuellement (et dont j'ai oublié le nom ; vous voudrez bien m'en excuser) a eu beaucoup de succès et en France et à Londres dans les années cinquante... Il y est, je crois, question d'un certain Box, ou Fox peut-être bien, et...* »

La lettre se perdait ensuite dans des détails de peu d'intérêt sur la santé dudit confrère et sa récente perte de mémoire, ce qui n'avait en l'occurrence aucune espèce d'importance puisque Finneghan s'était comme figé dès la lecture des deux patronymes. L'information, si erronée et imprécise fût-elle l'avait aussitôt auréolé de bonheur. *Box and Cox* ! avait-il immédiatement rectifié de lui-même, articulant les noms des deux protagonistes avec une délectation sans pareille. Comment oublier cette pièce qu'il n'avait pas manquée de voir dès sa création, puis de revoir lors de sa reprise au Haymarket Theatre, lorsqu'il était à Londres quelques années plus tôt. Comment d'ailleurs aurait-il pu laisser échapper une pièce donnée en l'honneur de la reine Victoria en son château de Windsor ? Une pièce d'origine française, par-dessus le marché... ! *Box and Cox* au *mini festival* de Cuimridh ! *Son* mini festival culturel ! Non décidément, il n'en revenait pas tant tout cela lui semblait encore si irréel.

Sans perdre de temps, le pasteur s'était aussitôt appliqué à rédiger dans un français soigné, quoique passablement ampoulé, une longue lettre d'invitation ô combien élogieuse conviant un certain Monsieur Jean-Louis Lalumière, directeur de la troupe ambulante du même nom, « *à venir interpréter dès que possible (en échange du gîte et du couvert) la version anglaise de "Frisette", l'œuvre du célèbre et remarquable auteur dramatique français, le sieur Eugène Labiche.* » Satisfait de ce discret mais efficace stratagème culturel – la référence au célèbre auteur français ne pouvant, à son sens, que faire mouche auprès du saltimbanque venu tout droit de la Ville Lumière –, il confia la précieuse missive au fils aîné de sa gouvernante, qu'il savait fiable, et l'envoya de ce pas à la recherche de son destinataire, itinérant à ce qu'on savait alors, quelque part entre le nord de Glasgow et l'ouest de Dundee… On imagine sans peine quelle fut la réponse, par ailleurs immédiate, de l'artiste en quête d'une rapide « réinsertion ».

* * *

Deux semaines plus tard, ce samedi 4 juillet 1863, les deux roulottes du petit théâtre ambulant s'étaient donc immobilisées en pleine nuit sur la place du village et, tandis qu'outre-Atlantique les États-Unis d'Amérique pleuraient leurs héros tombés la veille à la bataille de Gettysburg, on se hâta ici d'aller avertir derechef le révérend Finneghan qu'un membre éminent de la Comédie-Française – rien de moins, mais rien de plus faux – le demandait de toute urgence.

Lorsque celui-ci arriva sur place, les membres de la troupe – Lalumière et Farlow en tête – avaient commencé à entasser quelques éléments de décors au pied de la petite scène qui trônait d'ores et déjà devant l'église et semblait n'avoir été installée là que pour eux seuls. Après quelques présentations de circonstance, un café de rigueur à l'intérieur de la roulotte, on s'enquit immédiatement des conditions atmosphériques dont dépendrait le sort du spectacle comme celui des jeux en plein air cette année-là. Il n'avait en effet pas cessé de pleuvoir ces trois derniers jours, et bien qu'on ait fini au village par se satisfaire du crachin *à peine humide* qui s'était installé depuis l'aube au-dessus du clocher, on craignait en réalité le pire. Finneghan avait prudemment réservé la minuscule salle des fêtes qui n'avait de festif que le nom, mais rien ne pouvait à ses yeux remplacer une vraie représentation théâtrale en extérieur et sur tréteaux, face à une foule joyeusement amassée sur la place d'un village.

Tandis qu'on hésitait encore à sortir quoi que ce soit d'autre de la seconde roulotte, de peur d'endommager le décor, la bonne nouvelle tomba enfin aux alentours de huit heures : aux dires mêmes de la boulangère, dont l'articulation du genou gauche avait *miraculeusement* retrouvé toute sa souplesse, le beau temps ne devait pas tarder à revenir sur l'ensemble du comté. Ce fut effectivement le cas : à la surprise générale, dès neuf heures et demie – soit moins de quatre-vingt-dix minutes plus tard (un record, aux dires des anciens !) – les premiers rayons du soleil eurent raison des nuages les plus menaçants, et le beau temps finit par s'établir une fois pour toutes et pour le reste de la semaine au-dessus du village et de sa boulangerie. Le festival était sauvé !

À onze heures précises, la petite parade qui inaugurait traditionnellement les festivités entama sa longue marche à travers les rues du village. Les quelque vingt musiciens – tous, à vrai dire, n'étaient pas musiciens – fièrement endimanchés de leur plus beau costume clanique (kilt gris vert, chemise bleu clair, chaussettes hautes et bérets noirs) s'étaient réunis devant les deux roulottes, munis d'imposantes et bruyantes cornemuses, sous les regards émerveillés de Marie et de Régine qui, désireuses de suivre le cortège un moment avec le reste des villageois, avaient pour l'occasion laissé furtivement tomber les deux hommes.

Finneghan, bien qu'écossais d'origine, ne s'était jamais vraiment habitué au son criard de ces « *Panses Diaboliques* », ainsi qu'il aimait les appeler : « Des instruments de musique, ça ? Des instruments à vent, tout au plus ! » clamait-il haut et fort, à qui voulait encore l'entendre. En réalité, ses ouailles ne le connaissaient que trop bien, lui le *moderne*, le Victorien ; ses provocations répétitives vis-à-vis de certains *anciens*, par trop traditionalistes à ses yeux, avaient depuis longtemps perdu de leur verve, et tombaient bien souvent à plat. Bref, il avait ce matin-là préféré tenir compagnie au metteur en scène parisien, tentant de partager avec lui son amour du théâtre, français en particulier. Jean-Louis, qui avait pourtant d'autres chiens à fouetter, l'écouta fort respectueusement tandis que, abandonnés par la seconde moitié de la troupe, lui et Farlow peinaient seuls à la construction de la structure principale du décor. Ils se seraient pourtant tous deux bien passés de l'encombrante présence du pasteur sur la petite scène en devenir : celui-ci, cherchant à se rendre utile avec la meilleure des intentions, anticipait si mal leurs besoins qu'il retardait en réalité considérablement la progression du travail.

« Avez-vous placardé les affiches aux endroits stratégiques, mon révérend ? Il est important que tout le monde soit réuni sur la place au moins une demi-heure avant le début du spectacle… »

Jean-Louis cherche une nouvelle fois à éloigner le brave homme de la manière la plus diplomate possible. C'est peine perdue : Finneghan a, semble-t-il, tout prévu, et l'organisation de son *mini festival* est pour ainsi dire parfaite.

— Ne vous en faites pas pour cela ! assure-t-il d'emblée, tendant avec insistance un marteau que Jean-Louis croit bon de saisir enfin. C'est Moyra McFarlain qui s'en est chargée. Vous pouvez lui faire confiance : c'est une femme de principes. Elle m'a d'ailleurs promis de passer *nous* faire une petite visite dans l'après-midi. C'est elle qui va *nous* recevoir chez elle après le spectacle. Elle a beaucoup insisté, vous savez ! Son jeune fils

Ewan… Je vous ai dit que j'étais son précepteur, n'est-ce pas… ? – Jean-Louis hoche poliment la tête pour la quatrième ou cinquième fois déjà. – Oui. Eh bien, en dépit de son âge, ce jeune garçon a assurément beaucoup de talent. Indéniablement ! Beaucoup de talent… Et je suis sûr, voyez-vous, qu'il ferait un très bon acteur… Un excellent acteur, même. »

Finneghan, heureusement, ne remarqua pas le regard discret que son interlocuteur avait alors jeté, l'air blasé, en direction de Farlow tandis qu'il lui remettait mollement – pour s'en débarrasser probablement – l'inutile et encombrant outil, redoutant par ailleurs de devoir juger le talent dudit garçonnet avant même la tombée de la nuit, toujours sous la houlette du saint homme qui, décidément, semblait s'être invité auprès d'eux pour le restant de la journée…

Au loin, tandis que la parade s'engage à présent dans une rue plus étroite, portée par une brusque rafale de vent, la musique stridente des cornemuses résonne de plus belle au-dessus du village…

« Vous devez assurément faire partie de la petite troupe théâtrale du révérend Finneghan… ? » Une main féminine venait de se poser sur l'épaule de Régine, lui intimant de ralentir un moment sa course passionnée au milieu du joyeux cortège. N'ayant pas compris son interlocutrice du fait de la cacophonie ambiante (c'était bel et bien une sacrée cacophonie !) celle-ci se retourne hâtivement et découvre avec surprise une femme souriante, outrageusement maquillée, coiffée d'un grand bonnet de toile bordé de dentelle blanche, toute flamboyante dans sa robe rouge vif enrubannée de jaune.

— Un moment, s'il vous plaît… L'ayant dévisagée suffisamment pour ne plus l'oublier (il était pourtant bien difficile de la confondre ce jour-là avec quelqu'un d'autre !) et sentant le fou rire lui monter à la gorge, Régine court précipitamment récupérer Marie qui, inconsciente encore, se laisse allégrement porter par la foule à quelques pas de là.

— Mon nom est Moyra. Moyra McFarlain ! Le révérend vous a certainement parlé de moi…

Surprise de ce qui ressemblait avant tout à une étrange dérobade, Moyra cherche à retenir son interlocutrice qui déjà et, sans prendre le temps de se retourner, agite vigoureusement un bras au-dessus du cortège.

— Euh… Certainement, Madame… Un moment, voulez-vous… Ayant enfin capté l'attention de Marie, Régine se hâte de revenir sur ses pas… Oui, bien sûr ! Le révérend… Tout essoufflée qu'elle fut, on lui avait appris à ne jamais paraître hésitante, surtout en présence d'inconnus. Quitte, comme cette fois-ci, à devoir rapidement improviser : Vous êtes donc, euh… ?

— C'est cela même ! C'est moi qui vous héberge cette nuit, vous et votre troupe… La maison est si vide en ce moment. On vous attend tous avec impatience pour souper après la représentation. Je compte sur vous !

Moyra avait tenu – une fois de plus – à garder la main, ce qui sauva, de peu, le fragile artifice. Ne cherchant néanmoins à prolonger trop longtemps ce semblant de conversation, elle se tourne alors vers Marie qui les rejoint enfin, l'encercle de ses deux bras puis, telle une vieille connaissance, la serre puissamment contre sa généreuse poitrine : c'est une fort jolie jeune fille que vous avez là, Madame. Je vous félicite. Assurément, vous et votre mari devez en être très fiers… !

Régine, qui était joueuse, se délectait à laisser courir ce genre de quiproquo. Marie n'en était pas moins actrice dans l'âme et s'aventurait elle-même volontiers à ces jeux-là. Les deux complices, donc, ne répondirent rien et se contentèrent chacune en retour d'un même sourire imbécile, aimable, quoique légèrement condescendant, vis-à-vis de la pauvre *bonne femme*. Celle-ci, fort heureusement, n'entendant rien à l'arrogance toute parisienne, ne remarqua pas leur petit manège…

— Bien… ! Si la réponse est plutôt sèche, c'est que Moyra ne trouve en réalité que peu de choses à ajouter. Surtout, ne m'en voulez pas, ajoute-t-elle l'air pressé, mais j'ai promis au révérend de le rejoindre avant midi. Alors, à ce soir et surtout… *Bonne chance* ! »

Toujours prête à imiter Finneghan – son modèle absolu en matière de culture – *Merde* l'avait effleuré un instant. Or, bien que prisée des Français, l'option jugée ici trop triviale fut aussitôt écartée et *Bonne chance* lui avait paru de bien meilleur aloi. La réplique fièrement entonnée dans la langue de Molière était pourtant fort maladroite : Moyra ne pouvait ignorer combien la superstition théâtrale interdisait strictement en France de telles expressions avant toute représentation… *Bonne chance !* Quelle grossière erreur… Finneghan le lui aurait dit pourtant : *Break a leg* aurait été d'un bien meilleur effet, plus convenable et moins prétentieux surtout de la part d'une bonne chrétienne. Mais non… ! Une fois de plus, Moyra McFarlain n'avait voulu en faire qu'à sa tête… !

C'est donc inconsciente de l'embarras dans lequel elle avait involontairement plongé ses interlocutrices que la belle enrubannée pivota subitement sur elle-même, fit claquer sèchement de sa main le drapé de sa robe rouge écarlate et, telle une actrice quittant dignement la scène, disparut dans la foule aussi promptement qu'elle en avait fait surface quelques minutes auparavant.

Tout cela était bien innocent et n'avait en définitive que peu d'importance. Néanmoins, les deux comédiennes ne surent jamais si la brave paysanne, plus rusée qu'elle n'y paraissait peut-être, n'avait pas su user elle-même d'un fin stratagème et s'amuser ainsi des deux Françaises à leurs dépens en retour d'une bien légère impertinence… Toutes trois se quittèrent donc ce matin-là dans un étrange climat d'incertitude réciproque : ainsi va parfois la communication entre les êtres humains…

* * *

On attendit la toute fin d'après-midi que les dernières épreuves de force se terminent enfin et que chacun rejoignît pour la énième fois l'un des nombreux pubs (le plus souvent improvisés autour d'un tonneau de bière à l'abri d'une tonnelle ou d'un simple pas de porte) pour installer en toute hâte face à la petite scène et par rangées entières, chaises, bancs, jusqu'au moindre prie-Dieu disponible dans l'église pour permettre aux notables de côtoyer en tout confort leurs aînés et autres boiteux du village. Les plus jeunes et les retardataires n'auraient après tout qu'à jouer des coudes et s'agglutiner *à la va comme je te pousse* debout à l'arrière de la place, durant toute la représentation. Le ciel étant bien dégagé, on s'accorda pour que celle-ci débutât à sept heures précises : la pièce en un acte n'excédant pas une heure, les acteurs bénéficieraient sans problème ce soir-là de la chaude et vive lumière des longues soirées ensoleillées d'un mois de juillet. Assurément, on était loin des effets scéniques de la petite salle de la rue du Montparnasse, mais chacun dans la troupe avait appris depuis longtemps à vivre pleinement cette nouvelle vie de saltimbanque. Tous sur scène se contenteraient donc sans broncher de cet éclairage naturel.

Moyra était rentrée chez elle vers les trois heures. Jean-Louis (pour s'en débarrasser) avait demandé à Farlow de bien vouloir la reconduire sans délai, profitant de la circonstance pour amener l'une des deux roulottes à la ferme des McFarlain où il était donc prévu qu'ils passeraient tous la nuit. Les deux véhicules encombraient d'ailleurs beaucoup trop la petite place du village déjà bondée : il jugea donc que ce soir-là seule une caravane suffirait amplement, à la fois pour servir de loge aux comédiens, abriter le décor une fois démonté et conduire l'ensemble de la troupe pour le souper après la fin du spectacle.

L'Anglais – c'est ainsi que Lalumière appelait son partenaire en privé, non sans un certain mépris d'ailleurs après pourtant plus de deux années de travail acharné et de passion commune – *l'Anglais* donc s'y résolut sans broncher. Jean-Louis n'avait jamais vraiment réussi à le traiter autrement qu'en *homme à tout faire*, en véritable domestique, et comme le brave homme semblait ne pas en être tant affecté, c'était finalement devenu une habitude de l'utiliser aux tâches que Jean-Louis répugnait à faire lui-même. Servir de chauffeur était l'une d'elles. Régine en était révoltée, intérieurement du moins, car elle n'osa jamais partager ce sentiment bienveillant avec son mentor ce qui, toute bonne âme fût-elle, la rangeait définitivement de son côté.

Quoi qu'il en soit et peu soucieuse de leurs salades internes, très fière et toute pimpante dans sa robe étincelante, Moyra était montée sans attendre à l'avant du véhicule aux côtés d'un Farlow cramoisi d'une hilarité mal contenue. Sous peu, s'étant frayés tant bien que mal un passage au milieu de la foule avinée, ils disparurent tous deux rapidement vers le Nord.

Moyra McFarlain vivait alors seule avec ses deux enfants depuis que James, son mari accompagné de Kenny et Iain Robertson étaient partis comme prévu avec le troupeau en transhumance pour Londres quelques semaines plus tôt. Elle et son amie Jessie ayant donc l'entière charge de leurs enfants durant ces longs mois d'absence paternelle, les distraire n'était certainement pas leur moindre souci. Aussi considéraient-elles toutes deux ces jours de festivité au village comme une aubaine à ne manquer sous aucun prétexte. Moyra étant particulièrement occupée ce jour-là à la préparation du souper, elle avait donc chargé son aîné, Michael, de veiller sur son frère Ewan et la jeune Isobel durant la fête du village, et ce jusqu'à la représentation du soir pour laquelle ils avaient convenu de se retrouver tous sur place.

Les deux enfants ne se quittaient pour ainsi dire plus depuis l'anniversaire d'Ewan : ils se retrouvaient presque chaque matin pour de longues promenades en compagnie de leurs chiots Black Boy et Chuck, inséparables frères de sang qui maintenant gambadaient gaillardement du haut de leurs cinq mois. Quoique peu recommandé, sinon interdit par leurs parents respectifs, ils rejoignaient invariablement tous les quatre le promontoire de prédilection du jeune garçon et, face aux Highlands, ne se lassaient jamais de contempler le lever du soleil, en particulier ces jours de gros temps où les rayons, quand ils en trouvent le moyen, réussissent à percer les lourds nuages noirs et gris arrosant brusquement la lande et les montagnes environnantes d'une forte lumière blanche, pénétrante et éphémère. Quel spectacle que celui sans cesse renouvelé de la Nature ! Quelle force effrayante et rassurante à la fois. Quelle leçon de modestie, surtout, pour un garçonnet de douze ans qui rêve déjà de découvrir le monde… ! Finneghan pourrait bien lui asséner mille fois les principaux théorèmes mathématiques, les règles fondamentales du langage ainsi que les noms imprononçables des rois d'Angleterre, de France ou de Navarre, c'est du haut de son promontoire que le jeune Ewan – sans toutefois s'en rendre compte tout à fait – apprenait la poésie du monde, sous le regard bienveillant et secrètement amoureux de son admiratrice de toujours.

Michael, de son côté, avait bien conscience d'être devenu malgré lui le père de famille et en assumait pleinement le rôle, n'hésitant pas quotidiennement à alléger sa mère des plus lourdes tâches relatives à la ferme ou à la supervision de son cadet quand celui-ci n'était pas pris en charge par le révérend. Il flottait cependant ces dernières semaines chez l'adolescent comme un air de nostalgie tant il regrettait de ne pas avoir été choisi par son père pour accompagner les bêtes jusqu'aux marchés londoniens. Une fois de plus, c'était cet imbécile de Iain qu'il avait vu si injustement prendre sa place. Une fois de plus, il devrait attendre de grandir et devenir l'homme qu'il croyait pourtant être enfin devenu…

Son chien Jeff, par ailleurs, lui manquait terriblement. C'est la boule au cœur qu'il l'avait longuement regardé s'éloigner ce matin de mai, tandis que l'animal déjà entièrement occupé à sa tâche, s'activant autour du troupeau dans un infatigable va-et-vient, paraissait avoir déjà oublié son jeune maître. Quoi ? Même lui, son chien fidèle, son compagnon de toujours à qui il s'était tant de fois confié en secret, cet inestimable ami l'avait donc aussi abandonné ? Le monde était en train de s'écrouler… Alors – comme s'il l'avait senti – et tandis que Michael s'apprêtait à rentrer à la ferme, la mort dans l'âme, l'animal, marquant un temps d'arrêt tout essoufflé qu'il était, avait subitement tourné la tête en direction de son maître… Si bref fût-il, cet ultime et incomparable échange avait suffi au jeune homme pour que le soleil brille encore, plus fort peut-être même qu'à l'habitude ; pour que l'avenir à nouveau lui ouvre grand les bras. Une fois encore, Michael avait laissé s'échapper ce rire joyeux qu'on lui connaissant bien et pour lequel on l'appréciait tant : son chien l'aimait pour la vie ! Comment avait-il pu en douter ? L'absence était une épreuve, voilà tout. Et son chien, le regard vif et brillant, venait de le lui rappeler ; de loin, il lui avait intimé de patienter. Car nul doute : pour lui et lui seul, il serait bientôt de retour… !

Michael était alors allé rejoindre sa mère qui, les années passant, ne cherchait même plus à cacher sa tristesse. Chaque fois, c'était pareil. La transhumance, les séparations… Elle connaissait cela par cœur. Pourtant, comme les saisons précédentes, elle avait laissé glisser quelques larmes sur ses joues tandis que son mari, s'éloignant, lui avait négligemment adressé un dernier signe de la main. Michael s'en était rendu compte et l'avait serrée fort contre lui. S'accrochant tendrement à sa taille, il avait instinctivement renoué à ses réflexes d'enfant. Moyra en avait fait de même, presque machinalement, trouvant près de son fils aîné le réconfort dont elle avait besoin. Et tandis qu'Ewan imperturbable, encore inconscient des frustrations de ce monde d'adultes, continuait de jouer avec son chiot devant la porte de la grange, Jeff au loin avait aboyé une nouvelle fois après quelque mouton récalcitrant avant de disparaître enfin, lui aussi, derrière la colline, avec le reste du troupeau…

* * *

La fête touchait à sa fin quand *l'incident* eut lieu. Le choc avait été si bref et si brutal que Finneghan, tout d'abord fort secoué, mit un certain temps à réaliser qu'il était à terre, qu'un mince filet de sang coulait de son nez endolori et que déjà certains badauds – les plus téméraires sans doute, probablement les moins saouls – s'étaient approchés et, lui tendant une main charitable, l'invitaient à se remettre debout au plus vite.

C'est alors que l'improbable se produisit, sous la forme tout d'abord d'un inqualifiable éblouissement. Puis vinrent les ténèbres ; le noir absolu. Tout autour de lui avait disparu. Refusant d'y croire encore, Finneghan attribua ses visions à la violence du choc. Un choc qu'il ne pouvait pourtant ni décrire, ni en déterminer l'origine exacte. Il crut alors distinguer le rire – lointain dans un premier temps –, puis le visage amusé d'un jeune homme qui s'approchait lentement, auréolé d'une étrange lueur et ricanant fièrement quelques centimètres à peine au-dessus de lui. Le pasteur reconnut – il savait pourtant que c'était impossible – la silhouette de Iain Robertson… Voulant s'assurer qu'il était bel et bien en train de rêver, victime de la fatigue ou d'une quelconque hallucination, il passa rapidement la main sur ses yeux, les frotta vivement, hésita à les rouvrir. « Pure folie ! » se ravisa-t-il. C'était tout bonnement impensable : Iain, il le savait, était parti pour Londres avec son père et James McFarlain voilà des semaines maintenant et – on le disait du moins – ne serait pas de retour avant la mi-septembre. Pourtant son ricanement, reconnaissable entre tous, résonnait maintenant de plus belle. Finneghan sursauta et ouvrit les yeux malgré lui sur les contours qui se dessinaient désormais plus distinctement à quelques centimètres de son visage.

Nul doute : aussi improbable fût-elle, c'était bel et bien une apparition de Iain Robertson, fils aîné de Jessie et Kenny Robertson. Calme, posé, il lui souriait de la manière à la fois insistante, perverse et surréaliste, qu'affichent parfois les déséquilibrés avant de porter leur coup fatal. Derrière le garçon visiblement satisfait d'avoir pu envoyer au tapis, sans aucune raison particulière, le digne représentant d'un ministère qu'il haïssait tant et combattait de toute son âme, d'autres silhouettes, moins précises, semblaient s'agiter à présent au rythme syncopé d'une musique lointaine et inqualifiable. C'était, semblait-il, sa bande d'illettrés qui ne le quittaient alors pour ainsi dire jamais à longueur de journée : quatre jeunes inséparables disciples âgés de 15 à 19 ans, de vulgaires voyous bien connus par ailleurs dans le village, tous aussi crétins que diaboliques les uns les autres. On comptait en outre parmi eux une jeune fille, fort jolie d'ailleurs, mais qui – selon la rumeur – n'était ni la dernière ni la moins cruelle envers les animaux dès lors qu'il s'agissait de torturer sauvagement d'innocentes créatures, des chats pour l'essentiel, lors de rituels sataniques savamment orchestrés, les nuits de pleine lune en particulier… Regroupés derrière leur héros donc, ils semblaient maintenant l'encourager de leurs cris et gestes simiesques à en finir avec le pauvre homme acculé sur le sol.

Iain – du moins celui qui en avait emprunté temporairement les traits – se penche alors au plus près de sa victime : « Inutile de te relever, *Paul* Finneghan. Il ne te reste plus longtemps à vivre, désormais !... Aux prises avec son délire, le révérend n'est pas à une incohérence près ; pourtant cette familiarité doublée d'une précision identitaire fort inattendue le surprend. Il était bien rare en effet qu'on l'appelât par son prénom. Tu ne me crois pas… ? insiste alors l'agresseur. Je l'ai lu la nuit dernière pourtant, à plus de quatre cents miles d'ici, dans les entrailles d'un chat qu'il m'a été offert de sacrifier en ton honneur. Mais tout cela n'a que peu d'importance, en réalité ! Je le sais, voilà tout. Et ton Dieu lui aussi le sait... probablement. Dis-moi…

quelle impression ça fait ? Hein… ? Savoir qu'on va bientôt mourir… Que tout ça, tous tes efforts, toutes tes rencontres, ta vie entière… Tout ça n'aura servi à rien. Demain, dans un mois, un an tout au plus… Plus rien n'existera. Plus rien, Finneghan ! Juste le néant…

Croyant reconnaître une lueur d'étonnement, voire de l'impatience dans les yeux du brave homme, Iain redouble alors de cynisme, laisse échapper un rire bref et satanique : À quoi songes-tu… ? Le Paradis… ? Laisse-moi rire, maudit curé ! L'Enfer, oui ! L'Enfer, Finneghan ! Voilà ce que tu mérites. Et tes prières n'y changeront rien, crois-moi… ! Pas plus que ta charité à deux sous ni même tes pièces de théâtre ridicules qui n'amusent décidément que toi et ta petite cour de chiens savants. Tu le sais trop bien, pasteur : ces hommes et ces femmes en qui tu crois encore et qui s'agitent autour de toi préfèrent mille fois se perdre dans leurs jeux débiles ou contre le cul d'un tonneau de bière que dans tes divertissements intellectuels… ! Ouvre les yeux ! Regarde, ne le nie pas : ils sont tous là aujourd'hui autour de toi ! »

La voix de Iain – de l'image de Iain plus exactement, de son fantôme, son ombre – résonnait maintenant froidement à l'oreille du pasteur, distante et paisible, nullement agressive, sans aucune expression particulière en fait. Aucune méchanceté, en effet, aucune haine n'affectait son regard. Juste le mépris et l'absolue froideur des mots, froideur intemporelle d'un terrible verdict sans appel que chacun de nous sur cette terre – y compris les hommes d'Église – se refuse à entendre jusqu'au dernier soupir. Une froideur accentuée encore par ce sourire imbécile et narquois qu'affichait tout en contraste le beau visage – un moment idéalisé peut-être dans l'égarement du vieil ecclésiastique – visage lisse et presque angélique qui se maintenait tout près de lui, comme pour mieux l'empêcher de se redresser, et peut-être – qui sait ? – avec l'aide de Dieu, de le terrasser lui-même à tout jamais…

Stupéfait, abattu un moment par ces implacables propos, il l'admet pourtant volontiers, le pasteur, cette douloureuse et cruelle réalité : celle d'une foule avinée et gorgée des plaisirs terrestres titubant aux alentours dans les rues du village… C'est un fait, il ne peut le nier. Abandonner, se laisser doucement emporter par la nuit ? Tout cela aurait été si simple, à vrai dire… Non ! Surtout, ne pas céder à la tentation… Ce Diable-là n'en attend pas moins, réagit-il enfin, sortant de sa torpeur. Finneghan se redresse comme il peut : « Mais, enfin… Pourquoi… ? Pourquoi tant de haine… ? Pourquoi aujourd'hui… ? » Son regard fatigué implore le sursis. Il pense à sa propre mort, fixe tristement son bourreau droit dans les yeux, y cherche encore et malgré tout, un semblant d'humanité…

Comme pour le retenir, il tente alors – en vain – de s'agripper au col de cet improbable interlocuteur, ses bras dérapent, glissent dans le vide, viennent fortuitement s'enlacer autour d'une étrange et tiède fourrure : un long et lumineux plumage, plus exactement, splendide et rougeoyant tel celui d'un jeune faisan ou d'un coq de bruyère contre lequel il désespère de se maintenir. Stupéfait dans un premier temps, Finneghan s'y agrippe néanmoins, s'envole, se découvre chevauchant un gigantesque oiseau rapace… Quittant les ténèbres, tous deux survolent déjà les nuages, vers un horizon lointain par-delà les Highlands d'où semble parvenir une lueur écarlate. L'oiseau plonge maintenant, réajuste promptement sa trajectoire en une élégante et somptueuse parabole au-dessus d'une bâtisse familière : la ferme des McFarlain. Finneghan la connaît bien. Deux ombres s'engouffrent hâtivement dans la grange. Impossible de les distinguer pourtant. Leur précipitation semble suspecte à bien des égards mais tandis que la lourde porte se referme derrière eux, notre équipage remonte déjà, sans s'attarder davantage, vers les hauteurs environnantes. La lueur rouge se précise : ce n'est pas l'aube qui pointe, mais bien la lande en feu que l'oiseau frôle à présent de ses ailes. Rien n'y échappe : les maisons brûlent, les gens crient, la chaleur est intense, bientôt insupportable. Et tandis qu'à distance une carriole menée par des chevaux en furie semble précipiter tout droit son équipage dans l'inévitable fournaise, Finneghan, déséquilibré, victime malheureuse d'une nouvelle et monstrueuse hallucination, lâche prise, se sent lentement retomber au sol, aspiré malgré lui en une inéluctable spirale…

Comme s'il n'avait pas bougé d'un iota, toujours penché au-dessus de lui, Iain repousse violemment le révérend au sol. Ce n'est plus un jeune homme d'ailleurs mais bien un démon, majestueusement enveloppé des flammes de l'Enfer qui se redresse alors posément devant lui et, de toute sa hauteur, fixe longuement sa victime avec l'orgueil et la condescendance du vainqueur :

« Pourquoi, me demandes-tu… ? Mais parce qu'aujourd'hui vois-tu Finneghan, c'est toi… Le ton a changé : définitif et péremptoire. Le tutoiement, céleste et universel, semble à nouveau de mise : C'est toi désormais le Mal, petit homme de peu d'importance, pauvre pécheur, pasteur de ce troupeau qui m'est dû. Mais ça, tu ne le sais pas encore… Sans t'en rendre compte et pour mon plus grand plaisir, tu vas ce soir même détruire la vie d'un de tes jeunes protégés. Tu as permis au loup d'entrer dans la bergerie. À ton insu, tu as condamné un de tes disciples préférés à l'errance et au désespoir éternels… Oh ! tu peux bien prier si tu veux ; il est trop tard maintenant. Et ton

Dieu n'y pourra rien changer… ! Ta vie, vois-tu, pauvre imbécile, ne m'aura pas été totalement inutile… ! »

Le rire satanique du jeune monstre, dont les traits se dissipent peu à peu à mesure que le village s'anime à nouveau aux alentours, résonne en boucle, insupportable, dans la tête du pasteur. Puisant dans son dégoût et sa haine mêlés tout ce qu'il lui reste d'énergie, Finneghan cherche encore néanmoins à retenir son interlocuteur. L'approcher une dernière fois ! Comprendre ses étranges propos… : « Quel loup ? Quelle bergerie… ? De quoi me parles-tu donc, Satan ! Lâche ! Comment oses-tu t'en prendre à un enfant ! » tente-t-il encore, furieux, dans un ultime sursaut de curiosité inassouvie. En vain. L'image du jeune démon s'efface définitivement sous ses yeux.

La foule qui l'entoure et que le temps a comme figée – il ne s'était en réalité écoulé que quelques secondes depuis sa perte de conscience – assiste perplexe au curieux monologue du vieil excentrique qui, essoufflé, les yeux levés au ciel, cherche inutilement à se redresser. « Lâche ! Tu n'es qu'un lâche… ! répète-t-il inlassablement à qui veut encore l'entendre. Mais que faut-il attendre d'autre de toi, misérable… ? Anéanti, les yeux perdus dans les astres, Finneghan se laisse lentement retomber au sol. Le ton est plus calme : c'est ça, disparais… Hors de ma vue, Lucifer ! Tu n'as rien à faire ici, toi et tes disciples de l'Enfer. Pourquoi aurais-je donc peur de toi ? De toi et de la mort… ? Une hallucination, un spectre : voilà ce que tu es, en réalité. Tu n'es rien. Tu n'existes même pas… ! »

S'il voulut croire en ce qu'il venait de dire, Finneghan savait pourtant que c'était faux : on ne se lance pas en religion par hasard…

Quelqu'un s'avance enfin, lui tend la main droite, l'aide à se relever énergiquement, invite le brave homme à recouvrer ses esprits : « Que vous arrive-t-il donc, révérend… ? »

Le ton est gentiment moqueur et Finneghan s'en est rendu compte, non sans quelque embarras d'ailleurs. « Alors, on ne tient plus debout sur ses jambes… ? ose alors un autre homme. Qu'est ce que vous lui avez fait, à ce pauvre chat, pour qu'il vous agresse de la sorte… ? "*Lâche... Satan*"… ! Bon sang… Les Écritures vous ont joué un sale tour, dites-moi ! Vous ne devriez pas traiter ces pauvres bêtes de la sorte… ! »

Tous ceux qui avaient assisté à la scène et qui se dispersaient maintenant, retenant un fou rire du mieux qu'ils pouvaient, racontaient déjà aux plus curieux que, pour une raison inconnue, un chat noir avait en effet brusquement sauté d'une fenêtre et, rebondissant violemment sur l'épaule de Finneghan tandis qu'il passait par là, l'avait déséquilibré et involontairement entraîné dans sa chute avant de disparaître hâtivement en gémissant le long d'une gouttière…

« Un peu trop bu, à ce qu'il me semble. Pas vrai, révérend… ? reprend le premier homme aimablement, comme pour excuser ces derniers propos par trop excessifs à son goût. Vous devriez rentrer chez vous, vous reposer un moment… Il lui tapote gentiment l'épaule, l'encourage à reprendre son chemin. C'est ça, reposez-vous donc ! Cette foule n'est pas faite pour vous, vous le savez bien. Et puis, ne vous en faites pas… la soirée ne fait que commencer… ! On compte sur vous pour le spectacle de ce soir ! Allez… ! À plus tard. Et surtout, essayez d'éviter ces satanées bestioles d'ici là… ! » « *Satanées* »*... !* Il n'imaginait pas à quel point sa remarque était pertinente.

Le paysan accompagna Finneghan sur quelques mètres encore, l'orienta du mieux qu'il put en direction du presbytère puis, s'étant assuré de sa stabilité, s'éloigna à son tour, soulagé à vrai dire. Il avait bien remarqué quelque chose de différent dans le regard du pasteur, mais attribua finalement cet égarement à la violence du choc. On rapporte d'ailleurs l'avoir vu par la suite errer sans but, l'air hagard, durant de longues minutes, puis disparaître enfin jusqu'au soir. Néanmoins, lorsqu'il réapparut sur la place du village, quelques minutes à peine avant le début du spectacle, Finneghan semblait avoir repris entièrement possession de ses moyens. Personne n'aurait pu croire alors qu'il ait pu être en proie aux turpitudes que l'on connaît, qu'il ait pu croiser ce jour-là le regard de Satan et venait d'apprendre de ses griffes la nouvelle de sa damnation prochaine, que par sa faute surtout la vie de Michael ou d'Ewan McFarlain allait être à jamais bouleversée. Cela, il ne se le pardonnerait jamais et préféra d'ailleurs ne pas y croire, ne plus y penser – le temps du spectacle, du moins – quitte à imaginer avoir été victime d'un simple chat de gouttière et d'une incroyable hallucination…

* * *

Lorsqu'il rejoignit la place du village, quelques minutes avant sept heures, Finneghan se hâta de rejoindre ses invités déjà assis au premier rang qu'il avait pris soin de réserver entièrement une fois les chaises installées. Moyra McFarlain trônant au centre, à la place d'honneur, s'inquiétait terriblement de son absence surtout depuis qu'elle avait eu vent (tout comme le reste du village, d'ailleurs) de *l'incident au chat*, ainsi qu'on se plaisait désormais à le colporter. Elle lui avait gardé « une place de choix » – comme elle le répétait sans cesse – à sa gauche, face à la petite scène, et ne l'aurait cédée pour rien au monde à toute autre personne daignant seulement s'en approcher. Ses fils Michael et Ewan s'étaient installés à sa droite, élégamment parés de leurs habits du dimanche, et précédaient sur la même rangée la jeune Isobel et sa maman Jessie.

Il y avait longtemps que la place de Cuimridh n'avait pas connu une telle effervescence : elle était noire de monde et chacun s'impatientait manifestement à quelques minutes du « lever de rideau », notamment ceux qui piétinaient debout à l'arrière depuis une bonne demi-heure : le temps s'était rafraîchi et la perspective de ne pas s'activer durant l'heure prévue pour le spectacle ne réjouissait guère les aînés ni les plus fragiles. Toutefois, l'ambiance était bonne et l'on se réjouissait à l'avance de voir ceux qui avaient trop bu durant cette journée de festivités s'assoupir doucement, l'un contre tel arbre l'autre tel prie-Dieu, épargnant ainsi l'assistance de leur rire gras, voire de toute réflexion déplacée durant la représentation…

Impatiente donc, Moyra se lève promptement à l'arrivée du pasteur et, sans craindre d'ameuter tout le voisinage, le hèle aussitôt à voix haute jugeant à la fois urgent et nécessaire – considéré la rumeur – de l'aider à prendre place confortablement à ses côtés.

« Vite, révérend, vite ! Nous n'attendions plus que vous. Attention à votre dos… Oh ! Quelle histoire, dites-moi !... Et ce chat… Quelle sale bête… ! Prenez place, voulez-vous… ? Voilà. Vous voici bien assis, je pense : face à la scène, au premier rang ! Nous ne pouvions pas trouver mieux… Elle interpelle alors les plus jeunes, visiblement peu décidés à quitter leur chaise : les enfants, venez saluer votre professeur, voyons ! Où sont passées vos bonnes manières… ! Bien obligés d'obtempérer, Ewan et Michael, bientôt suivis d'Isobel – à qui cette injonction ne s'adressait pourtant pas – se précipitent vers le vieil homme, veillant toutefois – *incident* oblige – à ne pas trop le bousculer. Doublement ému par ce que l'on sait, Finneghan les serre longuement dans ses bras puis, les renvoyant s'asseoir, salue poliment Jessie d'un discret mouvement de la tête.

— Je suis affreusement en retard. J'espère que la troupe ne m'en voudra pas de les avoir laissés tomber de la sorte… ! J'ai horriblement honte de moi, chère Moyra. Vous le comprenez, n'est-ce pas… ? C'est que suis responsable d'eux, après tout aujourd'hui.

— Ne vous en faites pas, révérend. Je vous ai remplacé durant votre absence et je pense qu'ils n'y ont vu que du feu. En tout cas, tout est en place et, d'après ce que j'en ai vu du moins, cela va être un fort beau spectacle… Ça, je peux vous l'assurer !

L'horloge de l'église voisine sonne enfin les sept coups fatidiques : ponctualité oblige, la pièce se doit de commencer. Mieux qu'au théâtre, en quelque sorte… La jeune Marie qui attendait patiemment en retrait côté jardin depuis un moment déjà, s'avance enfin sur le devant de la scène, aussitôt encouragée par de chaleureux applaudissements. Reconnaissant immédiatement Moyra assise face elle en contrebas dans son « habit de lumière », l'adolescente tente un petit signe amical du regard. Folle de joie, l'intéressée se penche séance tenante vers son voisin de droite.

— C'est Marie, Révérend ! Marie… *je-ne-sais-plus-trop-comment*. La fille de votre ami le metteur en scène ! Oh, comment s'appelle-t-elle déjà… C'est trop bête… Il paraît que son père est célèbre dans toute la France, Et même en Europe, vous savez… J'ai eu la chance de le côtoyer durant toute la journée, ou presque… Un véritable gentleman… ! Et sa fille… Quel amour de jeune fille, vous ne trouvez pas… ?

— La-lu-mière. Son nom est Jean-Louis Lalumière, chère Moyra… ! Désireux de profiter au mieux de la pièce, Finneghan avait laissé paraître comme un certain agacement, semblait déjà regretter la « place de choix » qui lui avait été attribuée près elle, bien malgré lui.

— Lalumière… ! s'esclaffe-t-elle alors avec soulagement. Oui, c'est cela ! Lalumière… Un comble, tout de même, de s'appeler comme ça pour un metteur en scène de théâtre, vous ne trouvez pas… ? ajoute-t-elle amusée.

— Shuuuut… ! Un sifflement sec et impatient au second rang vient de clore la discussion, au grand soulagement du pasteur. Marie s'avance alors d'un pas.

— Mesdames et Messieurs… Elle se tourne vers le pasteur, le salue aimablement : Révérend Finneghan…

Moyra, décidément incontrôlable, se lève d'emblée vers lui et tout émoustillée, ne peut s'empêcher de l'applaudir la première, initiant sans le vouloir derrière elle une nouvelle salve d'applaudissements enthousiastes. Marie, en bonne professionnelle, bombe alors le torse, lève le menton, hausse légèrement la voix et s'impose à nouveau…

— Grâce à vous, révérend, grâce à votre amour du théâtre, à votre persévérance et votre enthousiasme, nous avons l'honneur et le grand plaisir d'interpréter ce soir, en ce beau village de Cuimridh et pour clore cette première et merveilleuse journée de festivités, l'une des pièces les plus drôles de notre époque : *Box & Cox,* du célèbre auteur britannique, *Sir* John Maddison Morton. »

Elle avait pensé qu'en anoblissant l'auteur, qui n'était encore qu'un roturier, elle le rendrait bien plus sympathique auprès de l'assistance. Ce fut le cas ! Et tandis que de nouveaux applaudissements retentissent déjà de toutes parts sur la place du village, Marie se hâte de saisir de la main droite l'une des extrémités du rideau de tissu rouge – imitation velours – qui barre encore la scène puis, l'ayant fait lentement glisser sur toute sa longueur, dévoile enfin aux spectateurs le splendide et unique décor de la pièce en un acte, dressé par leur soin dès le petit matin.

C'est ainsi qu'une heure durant, entre sept et huit ce samedi quatre juillet dix-huit cent soixante-trois, dans un petit village quelque part au fin fond de l'Écosse, tandis que les derniers rayons du soleil disparaissaient progressivement à l'Ouest au-delà des sommets environnants, le théâtre régna une fois de plus devant quelques centaines de villageois émerveillés…

Alors qu'il la redécouvrait avec un extrême plaisir, bercé par la nostalgie de son existence londonienne, Finneghan se demandait à vrai dire – sans se l'avouer vraiment, mais avec une réelle perplexité – si cette pièce était bien appropriée à cette foule qu'il connaissait parfaitement et considérait à regret fort inculte dans son ensemble… L'histoire était en effet relativement complexe – disons alambiquée – et ses nombreux rebondissements s'enchaînant dans un rythme effréné n'aidaient pas, il faut bien le dire, à l'adhésion générale et immédiate d'un public non averti : Londres n'était pas Cuimridh, loin s'en faut !

S'inspirant de *Frisette*, comme on l'a dit, *Box & Cox* mettait en scène trois personnages, dont une logeuse, Mrs Bouncer – brillamment interprétée ce soir-là par *l'illustre* Régine Mercier – et deux pensionnaires qu'elle se doit d'héberger alternativement et à leur insu dans la même chambre, en attendant qu'un autre lit se libère… Même point de départ, donc, que dans la version originale. La suite est, en revanche, beaucoup plus compliquée… Les deux rôles titre, Box et Cox – que se partagent alternativement Lalumière et Farlow au gré de leurs déplacements et cela depuis près d'un an maintenant – ayant rapidement compris leur délicate situation au cours d'une savoureuse mise en bouche dans laquelle l'auteur s'amuse avec brio, usant des techniques habituelles du vaudeville *à la française*, vont finalement découvrir qu'ils se sont tous deux fiancés sans le savoir à la même femme – une certaine Pénélope Ann pour l'un, Margate pour l'autre – épouse certes bien réelle mais que l'on ne verra jamais sur scène... Or, tandis que celle-ci dit être trop éloignée du fait de ses affaires pour rendre régulièrement visite à Cox, Box annonce de son côté être le *défunt* de sa femme depuis bientôt trois ans. Stupéfaction... ! À ceci près que Cox, n'ayant en réalité que peu d'affection pour ladite dame fort lointaine, et fuyant toute idée de mariage comme la peste, se verrait finalement tout aussi confortable dans la situation de *défunt*... Box lui explique alors comment il a réussi à se sauver de sa dulcinée en faisant croire à son propre suicide et, s'étant soi-disant jeté du haut d'une falaise avant de disparaître à tout jamais, comment il en était logiquement devenu le *défunt*.

Complexe donc, en effet. Mais ce n'est pas tout !... Face à cette situation déjà inextricable et du fait d'un manque d'intérêt avoué de part et d'autre pour la dame en question, chacun annonce à l'autre ne vouloir en aucun cas le déposséder de sa fiancée. Incapables de se décider, ils demandent donc au sort de les départager, à coup de dé et autre pièce de monnaie lancés à la volée. De résultat, pas davantage. Arrive alors une lettre annonçant que la jeune femme, ayant disparu dans un naufrage, laisse en testament tous ses biens à son *futur mari*... Nouveau dilemme. Plus question de laisser tomber ses droits... Mais avant même que les soi-disant *promis* n'aient pu se mettre d'accord sur qui, des deux, serait le bénéficiaire testamentaire le plus *légal,* arrive alors une seconde lettre où l'on apprend que, ayant finalement survécu, ladite fiancée serait là dans la soirée...

Prêts à s'enfuir aussitôt, Box et Cox sont aussitôt arrêtés dans leur élan par une troisième et dernière missive par laquelle la promise, réflexion faite et n'éprouvant elle-même que peu d'affection pour les deux hommes, annonce son mariage prochain avec un certain Knox, les libérant ainsi tous deux indistinctement...

En un dernier et non moins surprenant *coup de théâtre*, les deux protagonistes apprennent qu'ils sont en réalité frères et, tandis que leur logeuse vient leur annoncer qu'une chambre s'est enfin libérée, ils la renvoient joyeusement et décident à l'unisson de partager fraternellement la leur… !

Fin de la pièce en un acte et mille et un rebondissements.

Silence total sur la place du village… Vite, Marie réapparaît sur scène – côté cour – saisit sans attendre l'étoffe imitation velours, fait rapidement glisser le rideau rouge, dans l'autre sens cette fois, sur toute la longueur de la scène : « C'est fini ! » lance-t-elle alors non sans humour, à une assistance quasi muette et un tant soit peu perplexe à vrai dire face à cette énième et ultime péripétie, fort inattendue on doit bien l'avouer. La pièce aurait pu d'ailleurs en réserver une autre, puis une autre, et une autre encore… à l'infini, et dans un rythme tout aussi endiablé. – *« On en aurait bien repris une petite demi-heure ! »* entendra-t-on même par la suite dans la foule au hasard d'une discussion entre spectateurs enthousiastes. – Il faut pourtant se rendre à l'évidence : le rideau s'est refermé, la pièce est bel et bien terminée. « C'est fini ! » avait redit Marie, ne sachant plus trop sur quel pied danser…

Peu habitués il est vrai à de telles représentations, réservées habituellement à des audiences plutôt bourgeoises et citadines, les spectateurs sortent peu à peu, qui de leurs pensées, qui de leur torpeur… Puis, à l'initiative du révérend Finneghan, tous se lèvent enfin (ceux qui étaient assis, du moins) et, ivres de bonheur, se mettent alors à applaudir bruyamment, criant sans réserve à qui veut l'entendre leur joie d'avoir passé un si formidable et inoubliable moment. Qui l'eût cru une minute auparavant : c'est un véritable triomphe !

Un court instant sur la réserve, impatients des réactions qui se sont fait attendre, Régine, Jean-Louis et *l'Anglais* enfin rassurés rejoignent joyeusement Marie à l'avant du rideau, s'alignent main dans la main et saluent longuement avec une extrême délectation l'assistance en folie, debout face à eux sur la petite place du village.

Finneghan rayonne, lui aussi. Il a gagné son pari : sa fête de Cuimridh, son *mini-festival* est devenu « l'événement culturel » tel qu'il l'avait imaginé ! Oublié *l'incident au chat* ! Du moins, temporairement. Il avait bien tort de s'inquiéter, le pasteur : l'imagination populaire est beaucoup plus forte que l'on croit, pour peu qu'on veuille bien lui donner une chance de s'épanouir dans l'esprit des hommes et des femmes de ce monde ; d'où qu'ils viennent, où qu'ils soient. La culture, les livres, le théâtre, la musique… Tout moyen de déclencher intelligence et inventivité, de rapprocher les hommes, de vaincre leurs peurs et leurs chimères : il ne le sait que trop bien, le révérend, c'est déjà une victoire sur la vie. Mieux encore : c'est une victoire sur la mort ! Satan peut bien nous tenter de toute sa malice, nous menacer, parler de notre propre destinée, de celle des autres. Rien… Rien ne sera jamais plus fort que la vie.

À quelques sièges de là sur la même rangée, seul spectateur peut-être à demeurer assis sagement sur sa chaise, en proie aux images qui ne cessent de tournoyer dans sa tête, immobile au milieu du brouhaha général, bouche bée, les yeux brillant de plaisir, Ewan, l'air pantois, fixe inlassablement et avec la stupéfaction de l'enfance le lourd rideau rouge, imitation velours… Des portes qui claquent, des objets qui volent, disparaissent, réapparaissent, des personnages qui se croisent, s'entremêlent, se heurtent, meurent et ressuscitent, se découvrent, s'interrogent, s'aiment un temps, se jalousent et se réconcilient enfin… « Quelle magie que le théâtre ! » pense-t-il, admiratif, définitivement charmé. De cette troupe qui se prosterne maintenant devant lui, il a reçu le plus beau cadeau qui soit : un but à son existence. Ça, il ne l'oublierait jamais. Car désormais, Ewan le sait : il sera saltimbanque, il *fera* du théâtre, comme on dit… Quitte à tout abandonner, à partir sur les routes… Oh, il devrait attendre un peu. Grandir, être patient… Mais tous autour de lui… Tous ne croient-ils pas déjà en son talent ? Le révérend, son frère Michael, sa mère, ses proches… Isobel, bien sûr. Tous l'avaient applaudi : c'était un bon début, tout de même ! Alignant pêle-mêle dans sa tête une liste d'arguments tous plus convaincants les uns que les autres, Ewan cherche à se persuader qu'il ne peut avoir tort. Travailler encore. S'améliorer, sans aucun doute. Impossible néanmoins de revenir sur cette décision : sa vie, dorénavant, ce sont les planches... « *So be it... !* Ainsi soit-il ! » conclut-il fièrement en se levant promptement. Ses yeux pétillent. Il est heureux.

* * *

Farlow fut le dernier de la troupe à rejoindre la tablée. Ayant « *d'autres chats à fouetter* » ce soir-là, Lalumière l'avait chargé de s'occuper des chevaux. *L'Anglais* avait dû également positionner les deux roulottes côte à côte, à l'intérieur de la grange, vide en l'occurrence, où McFarlain entreposait habituellement ses bêtes, à quelques dizaines de mètres en aval de la maison principale. Le tout, dans l'obscurité la plus totale… !

Il se faisait tard en effet. On avait dû serrer quelques mains au village, partager quelques derniers verres avec d'*incontournables notables,* aux dires même de Moyra qui s'était manifestement plu à gérer toute la journée durant – non sans diplomatie d'ailleurs – les questions d'intendance et de communication. Il avait surtout fallu ranger le décor et les costumes avant de quitter la place et se diriger enfin vers la ferme où les attendaient comme convenu le couvert et le gîte.

Lorsque donc il entra, Farlow découvrit le jeune Ewan debout sur sa chaise, en train de saluer joyeusement l'ensemble des convives en retour de leurs chaleureux encouragements : il comprit aussitôt qu'il venait d'échapper à la courte prestation théâtrale du jeune garçon, prestation que Jean-Louis avait pressentie dès le matin et redoutait tant devoir supporter au cours de la soirée : Moya ne lui avait-elle pas vanté avec insistance les talents de son plus jeune fils pour la scène ? C'était fait. Le *grand homme* avait été patient, presque aimable, bien qu'il n'ait été finalement que peu convaincu ce soir-là par le réel talent du garçon.

Quoi qu'il en soit, à onze heures passées tous avaient faim et l'on allait pouvoir enfin commencer à dîner. Farlow fut convié à se joindre autour de la table et s'assit avec satisfaction entre Michael et la jolie Marie. Ewan, encore rouge d'émotion, repositionna rapidement sa chaise aux côtés de la fille du metteur en scène, à l'extrémité de la table, juste à gauche du révérend Finneghan, lui-même assis (à son grand désespoir) près de Jessie Robertson qui côtoyait Jean-Louis. Moyra McFarlain s'était réservé une « place de choix » et présidait à l'autre extrémité, face à son plus jeune fils, entourée à sa gauche du désormais célèbre artiste français – célèbre, du moins, dans la région de Cuimridh – et à sa droite, de la non moins célèbre Régine

Mercier qu'on lui laissa volontiers croire être la mère de Marie, et qui se retrouva quant à elle *coincée* en bout de table, légèrement à l'étroit il faut bien le dire, aux côtés de Michael.

Moyra, dont on connaît l'esprit pointu, n'était pourtant qu'à moitié emballée par l'organisation de sa table : elle avait en effet prévu depuis quelques jours un nombre pair de convives, dix en l'occurrence, et conçut un plan de table équilibré à cet effet. Elle et son Ewan aux extrémités ; quatre convives de chaque côté : quoi de mieux ordonné ! Or, ils n'étaient que neuf à table et c'était fort contrariant. Dès leur arrivée à la ferme, Jessie avait en effet demandé l'autorisation de coucher sa fille Isobel, bien trop jeune à son goût pour participer à cette soirée, déjà fort tardive. La fillette avait beau pleurer, lui supplier de rester : rien à faire. « Elle s'en remettra ! » avait plaidé sa mère, au grand dam de Moyra qui aurait tout tenté alors pour conserver un semblant d'ordre autour de sa table, quitte même à voir la gamine s'assoupir lentement sur sa chaise. Tout s'était si bien passé jusque-là, cette légère fausse note ne risquait-elle pas de gâcher cruellement le reste de sa soirée ?

Par bonheur, il n'en fut rien… ! Le dîner, fort copieux et réussi (on pouvait, pour cela, faire confiance à la maîtresse de maison, et les trois poulardes farcies qu'elle avait concoctées ne résistèrent pas longtemps à l'appétit des Français), permit à chacun de disserter à sa guise du milieu du spectacle en général, du théâtre français en particulier. Le révérend Finneghan, encore préoccupé par l'incident que l'on sait, sut néanmoins trouver de nombreuses occasions de glisser avec panache quelques tirades illustres dans la langue de Molière, tirades qu'il avait cru bon toutefois de réviser scrupuleusement pour la circonstance… Moyra, béatement admirative, buvait littéralement ses paroles tout comme celles de Lalumière d'ailleurs, premier *metteur en scène de stature internationale* de passage dans la région – ainsi qu'elle se plaira à le rapporter par la suite autour d'elle – à lui faire l'éminent honneur de s'asseoir à sa table. Ce dernier, comme tout artiste qui se respecte, ne manqua pas de parler de lui et de sa carrière riche de rencontres et de créations multiples, en France et au-delà, esquivant toutefois avec l'habileté qu'on lui connaît les raisons profondes de son départ pour l'Angleterre.

Ewan semblait radieux, épanoui. Depuis cette fin d'après-midi, ses yeux n'avaient cessé de briller, gorgés qu'ils étaient d'un merveilleux sentiment de passion, mêlé au bonheur qu'éprouve tout adolescent d'exister enfin à la face du monde. Il en oubliait presque de manger. N'avait-il pas en effet près de lui, assis à la même table, ceux qu'il considérait désormais comme ses deux maîtres absolus : son professeur, bien sûr, qui avait su si bien partager avec lui son amour de la France, de la culture et de l'Art en général ; et puis le Théâtre (avec un « T » majuscule, peut-être), personnalisé ce soir-là sous les traits du metteur en scène français et de sa petite troupe ambulante. Michael, qui avait pourtant l'habitude de le taquiner à la moindre occasion, distingua cette flamme inhabituelle dans son regard et crut bon ce soir-là de ne pas interrompre la magie opérante par des interventions par trop intempestives, tant puériles qu'inutiles. Cette soirée était celle de son frère, son frangin bien-aimé, son *Shakespeare* de toujours. Il eut donc l'intelligence de se taire, d'observer surtout. Lui aussi était heureux ; heureux et admiratif. Il comprenait que quelque chose était en train de se passer, et que l'avenir d'Ewan – bien qu'encore incertain – se dessinait peu à peu sous ses yeux, loin d'ici, loin de Cuimridh, à des miles de là… À Londres, peut-être !

Le repas touche à sa fin. Farlow glisse discrètement à Marie le paquet proprement enrubanné que la jeune fille l'a chargé de récupérer dans la roulotte avant de les rejoindre. « C'est important ! » avait-elle insisté. Il s'agit en fait d'un lot de trois revues illustrées, issues d'une collection complète de 24 numéros qu'elle avait pris soin de réunir soigneusement dès son arrivée sur le sol britannique : à n'en pas douter, un ensemble d'une grande valeur sentimentale. Aussitôt, Marie s'en saisit et tend le présent à son jeune voisin de droite :

« Tiens, cher Ewan… ! lance-t-elle fièrement d'une voix puissante et lumineuse. C'est pour toi. Je pense que papa sera d'accord avec moi pour dire que c'est le meilleur cadeau que nous puissions vous faire ; à toi et à toute ta famille… ! Mais à toi en particulier Ewan, en retour de votre si gentille hospitalité à tous. »

Surpris, il pose son chiot à terre – l'animal était venu s'assoupir sur ses genoux au dessert – et saisit délicatement des deux mains le précieux colis, non sans avoir jeté un regard hésitant vers sa mère à l'autre bout de la table, dans l'attente d'une permission à vrai dire bien inutile.

— *Chère* Marie… ! *Monsieur* Lalumière… ! Oh !... *Vraiment… c'est trop aimable à vous…* La réaction de Moyra ne s'est pas fait attendre. Tout comme son jeune fils et sans avoir encore la moindre idée de quoi il peut s'agir, elle n'en croit pas ses yeux, associe précipitation et désordre le plus absolu, balbutie maladroitement quelques mots dans un français malhabile. Ewan… ! Veux-tu bien te lever de cette chaise et remercier ces *Messieurs Dames…* ! Sa main effleure délicatement celle de son voisin : non, vraiment… Il ne fallait pas, cher *Monsieur* Lalumière… ! Révérend ! lance-t-elle précipitamment. Hâtez donc ce brigand… Secouez-le un peu, voulez-vous ? Un temps intrigué par le ton étrangement autoritaire, le révérend se tourne avec une détermination toute professorale vers son jeune voisin de gauche. Ewan se lève aussitôt, s'active autour de la table pour les remerciements d'usage. Arrivé à hauteur de Michael, il se penche sans réfléchir, s'apprête à le serrer à son tour dans ses bras. Sa mère, décidément bien embarrassée par l'attitude irraisonnée de son cadet en présence d'une si noble et respectable assemblée, explose à nouveau : Pas ton frère, voyons ! Oh, quel imbécile, tu fais… ! Fort de l'amitié virile qu'on lui connaît, Michael repousse le garçon d'une main ferme, le projette vivement contre le mur provoquant aussitôt l'hilarité générale.

Au milieu de cette agitation, Moyra pose discrètement son autre main sur celle qu'elle tenait maintenant fermement agrippée autour du poignet du metteur en scène – exceptionnellement patient ce soir-là, il faut bien le dire, le sieur Lalumière ! – : Excusez-le, cher *Monsieur*… Vraiment, ce garnement ne mérite pas un si joli cadeau… Après une courte pause, enfin sereine, Moyra interpelle Marie sur le sujet qui ici nous préoccupe : mais, de quoi s'agit-il donc, au juste, chère *Mademoiselle*… ?

Impatiente, et devinant qu'Ewan, du fait de son éducation, n'osera jamais s'approprier le présent d'une inconnue sans y avoir été expressément invité, la jeune fille commence à dénouer elle-même le large ruban qui entoure les revues :

— Eh bien, voilà…

Marie saisit délicatement la première du lot, en caresse amoureusement la couverture puis la brandit énergiquement à bout de bras, bien en vue de l'ensemble des convives. Ne voulant rien rater de la présentation, Ewan se hâte de se rasseoir, d'avance émerveillé par ce nouveau spectacle improvisé… Ceci est le premier numéro de la revue *Bentley's Miscellany*, revue littéraire créée par Richard Bentley en 1836, et dont le célèbre et talentueux Charles Dickens [6]… elle se tourne vers le jeune garçon : Tu connais Charles Dickens, n'est-ce pas, Ewan ?

— Bien sûr qu'il le connaît… ! Finneghan s'est hâté de répondre à la place de son jeune élève et, craignant de perdre à tout jamais sa réputation au sein des McFarlain, fronce déjà les sourcils en direction du garçonnet. Qui ne connaît pas le talentueux Charles Dickens… ! *Les Grandes Espérances… David Copperfield…* Il interpelle sa voisine : *Oliver Twist* ! ma chère Jessie… *Oliver Twist*, cela va de soi… ! La pauvre innocente détourne la tête, muette de honte d'avoir été si lâchement prise à partie.

— *Oliver Twist*, mon révérend, vous avez raison… ! Marie trouve enfin l'occasion de reprendre l'avantage. Eh, bien… Charles Dickens, poursuit-elle enthousiaste, l'auteur de ce fabuleux roman et ami de Richard Bentley précisément, a aussi été le premier rédacteur en chef de cette gazette dans laquelle il a fait paraître tout *Oliver Twist* sous la forme d'un feuilleton de 37 épisodes édités dans les 24 premiers numéros… Après, il a quitté la revue : je crois qu'il s'était brouillé avec Bentley… Alors, toi qui adores les histoires et le spectacle, j'ai pensé que ça te ferait plaisir, Ewan, de posséder les premiers numéros et commencer à lire *Oliver Twist* de cette manière. Et si ça te plaît, si ça te fait vraiment plaisir, je suis certaine que tu pourras facilement trouver les autres numéros quelque part… avec l'aide de ton professeur, bien sûr !

Avec beaucoup d'intelligence et de diplomatie, ayant senti comme une légère frustration dans les yeux du révérend

[6] Charles Dickens (1812 – 1870) est considéré comme l'un des plus grands romancier et dramaturge anglais de l'époque victorienne.

lorsqu'elle l'avait interrompu, Marie s'était aimablement tournée vers Finneghan, heureuse de pouvoir l'inclure à nouveau dans la conversation et le faire ainsi participer activement à cette insolite et passionnante aventure culturelle.

— Je crois savoir où me les procurer, annonce d'ailleurs d'emblée ce dernier tout excité, s'attirant la reconnaissance éternelle de Moyra, visiblement comblée elle aussi par un si beau projet.

Ewan, quant à lui, s'est d'ores et déjà précipité dans la lecture des premières pages, guidé par Marie qui, d'une main légère et gracieuse, l'invite à rejoindre sans tarder la page cent cinq où prône une magnifique gravure.

— Tu vois, c'est la plus célèbre illustration du roman. Elle est due au dessinateur George Cruikshank. Tu as entendu parler de lui ?

— Non, *Mademoiselle.*

— Appelle-moi Marie, voyons. Je n'ai pas encore dix-sept ans… Je pourrais être ta grande sœur, tu sais ! Le garçon lui sourit tendrement. Eh, bien… poursuit-elle. Sa voix est douce, plus proche encore… Ce dessinateur – un caricaturiste, en fait – c'est lui qui a croqué toutes les planches du roman dans la revue. Tu verras, elles sont magnifiques ! Mais celle-ci, c'est vraiment ma préférée… L'actrice pose délicatement son doigt sur le papier fragile : regarde bien : lui c'est Oliver ; il tend sa gamelle vide et redemande de la soupe… Marie redresse lentement son visage d'ange, croise les yeux émerveillés de son jeune interlocuteur. Le ton avait changé, plus grave peut-être : toi ici, tu as tout ce qu'il te faut. Tu ne manques de rien… Mais, là-bas, à Londres… Tu sais, comment dire… Visiblement émue elle ne trouve plus ses mots, referme inconsciemment la revue et la tend au garçonnet interloqué. Ne t'en fais pas, Ewan… Tu comprendras mieux en le lisant. J'en suis sûre. Tu es un brave garçon ». Elle se penche alors vers lui, l'embrasse tendrement sur la joue…

On n'avait pas beaucoup entendu Jean-Louis depuis un bon moment maintenant ; depuis, en réalité, qu'il avait cessé de parler de lui et d'être par conséquent le centre de l'univers, le temps d'un dîner du moins. C'était comme s'il s'était exclu lui-même de la conversation qui, tout bien considéré, ne présentait désormais à ses yeux qu'un intérêt secondaire. Il avait été mis dans la confidence une heure plus tôt et avait acquiescé sans hésitation lorsque Marie avait partagé son souhait d'offrir à Ewan, dont Moyra leur avait déjà tant parlé au village, quelques-unes de ses précieuses revues littéraires. Mais l'objet de son intérêt avait depuis peu radicalement changé. Et seule Régine, bien entendu, s'en était rendu compte. Elle ne le connaissait que trop bien en effet, son fidèle compagnon de route, pour ne pas avoir remarqué ce regard insistant et répétitif – quoique relativement discret pour les moins avisés – que le metteur en scène avait déjà porté plus tôt sur Michael lorsque, après le spectacle, l'adolescent était monté sur le siège avant de la roulotte aux côtés de Farlow pour le guider sur le chemin menant à la ferme. C'est ce même regard intéressé que Jean-Louis portait encore sur le jeune et séduisant garçon assis face à lui, légèrement de trois quarts à côté de Régine. Cette dernière n'eut donc aucune difficulté à suivre ce petit manège de séduction qu'elle cherchait en vain à effacer de sa mémoire.

Elle avait en outre noté le nombre incalculable de fois où Jean-Louis, à dessein, et outrepassant insolemment sa qualité de convive, avait savamment rempli le verre encore à moitié plein du jeune homme, du délicieux vin rouge qui les avait tous enivrés plus ou moins tout au long de la soirée. Moyra et Jessie n'y avaient vu que du feu, ivres qu'elles étaient quant à elles à boire les belles paroles du metteur en scène, du révérend Finneghan ou encore de la jeune et séduisante Marie. Pour ce qui est de *L'Anglais,* ayant au bout du compte admis puis intégré l'idée de n'être finalement qu'un simple subalterne – acteur à l'occasion – au sein de la petite troupe, Farlow avait pris l'habitude de ne pas ou peu intervenir en public. Cherchant donc à s'effacer, à oublier jusqu'à l'inutilité de sa présence à la ferme ce soir-là, il ne porta aucune attention particulière au drame qui pourtant était clairement en train de se tramer sous ses yeux…

* * *

À environ deux heures du matin, Moyra admit enfin que la soirée devait s'achever. Exténuée par cette longue et merveilleuse journée, elle prétexta la fatigue de son plus jeune fils pour se lever de table, invitant chacun avec une diplomatie extrême à l'imiter aussitôt. Jessie Robertson, tout aussi épuisée, alla chercher sa fille et l'emmitoufla chaudement dans une couverture, veillant surtout à ne pas la réveiller. Portant l'enfant dans ses bras, elle rejoignit rapidement le révérend Finneghan qui, après avoir remercié Moyra, embrassé les enfants, et loué une dernière fois les talents respectifs de Jean-Louis et sa troupe, s'était rapidement éclipsé au-dehors et, impatient, les attendait déjà devant sa carriole. En l'absence de Kenny, il avait en effet convié sa femme à la raccompagner jusqu'à chez elle à quelques miles de là avant de rentrer au village : un détour non négligeable que chacun s'accorda à juger fort brave et courtois de sa part, à une heure si tardive et dans l'obscurité quasi totale d'une fraîche nuit sans lune.

Il était par ailleurs prévu qu'Ewan dormirait ce soir-là avec sa mère, celle-ci ayant aimablement attribué son lit à la fille de Jean-Louis. Ce dernier fut invité de son côté à partager avec Régine la maisonnette mitoyenne qui servait à l'occasion de chambre d'amis. Toutes les couches étant prises, Farlow ne fut qu'à demi surpris de devoir quant à lui se contenter de sa propre roulotte… Échappant aux remerciements d'usage, il fut par ailleurs le premier à quitter les lieux, suivi de peu par le pasteur, Jessie et Isobel qui, s'éclairant à la faible lueur d'une lampe à pétrole, disparurent rapidement dans l'obscurité.

« Faites bien attention, révérend ! Ce n'est pas très prudent. Il fait vraiment très sombre cette nuit… Vous savez comme le chemin est peu sûr de l'autre côté du col. Je ne plaisante pas. Le passage est à pic… ! Jessie, dites-le-lui, voulez-vous… ? Vous qui êtes raisonnable… ! » Moyra était à vrai dire peu rassurée de les voir partir ainsi. Elle avait haussé le ton, comme pour mieux les retenir, trouver une alternative à leur départ… Mais le bruit des sabots mêlé au crissement des roues sur le chemin rocailleux ne laissa que peu de chance au message d'être perçu : de fait, il n'y eut aucune réponse.

Moyra entra de nouveau dans la salle à manger, croisa Jean-Louis qui en sortait, précédé de peu par Michael. L'homme la salua poliment, la remercia une nouvelle fois pour son hospitalité. Sans s'attarder cependant : il paraissait étonnamment pressé. De son côté et pour la première fois de la journée peut-être, visiblement préoccupée par le départ tant hâtif qu'inconsidéré du pasteur, Moyra ne prit pas le temps de lui répondre… Elle s'en voulait tellement : non décidément, elle aurait dû insister ; retenir Finneghan, jusqu'au petit matin du moins… Elle se contenta donc de sourire au metteur en scène, courtoise, presque distraite, et poursuivit son chemin.

Marie et son nouveau protégé Ewan étaient allés se coucher, chacun de leur côté. La jeune fille l'avait embrassé une nouvelle fois devant la porte de sa chambre puis ils s'étaient séparés. Le garçonnet avait, non sans surprise, obtenu de sa mère que son chiot puisse exceptionnellement dormir avec lui. « Quelle journée inoubliable… ! avait-il alors pensé tandis qu'il serrait tendrement Black Boy dans ses bras. Tu verras, notre vie ne fait que commencer. Bientôt, nous parcourrons les routes ensemble, toi et moi… dans notre propre roulotte ! » Heureux, il avait fermé les yeux et s'était endormi…

Moyra traverse la salle à manger. Privée de ses convives, la pièce est redevenue bien calme. Seule Régine est encore attablée, abandonnée dans ses pensées au centre de la pièce. Les lampes et la plupart des bougies sont éteintes. La faible lueur des flammes dans la cheminée s'anime çà et là le long des parois de pierre, ainsi que sur le visage triste et angulaire de la comédienne, semblant la faire pleurer davantage encore. Moyra passe près d'elle : l'actrice pense qu'il est alors de son devoir de l'interpeller, la prévenir de ce qu'elle sait, de ce qui est sur le point d'arriver à Michael… Michael, ce fils qu'elle n'a jamais eu, ce fils qu'elle n'aura jamais et qui pourrait être le sien, tout aussi bien. Un moment, elle croit enfin trouver la force d'être une femme responsable. La force d'une mère, pense-t-elle, une force universelle, même si pour cela il lui faut trahir l'homme de sa vie, admettre une fois pour toutes quel être ignoble, quel monstre il peut être aussi. Régine relève lentement le visage. Des larmes coulent de ses yeux ; mais qui peut encore distinguer des larmes dans cette obscurité… ? Elle se décide enfin :

« Madame McFarlain… !

Sur le point de quitter la pièce, celle-ci s'arrête, se retourne, fixe de loin son interlocutrice. Plus question de reculer.

— *Oui, chère Madame…* ?

Allez savoir pourquoi, la tonalité bourgeoise de la réponse en français – quoique parfaitement anodine – ne plaît guère à Régine. *Chère Madame…* Le propos lui paraît même à vrai dire totalement inapproprié entre deux femmes adultes, seules face à face au fin fond de l'Écosse, à une heure on ne peut plus tardive de la nuit. Régine devrait le comprendre pourtant : n'est-il pas totalement inconcevable pour Moyra, du fait de son éducation, d'appeler son illustre invitée par son prénom… ? Une artiste française, par-dessus le marché… ! Elle-même ne vient-elle pas de l'interpeller par son nom de famille… ?

Rien n'y fait… ! Un rien l'agace désormais, et jusqu'au plus haut point : la fatigue, sans doute. Régine bafouille alors, cherche désespérément ses mots, hésite même à poursuivre…

— Je… Vous, euh… Enfin, ce que je voulais vous dire…

Non ! Décidément, elle n'y arrive pas.

— Quelque chose ne va pas… ? Depuis quelques minutes maintenant, Moyra dévisage son interlocutrice avec circonspection. Voulez-vous que j'appelle quelqu'un… ? Votre mari, peut-être… ? »

Que n'avait-elle pas dit là ! La pauvre Moyra qui, croyant bien faire, se hâtait déjà vers la porte d'entrée, est arrêtée net dans son élan par le bras de Régine…

— Mais pour qui me prenez-vous donc, Madame ? attaque-t-elle d'emblée tandis qu'elle lui barre brusquement le passage. Vous ne comprenez rien décidément : Jean-Louis n'est *pas* mon mari, et Marie n'est *pas* ma fille… ! »

Le ton avait bien changé depuis leur première rencontre ce matin même, tandis que les deux actrices s'amusaient encore d'être prises pour ce qu'elles n'étaient pas. La politesse de circonstance qu'on avait maintenue tant bien que mal entre gens bien élevés ce soir-là avait fait place à la brusque colère irréfléchie, et par conséquent excessive, d'une femme insatisfaite et meurtrie de longue date. Non, effectivement, elle n'était pas l'épouse du célèbre et talentueux metteur en scène ! Celui qu'elle avait toujours assisté et suivait sans relâche depuis tant d'années… Pas plus n'était-elle la mère de cette si belle et délicieuse jeune fille qu'elle avait pourtant élevée comme telle depuis sa naissance ou presque… ! Tout cela, elle ne le savait que trop bien, Régine. Nul besoin qu'on le lui rappelle. Encore moins une paysanne, une parvenue, une petite-bourgeoise bien élevée du fin fond de l'Écosse. Au diable le jeune Michael, après tout ! pensa-t-elle, furieuse. Elle n'avait qu'à mieux le surveiller, son rejeton, la fermière… !

Hors d'elle, Régine sait bien qu'elle est allée trop loin et s'en veut déjà, bien sûr : la pauvre Moyra, si naïve soit-elle, ne mérite vraiment pas un tel traitement. Pourtant, et n'écoutant désormais que son amour-propre, l'actrice se lève brusquement, tourne le dos à la malheureuse puis, oubliant de fait et définitivement toute règle de bienséance – il est bien trop tard de toute manière pour s'excuser – sort séance tenante d'un pas pressé, sans jamais se retourner.

Seule dans l'obscurité, la bougie à la main, dépitée par tant de haine et de violence, aussi soudaines qu'inexpliquées, Moyra n'a plus guère qu'à rejoindre tristement sa chambre. « Qu'ai-je fait… ? marmonne-t-elle avec rancœur. Qu'ai-je donc dit pour la mettre dans cet état-là… ? Comment une si belle journée peut-elle s'achever de la sorte ? »

Tandis que les interrogations tournent inlassablement dans sa tête sans trouver pour autant de réponse satisfaisante, Moyra entrouvre doucement la porte de sa chambre. Ayant fini par abandonner son jeune maître à ses rêves saltimbanques, le chiot en sort précipitamment, se faufile entre les jambes de la pauvre femme hébétée, traverse à toute allure la salle à manger et, comme appelé par quelque mystérieux devoir, disparaît à son tour en gémissant dans la nuit noire…

* * *

« Où est-ce que tu vas comme ça, vaurien… ! Allez, oust. Dehors ! » L'arrêtant net dans son élan, Jean-Louis referme hâtivement la porte de la grange sur le museau de Black Boy, projetant violemment l'animal en arrière. Celui-ci roule dans l'herbe sur quelques mètres, se redresse, revient aussitôt à la charge. Trop tard.

La douleur, certes vive, s'était rapidement dissipée. Si le chien gémissait encore à présent, c'était davantage de la tristesse de ne pas pouvoir rejoindre Michael… Il avait pourtant accouru aussi vite que possible, aboyé comme il pouvait du haut de ses cinq mois. Comme s'il y avait été préparé et pour le protéger, il s'était naturellement précipité vers l'adolescent qu'un étranger, un inconnu en somme, semblait bousculer brutalement et forçait à pénétrer malgré lui à l'intérieur de la remise. Titubant, encore sous l'effet de l'alcool ingurgité durant le souper, le garçon n'avait su opposer en réalité que peu de résistance et avait naïvement fini par se laisser enfermer, insouciant, avec le metteur en scène dans l'inquiétante bâtisse où les McFarlain entreposaient habituellement leur foin et autres machines agricoles… L'agitation que l'on craignait – et qui ne manqua pas de se produire – fut de courte durée, et le silence était revenu assez rapidement à l'intérieur de la grange…

Il régna alors dans les environs et pendant de longues minutes une atmosphère aussi étrange qu'irréelle ; atmosphère que d'aucuns qualifieraient à juste titre de sordide… Tandis qu'un drame – bien réel celui-ci ! – était en train de se jouer à leur insu à quelques pas de là, ailleurs dans la propriété tous semblaient être tombés dans une profonde et paisible inconscience, victimes malgré eux d'un mystérieux sortilège.

À mille lieues de se douter de ce que Jean-Louis Lalumière était en train de faire subir à son fils Michael, Moyra s'était allongée sans bruit auprès de son jeune Ewan profondément endormi sous la couette. À la recherche d'un nécessaire réconfort, elle l'avait tendrement serré dans ses bras puis, peu à peu portée par des pensées sombres et contrastées, n'avait pas tardé elle-même à le rejoindre dans ses rêves. Marie, à peine couchée, s'était assoupie quant à elle avec la satisfaction simple et reposante du devoir accompli. Plus à l'écart en aval, retranché malgré lui à l'intérieur de sa roulotte dans la grange à bestiaux, *l'Anglais* à moitié ivre avait dû grommeler quelques dernières insanités vis-à-vis du metteur en scène français puis s'était effondré à son tour sur sa couche.

Passée la ferme Robertson où il avait déposé ses deux passagères, perdu dans la nuit noire quelque part au nord de Cuimridh sur les routes peu sûres et caillouteuses des contreforts des Highlands, instigateur malgré lui de ce à quoi il tournait à présent le dos, Finneghan semblait lui aussi bien loin de tout cela… C'est pourtant lui, cet homme d'Église, ce ministre de Dieu qui, en conviant la troupe dans le petit village et jusqu'à la table des McFarlain avait, comme le Diable lui-même le lui avait laissé entendre plus tôt dans la journée, inconsciemment guidé ce soir-là un *loup dans la bergerie*… Or donc, à moitié assoupi à bord de sa calèche et sans oser l'admettre encore, il fuyait maintenant à vive allure l'inévitable réalité de sa propre mort annoncée, abandonnait pour la première fois ses deux jeunes élèves à leur propre destinée…

Black Boy avait fini par s'endormir lui aussi, fidèlement couché et tant qu'il le faudrait face à la lourde porte close à travers les parois de laquelle il n'avait finalement pas réussi à se faufiler. Lorsque celle-ci s'ouvrit enfin et que Jean-Louis parut, las et méconnaissable, abandonnant sa victime d'un soir au dernier cadet de ses soucis, le chiot se redressa vivement et, profitant de l'interstice, se faufila joyeusement à l'intérieur de la grange pour y rejoindre Michael en toute hâte. Il le trouva, inconscient, allongé sur la paille, à moitié dénudé. Le jeune adolescent avait dû être poussé violemment vers l'avant et heurté dans sa chute le soc de la charrue, car du sang s'était écoulé sur son front et maculait aussi l'outil sur l'un de ses angles métalliques.

Lalumière passa sans la voir devant une silhouette à demi effacée dans l'obscurité. C'était Régine. Trop consciente de ce qui était en train de se dérouler, elle avait assisté en silence à l'ensemble du drame. L'actrice recula d'un pas et se dissimula dans la pénombre tandis qu'appuyée contre la paroi de la remise, elle pleurait le sort du jeune homme, ce jeune homme précisément qu'elle avait pourtant, et en toute connaissance de cause, renoncé à sauver une heure à peine auparavant. Ce qu'elle pleurait en réalité, c'était sa lâcheté ; cette confortable lâcheté qui lui permettait une nouvelle fois – et lui permettrait encore, un temps du moins – de ne pas vieillir seule, abandonnée de tous. Elle avait fini par comprendre, savait enfin qu'il était désormais trop tard : en choisissant son camp, Régine avait irréversiblement dépassé la limite qui chez les hommes et les femmes – en ce bas monde du moins – sépare si définitivement le Bien du Mal. Depuis des années et pour le seul amour d'un homme, elle avait choisi de se taire, de fermer les yeux sur le malheur des autres. Mais ce soir-là, refusant de souffrir davantage, de continuer à vivre dans l'insupportable déni, elle décida d'assumer enfin sa maléfique complicité avec Satan. Comme soulagée, ses yeux brillèrent même un instant. Elle passa lentement sa main sur le visage, ferma paisiblement les paupières.

Une image furtive traversa alors son esprit : Paris ! Tout était si clair maintenant : ce jeune homme – cet autre jeune homme – ce soir de première au fond du théâtre… Une scène qu'elle avait cru pourtant pouvoir enfouir à jamais au plus profond de sa mémoire, tout comme d'autres d'ailleurs, plus criantes de vérité, plus inavouables encore, au cours desquelles elle s'était vue croiser furtivement, au hasard d'une porte ou d'une coursive, tant de jeunes et beaux garçons aussi tristes qu'apeurés, les uns finissant maladroitement de reboutonner un col de chemise, d'autres rejoignant en courant et sans se retourner l'arrière-cour du théâtre, d'autres encore – plus chanceux peut-être – comptant à la hâte quelques pièces de monnaie heureusement arrachées au maître des lieux, en échange d'un hypothétique et improbable silence… Régine se sentit alors libre. Complice et criminelle cela va sans dire, mais libre d'être elle-même, enfin. Libre de n'avoir plus de comptes à rendre à personne… Sauf au Diable, bien entendu !

L'actrice se hâta de rejoindre Jean-Louis. Il avait certainement besoin d'elle. Il ne restait guère de temps pour dormir désormais. Quitter les lieux au plus vite. Et fuir ; fuir bien sûr, une fois de plus… !

* * *

Chaudement blotti dans la grange contre l'épaule de Michael, le chiot se redresse brusquement. L'aube s'annonce derrière les collines et un bruit familier, quoiqu'encore distant et imprécis, l'a subitement sorti de son demi-sommeil. L'animal s'immobilise sur ses pattes tremblantes puis, s'étant enfin assuré de la provenance et de l'identité exacte de l'écho, se met à gémir, à japper, à s'agiter de toutes parts. Tenant coûte que coûte à partager la nouvelle, il se jette alors sur le visage de l'adolescent encore assoupi, se met à le lécher ardemment et sans interruption durant une bonne minute. Ne notant aucun effet immédiat et jugeant qu'il serait bien plus efficace de le secouer énergiquement, il fourre profondément son museau sous l'avant-bras qui se présente à lui, le fait retomber lourdement au sol deux à trois fois de suite. Assurément réveillé, le jeune homme se relève si vite et d'une manière si inopinée, que le chiot apeuré recule précipitamment sur quelques mètres, court se tapir dans un coin.

Le regard vague, à demi vaporeux, Michael porte inconsciemment sa main au front, voit qu'il a légèrement saigné, se rend compte qu'il est à moitié nu. Sans tarder, il rajuste son kilt, ramène à lui la chemise qui traîne au sol à ses côtés. L'insupportable mémoire lui revient alors peu à peu, inéluctablement, et, s'étant lentement recroquevillé sur lui-même, les genoux repliés tout contre sa poitrine, il incline la tête et se met à pleurer. Une douleur profonde et insidieuse s'installe enfin, tourmente son corps adolescent déjà meurtri au plus profond de l'âme…

De nouveau en alerte, le chiot se redresse brusquement, sort de son refuge, plus nerveux que jamais. À l'affût du moindre bruit, assis immobile sur son arrière-train noir et touffu, Black Boy enfin devenu adulte aboie pour la première fois de sa vie d'une voix claire, forte et portante. Aussi surpris que l'animal lui-même, Michael relève lentement le visage, tend l'oreille à son tour. Le chiot qui s'est tu maintenant pointe fixement son museau vers la porte entrouverte de la grange, le regard vif, impatient, en attente d'une réponse. Celle-ci ne tarde pas : un hurlement résonne, très lointain tout d'abord ; un aboiement plutôt. Cela ne fait aucun doute, ni pour le chiot ni pour Michael : il s'agit bien d'un chien. Un chien qui se rapproche peu à peu de la ferme. Un chien que tous deux ne connaissent que trop bien : « Jeff ! » hurle Michael, grisé par le bonheur de retrouver son compagnon… Ce brave et fidèle Jeff, enfin de retour de Londres après tant de semaines d'absence…

Black Boy, surexcité, se précipite déjà à la rencontre de son géniteur et disparaît au-dehors, suivi de peu par Michael qui, s'étant relevé trop rapidement et à jamais marqué par l'expérience traumatisante qu'il vient de subir, peine toutefois à garder l'équilibre. Les yeux chargés de larmes, partagé entre tristesse et émotion, il s'avance néanmoins, s'immobilise en retrait contre l'un des battants de la porte donnant sur le Sud : pour rien au monde, il ne manquerait ce beau moment de retrouvailles dont il n'a cessé de rêver durant toutes ces semaines.

Tandis que les aboiements de Jeff se font maintenant très présents, que sa silhouette hirsute paraît enfin au loin au sommet d'une colline où le rejoint déjà Black Boy, une voix jeune et stridente retentit dans la direction opposée. C'est Ewan. Il a tout comme son frère pressenti dans son sommeil la présence du Bearded et accourt, surexcité, débraillé, les yeux pétillants de bonheur depuis le bâtiment principal, bientôt suivi de sa mère qui, en toute hâte, termine comme elle peut d'enfiler un chandail : « Jeeffff ! » répète l'enfant à satiété, au risque de s'essouffler davantage, tandis qu'il passe sans le voir à hauteur de son frère,

« Jeeffff… ! » Se découvrant à distance, le garçon et le chien redoublent de vitesse l'un vers l'autre, ne tardent pas à se rejoindre, se laissent rouler au sol dans une explosion de joie. Black Boy arrive bientôt, lui aussi, autour des deux fidèles compagnons : la queue battante, fier de son tout nouveau timbre de voix, il ne cesse d'aboyer de plaisir…

Moyra a bien remarqué son fils aîné à la porte de la grange mais, ne voulant rien perdre de l'émouvante scène qui se déroule sous ses yeux, choisit de rester à distance : « Tu sais où sont passés les saltimbanques, Michael… ? lui demande-t-elle distraitement, sans prendre le temps de le regarder. Je n'ai vu personne dans les chambres ce matin… J'ai bien peur qu'ils n'aient dû partir de très bonne heure… Elle pense alors à Régine, à son étrange comportement de la veille : ce n'est peut-être pas plus mal, après tout… », grommelle-t-elle en aparté.

Davantage captivée par les heureuses retrouvailles du moment, Moyra n'attend en réalité de son fils aucune réponse particulière. Encore quelques semaines, songe-t-elle avec amertume, avant le retour des hommes… Serrer de nouveau son mari dans ses bras… De son côté, l'adolescent – d'ores et déjà miné par un irrépressible sentiment de honte commun à bien des victimes – cherche avant tout à dissimuler dans le silence sa peine et ses blessures. Hier encore si gai, si bon vivant, le jeune homme meurtri s'avance de quelques pas, triste, la gorge serrée, en direction du joyeux attroupement. S'arrêtant de nouveau, il siffle vivement trois fois dans ses doigts, un signal familier que Jeff reconnaît aussitôt. Le chien se dresse alors sur ses quatre pattes, identifie au loin la silhouette, abandonne ses partenaires de jeu sans aucun état d'âme puis, fort de l'amour que porte naturellement tout chien envers son maître, se précipite à toute allure vers Michael.

Contrairement à l'heureuse folie générée autour du jeune Ewan, ces retrouvailles-ci ont une tout autre allure : plus sobre, plus digne. L'adolescent s'accroupit lentement à hauteur du Bearded venu s'asseoir respectueusement devant lui et, tandis que ce dernier offre déjà sa douce et lourde patte en signe de dévotion éternelle, son maître l'enlace longuement de ses deux bras, tendrement, cherche à partager aussi avec lui la puissance et l'amertume que tout être meurtri souhaite secrètement transmettre en silence dans les bras d'un parent ou d'un ami très cher. D'instinct, l'animal ressent immédiatement le poids de la douleur : il se blottit plus près encore, lui lèche affectueusement le visage, gémit doucement le bonheur d'être de nouveau près de lui.

Enfin à l'abri, presque soulagé, Michael laisse abondamment écouler sa peine et ses larmes à travers l'épais manteau de poils…

Acte IV
Le dernier voyage

Trois heures environ après avoir contourné Stirling par l'Ouest, le troupeau – encadré des deux inséparables Bearded, Black Boy et Chuck – s'engagea à vive allure dans un large fossé verdoyant aux pentes douces, mais dont les remblais réguliers avaient manifestement été consolidés de longue date par la main de l'homme. James McFarlain, qui connaissait bien l'endroit, proposa aussitôt d'y faire une halte. Des lieux aussi remarquables et stratégiques que celui-ci méritaient bien, pensait-il, une courte pause pédagogique : « Sais-tu seulement où nous nous trouvons actuellement, fils ? »

C'était la première fois – peut-être même la dernière – qu'Ewan accompagnait son père jusqu'à Londres ; lui, Kenny, son fidèle compagnon de route, et Iain bien sûr, le maudit rejeton du clan Robertson qu'on avait tant bien que mal appris à supporter au fil des ans, à condition toutefois de ne jamais le laisser trop longtemps seul sans surveillance. Durant ces longues journées, ce dernier préférait cependant rester toujours à l'écart à rêvasser mollement du haut de sa carriole chargée des victuailles et autres nécessaires de rechange, et se laissait guider lentement à l'arrière du troupeau par une mule d'un âge avancé, peut-être, mais de toute confiance, quant à elle.

Cinq années s'étaient écoulées depuis cette mémorable matinée du mois de juillet 1863 au cours de laquelle, au lendemain même du succès sans pareil de son Mini Festival Culturel, on avait appris avec effroi la mort accidentelle du révérend Paul Finneghan… Suite à son absence remarquée à la première messe dominicale, la nouvelle de sa disparition s'était répandue dans la région comme une traînée de poudre dès lors que l'on sut qu'en outre un mystérieux incendie s'était déclaré dans la nuit sur les hauteurs de Cuimridh, non loin de chez les Robertson, là où, aux dires mêmes de certains fêtards noctambules, le pasteur avait précisément déposé Jessie et sa fillette Isobel vers les trois heures du matin. Une épaisse fumée se distinguait par ailleurs toujours au loin à l'aube sur plusieurs hectares, et posait d'ores et déjà parmi les villageois de nombreuses questions sur l'origine du feu. On se remémorait en effet la longue semaine de pluies ininterrompues qui avaient menacé jusqu'à la dernière minute la tenue du fameux festival, et gorgé d'eau jusqu'à saturation les terrains alentour.

C'est un paysan et sa femme qui, luttant tant bien que mal contre les flammes menaçant leur demeure, avaient découvert dans la nuit le corps calciné du pauvre homme. Celui-ci, projeté apparemment hors de sa calèche quelques mètres plus haut, s'était fracassé le crâne contre un rocher tandis que les deux chevaux affolés s'étaient brusquement cabrés avant de se ruer en dehors du chemin à travers la lande en feu. L'un d'eux, vraisemblablement blessé, n'avait d'ailleurs pas davantage pu échapper aux flammes et gisait en contrebas, bloqué sous le véhicule noirci. On ne retrouva jamais le second animal.

La nouvelle causa bien évidemment le plus grand choc au sein de la famille McFarlain, à commencer par Moyra qui sentit littéralement le monde se dérober sous ses pieds lorsque l'un des fils de la boulangère, un grand benêt de 15 ans tout spécialement monté du village pour l'occasion, lui annonça derechef le décès, bafouillant maladroitement, encore haletant et sans grand ménagement, il faut bien le dire :

« Fi… Finneghan est mort ! Le… le pasteur… Le pasteur est mort… Sur la lande… Ca… carbonisé… Carbonisé, qu'il était ! »

Enfin délivré de sa courte mais délicate mission, le garçon s'était alors assis à la table du petit-déjeuner puis, sans y avoir été vraiment invité, s'était hâtivement versé une tasse de café bien chaud, comme pour se remettre du choc causé par la terrible nouvelle qu'il venait pourtant lui-même d'apporter. Les enfants assis près de lui restèrent longtemps sans rien dire, bouche bée, anéantis qu'ils étaient eux aussi par tant d'invraisemblance : Finneghan mort… ! Comment était-ce possible ? Allons donc ! Ce ne pouvait être qu'une erreur : n'était-il pas là, ici même, bien vivant, à rire et plaisanter encore avec eux autour de cette table quelques heures auparavant… ? Moyra s'assit à son tour, non moins dépitée. Elle s'en voulait tellement d'avoir laissé partir le pasteur en pleine nuit. C'était sa faute, après tout, si tout cela était arrivé. Sa faute à elle seule, elle n'en démordrait pas. S'ensuivit alors un long et sinistre silence de mort que seul le jeune messager, manifestement affamé, rompait insidieusement malgré lui à intervalles réguliers tandis qu'il mordait bruyamment dans une tartine du pain croustillant qu'il n'avait pas manqué d'amener avec lui…

« Sais-tu seulement où nous nous trouvons actuellement, fils ? » McFarlain s'était adossé contre le tronc d'un grand chêne et, pour la seconde fois, interpellait fièrement le jeune homme qui, à quelques dizaines de mètres de là, veillait surtout à ce que les bêtes ne s'éloignent pas trop vers le Sud, par-delà la travée. Ewan, qui venait d'avoir dix-sept ans, prenait sa mission avec le sérieux de tous ceux à qui l'on fait confiance pour la toute première fois. Il pouvait compter néanmoins sur l'expérience des deux chiens qui les accompagnaient ce printemps-là : les inséparables complices n'en étaient pas à leur premier voyage et avaient appris à guider le troupeau avec une dextérité sans pareil.

Pourtant cette année-là, et suite aux bons résultats qu'il avait connus l'année précédente sur le marché londonien de Smithfield, James avait cru bon d'accroître le nombre des bêtes et l'on ne comptait pas moins cette fois-ci de cent cinquante têtes de bétail à conduire jusqu'à la capitale.

« Alors… ? Tu sais ou tu ne sais pas… ? » insiste son père, le sourire en coin, comme pour mieux le taquiner.

Sur les conseils avisés du révérend Finneghan, Ewan avait appris à ne jamais se hasarder à une réponse par trop hâtive : comme si de rien n'était, le jeune homme se redresse donc lentement, respire posément, prend le temps d'étudier les environs, tourne plusieurs fois le regard de part et d'autre de la longue travée de verdure, se décide enfin :

— S'il y avait eu une fortification, des ruines à la rigueur, j'aurais bien parié sur l'emplacement du Mur d'Hadrien[7]. Ce couloir m'a l'air bien long et ressemble à s'y méprendre à une ancienne frontière…

— Pas mal… ! McFarlain avise discrètement Kenny Robertson, assis en retrait non loin de lui, d'un clin d'œil amusé. Les deux hommes qui partagent de longue date leur admiration vis-à-vis de l'adolescent s'étonnent encore néanmoins de la pertinence de ses propos. Pas mal, fiston ! reprend-il aussitôt d'un air malicieux. Pas mal du tout… Mais, vois-tu, tu t'es trompé d'une centaine de miles environ… Ce mur-ci, enfin… pour peu qu'on puisse effectivement encore appeler ça un mur,

[7] Le mur d'Hadrien est une fortification faite de pierre et de terre construite entre 122 et 127 après J.-C. Édifié par l'empereur romain sur toute la largeur du nord de l'actuelle Angleterre, il correspond à peu près à la frontière avec l'Écosse et est aujourd'hui classé au patrimoine mondial de l'UNESCO.

c'est le mur d'Antonin[8] ! En gros, il s'étend de Glasgow jusqu'à Liverpool. En gros, parce qu'en réalité il ne va pas jusqu'à Liverpool ! L'autre, celui d'Hadrien, se situe bien plus au Sud, au niveau de l'embouchure de la Tyne en mer du Nord ! Tu me suis… ? Il est d'ailleurs beaucoup plus long et, crois-moi, dans un bien meilleur état que celui-ci. Sur certains tronçons, en tout cas… Lui vient alors une irrésistible et malicieuse envie : Tu pourrais peut-être nous dire d'ailleurs, de quand ça date tout cela, hein, *Shakespeare*, toi qui sais toujours tout sur tout… ? »

Certains parents – c'est bien connu – ont parfois, pour communiquer avec leurs enfants, l'étrange habitude de les pousser à bout, aux fins fonds de leurs retranchements les plus secrets, au risque souvent de les faire exploser de rage, et tout cela – pensent-ils – pour mieux exprimer par la suite tout l'amour qu'ils leur portent ou simplement partager avec eux le bonheur d'une paisible conversation familiale. McFarlain fait partie de ceux-là, et croit donc de circonstance de chatouiller un peu son jeune fils…

« Aucune idée… ! Agacé, et bien qu'habitué aux provocations de son père, Ewan réagit aussitôt. Et arrête de m'appeler par ce nom, Papa, s'il te plaît. Tu sais bien que ça m'énerve. Michael, je veux bien, à la rigueur… Et encore, autrefois… Mais toi… ? Non, pas toi ! »

Le ton est sec, détaché, voire définitif. En fait, le jeune homme n'a jamais apprécié ces interrogatoires-surprise des adultes à l'égard des plus jeunes dans le seul but, soupçonne-t-il

---

[8] Le mur d'Antonin est une muraille (aujourd'hui quasi disparue) que l'empereur romain Antonin le Pieux fit construire en 140 après J.-C. Elle doublait au Nord la fortification déjà édifiée par son père adoptif Hadrien. Il fut submergé par les invasions barbares *pictes* à la fin du IIe siècle. Il est aujourd'hui classé au patrimoine mondial de l'UNESCO.

non sans raison, de se valoriser souvent eux-mêmes de leurs propres expériences en la présence des aînés.

— Il ne sait pas… ! réattaque d'emblée McFarlain, d'autant plus grisé par le jeu que son humeur décidément fort belliqueuse trouve un écho particulier en d'aussi illustres terres de combats. Eh bien, dis-moi… ! reprend-il donc, le sourire aux lèvres, c'est Finneghan – Paix ait son âme – qui doit se retourner dans sa tombe à l'heure qu'il est ! Enfin… ! Tu ne vas pas me dire qu'il ne t'a pas parlé au moins une fois de toutes les roustes qu'on a pu leur infliger à ces deux empereurs de malheur au deuxième siècle de notre ère… ! »

Revigoré par une espèce d'instinct patriote et guerrier, tout aussi improbable chez lui que sournois et inné chez la plupart des mâles de notre espèce, James se tourne fièrement vers son vieux complice : « Parce qu'entre nous, ils sont tout de même plus célèbres pour leurs satanées murailles en ruine que pour leurs conquêtes sur notre bon vieux sol d'Écosse, ces foutus Romains de malheur ! Pas vrai, Robertson ? »

Vexé d'être réduit à l'intellectuel de service tout juste bon à amuser la galerie, Ewan n'aime guère par ailleurs que l'on se moque ainsi de feu son ancien précepteur. Sans attendre, il tourne sèchement le dos aux deux lointains compères qui, reprenant à leur compte la fierté du peuple écossais tout entier résistant à l'envahisseur romain près de dix-huit siècles auparavant, ne manquent pas de laisser éclater aussitôt leur joie d'un rire gras et imbécile, ce rire si lourd et si médiocre qui résonne fréquemment en société aux abords des tavernes et dans le monde entier, les soirs de pluie et les jours de fête.

« Oh, vous pouvez vous esclaffer ! Vous moquer de moi ou de Finneghan… ! marmonne-t-il bougon, sans le moindre désir de se faire entendre. S'étant laissé tomber sur l'herbe, l'adolescent est aussitôt sollicité par son fidèle Black Boy. Trop heureux de pouvoir ainsi partager ses griefs avec son compagnon, Ewan le saisit affectueusement par le col puis, droit dans les yeux, le prend alors à témoin. C'est vrai, ça : c'est facile quand on connaît… Tu le sais toi, hein… ? Ils m'auraient donné plus de temps, bien sûr que j'aurais pensé au Mur d'Antonin… ! Qu'est-ce qu'ils croient, ces deux-là ? »

Instinctivement, le chien perçoit un certain malaise chez son maître, lui bouscule vaillamment le coude d'un coup sec du museau et tente d'engager alors avec lui un de ses jeux à deux dont il a le secret. « Arrête, tu veux ! C'est vraiment pas le moment… » Ewan fait mine de repousser gentiment l'animal qui, pas un instant, ne l'a quitté des yeux. Vite amadoué par son regard perçant, et fort désireux de partager la bonne humeur que tous – à l'exception peut-être de Iain – lui intiment de retrouver au plus vite, il se tourne à nouveau vers son père et lui offre un de ses plus beaux et rayonnants sourires. Puis, répondant enfin à son invitation pressante, il se jette avec surprise sur le chien qui esquive la ruse de son maître avec l'agilité et l'énergie qu'on lui connaît. Bien vite rejoint par Chuck, Black Boy se met à bondir allégrement en une ronde grisante et euphorique autour du jeune berger, les deux chiens aboyant bientôt à qui sait la reconnaître toute leur joie de vivre sur terre aux côtés des humains.

James McFarlain est heureux. De loin, il contemple son fils, épanoui, entouré de ses deux compagnons à quatre pattes et se dit qu'il a bien de la chance d'effectuer cet ultime voyage avec lui. La boucle est en somme bouclée : il se revoit lui-même, jeune homme auprès de son propre père, arpentant déjà les mêmes chemins, ou presque, vers les mêmes marchés à bestiaux, ou presque ; et le voici aujourd'hui qui mène son cadet vers sa propre destinée. Oh ! il ne les connaît que trop bien les intentions d'Ewan une fois arrivés à la capitale : tout comme Michael, son frère aîné, il ne sera pas berger et laissera certainement son père et Kenny remonter seuls vers l'Écosse une fois les dernières transactions effectuées. « Ce n'est pas plus mal en définitive », songe-t-il par ailleurs, refoulant par là même de profondes et réelles inquiétudes : les travaux de connexion du marché de Smithfield aux voies de chemin de fer du Nord sont en effet sur le point de s'achever. Désormais, comme prévu, dès l'automne sans doute, les transports de bétail s'effectueront par le rail accroissant du même coup la concurrence, abaissant les marges et révolutionnant comme jamais la profession. Le nouveau monde qui s'annonce – bon ou mauvais – n'est, pense-t-il, pas calibré pour de petits exploitants, et lui comme d'autres seront bientôt peu ou prou voués à disparaître, au mieux se reconvertir…

« Quelle coïncidence, tout de même… ! lance-t-il à Kenny qui ne s'y attendait pas.

— Quoi donc ?

— Le Mur… ! Quelle coïncidence de se retrouver sur la frontière la plus au Nord qu'ait jamais pu atteindre l'Empire Romain. Rien que ça ! Un Empire face à nous Écossais, tout petits qu'on était ; un Empire entier forcé de reculer derrière ses propres retranchements, plus de cent miles au Sud, à peine trente ans plus tard… Ça, c'était de la résistance ! Et aujourd'hui… ? Aujourd'hui, on se laisse envahir les bras grands ouverts par ce foutu train de malheur et toutes ces maudites industries qui vont probablement nous anéantir en un rien de temps, nous et notre belle civilisation ! Si c'est pas un signe, ça ? Non… ? Tu ne trouves pas… ? Un signe des temps, moi je te dis ! En tout cas, il va falloir s'adapter… On n'a guère le choix. S'adapter ou mourir ! »

À cela, Robertson, moins cultivé, moins visionnaire sans doute que son compagnon de voyage, ne saura trop quoi répondre. Comme souvent, il conviendra grossièrement de la situation. Mais ne partageant pas toute la subtilité de l'analogie historique – choisie pourtant fort à propos par McFarlain – l'homme souhaitera avant tout éviter d'entraîner son ami et néanmoins patron sur un terrain politique qu'il sait fort glissant. Kenny se contentera donc ce jour-là, une fois de plus, de dodeliner sagement de la tête, puis sortira une bouteille de vin de sa besace et la partagera gaiement avec son acolyte.

Il ne le sait que trop bien, en effet : les transformations socio-économiques des dernières décennies, aussi inéluctables ou extraordinaires fussent-elles, ont contribué à augmenter sensiblement les différences de classe entre les hommes et les femmes de ce pays. Et la prospérité dont il bénéficie encore largement aux côtés de McFarlain, tout comme l'agriculture britannique en général, repose en partie sur la misère d'ouvriers agricoles aux salaires bien plus bas que le sien. Souvent grisés par l'industrialisation galopante, ceux-là optent alors précipitamment pour la ville et le travail en usine entraînant irrésistiblement derrière eux femmes, enfants et adolescents dans des situations bien plus précaires et misérables encore… De tout cela il est conscient, Kenny Robertson ! Et tandis qu'il trinque une nouvelle fois avec James sur ces glorieux vestiges du passé, il devine derrière la bonne humeur de circonstance toute l'inquiétude que nourrit son compagnon pour l'avenir de ses enfants. L'avenir de Michael, en particulier. Michael qui, précisément quatre ans plus tôt, s'était lui aussi laissé tenter par les lumières de la ville…

* * *

Le texte était court, simple et concis ; brutal. Il s'en souvenait comme si c'était hier :

« *Je ne rentrerai pas avec vous. Ne vous en faites surtout pas mais, pour moi, le voyage s'arrête ici. Du moins, pour le moment. Ne cherchez pas à me retrouver. Quand je serai prêt, je t'écrirai cher papa et nous nous reverrons. Je te le promets. Mais pour le moment, je dois tenter de vivre ma vie. Me reconstruire. Ici en l'occurrence, à Londres. Embrasse maman pour moi. Prenez soin d'Ewan, mon frère bien-aimé, et de mon chien Jeff que je ne peux raisonnablement me résoudre à garder ici avec moi. Je vous aime. Michael.* »

James avait lu et relu une bonne dizaine de fois la note qu'on lui avait remise à l'auberge le soir même de leur arrivée à Londres, dès son retour du marché de Smithfield où Kenny et lui-même avaient dû déposer les bêtes quelques heures plus tôt. Iain et Michael les y avaient précédés dans l'après-midi avec la carriole et tous devaient se retrouver là pour le souper. Iain, déjà trop ivre, dormait à moitié et ne put donner aucune information cohérente sur le départ hâtif de Michael. Quant à l'aubergiste, il se souvenait vaguement d'un jeune homme pressé qui, à peine arrivé, lui avait tendu la lettre sans rien dire avant de quitter précipitamment les lieux. Désespéré, James avait fait lire le mot à son ami, espérant naïvement que celui-ci pourrait y trouver les éléments d'un moindre réconfort… En vain, bien sûr.

Tout ceci était pourtant fort prévisible. L'agression que lui avait fait subir le metteur en scène français, immédiatement suivie au petit matin de l'annonce par le jeune mitron de la mort accidentelle du révérend Finneghan – qui pouvait savoir que les deux drames avaient eu l'outrecuidance de se dérouler exactement au même instant… ? – tout cela ne pouvait être sans conséquence sur l'équilibre du jeune adolescent qu'était alors Michael.

Ainsi, dans les jours qui suivirent cette nuit fatidique, celui-ci sombra dans une profonde mélancolie. Sa gaieté, son dynamisme légendaires firent peu à peu place, au mieux à une triste et imperceptible rêverie, au pire à une forte déprime mêlée de pessimisme extrême. Il paraissait accablé, s'isolait de plus en plus, s'ennuyait.

Dans un premier temps, sa mère, elle-même trop marquée et fort chagrinée par la disparition du pasteur, ne remarqua rien et attribua tout naturellement son changement d'humeur à de vulgaires bouleversements hormonaux bien habituels après tout, pensait-elle, chez un garçon de cet âge. Elle ignorait sans doute combien, à quinze ans, un homme est déjà *mûr* à bien des égards. Mais, après tout, Moyra avait encore beaucoup à apprendre. Michael était l'aîné, son premier : quand viendrait le tour d'Ewan, elle serait prête, voilà tout !

Son père était absent pour quelques mois encore. Ewan n'était qu'un enfant. Seul Jeff, son fidèle compagnon, avait immédiatement ressenti la tristesse de son maître. Depuis son retour à la ferme, il ne le quittait pour ainsi dire plus. Unique et véritable interlocuteur, le chien était devenu en effet le seul dans cette maison capable de comprendre et partager avec lui, comme personne, inlassablement et en silence, ses secrets les plus inavouables comme ses chagrins les plus profonds…

Fin septembre comme prévu, le jeune homme était parti avec Jeff jusqu'au port de Dundee[9] où il devait accueillir son père

---

[9] Dundee (*Dùn Dèagh*) est un port du nord-est de l'Écosse sur la rive nord de l'estuaire du fleuve Tay sur la côte est de la mer du Nord. C'est aujourd'hui la quatrième plus grande ville d'Écosse.

ainsi que Kenny Robertson, de retour de Londres par la mer. Iain était quant à lui remonté de son côté quelques semaines plus tôt à bord de la carriole tractée tant bien que mal par sa mule fidèle et déjà vieillissante. Michael avait tant attendu ce moment ! Pourtant, et tandis qu'il quittait la ferme, l'enthousiasme n'y était déjà plus. Bien sûr, il avait hâte de revoir son paternel, celui qu'il n'avait pu à regret accompagner à Londres quelques mois auparavant, et se réjouissait à l'avance de l'unité familiale enfin retrouvée, en particulier autour de la table où ne s'asseyait plus le regretté révérend. Mais au fond de lui-même, toute envie de transhumance s'était totalement et pour ainsi dire mystérieusement évaporée. En fait, il ne se sentait plus du tout fait pour cette vie-là. Finneghan était mort et lui-même avait changé. Devenu adulte malgré lui l'espace d'une nuit, il devait maintenant trouver autre chose, un idéal, un ailleurs. Le monde aussi était en train de se transformer. Michael ne pouvait plus rester à l'écart et le contempler ainsi de loin, sans rien faire. C'est en arrivant au port que l'adolescent croisa précisément son destin…

Henry G. Forsyte était un étrange petit bonhomme : rondouillard, un mètre cinquante, pas davantage. Il ne devait pas non plus dépasser la trentaine. Pourtant, avec sa barbe fournie et légèrement grisonnante, son chapeau haut de forme, sa longue veste noire et la canne qu'il ne cessait de brandir au ciel avec véhémence, on lui aurait bien donné dix à vingt années de plus. L'homme juché sur une espèce de prie-Dieu instable et artificiellement surélevé au bord du quai surplombait l'attroupement d'une vingtaine de badauds qui s'étaient rapidement réunis autour de lui, tous plus intrigués les uns que les autres par cette figure décalée et pour le moins excentrique dans le petit port de pêcheurs du sud-est de l'Écosse. Aux dires des plus cultivés, on l'aurait cru tout droit arrivé du *Speaker's Corner*[10] de Hyde Park, à Londres, où politiques et beaux parleurs de l'époque – bravant pour quelques années encore les interdictions de réunions publiques, de même que les interventions fréquentes et musclées de la police – ne manquaient pas de se réunir, de discourir au grand air des luttes à mener pour garantir la démocratie et préserver les libertés civiques de chacun – libertés pour le moins menacées alors dans le royaume en pleine mutation.

Michael s'approcha donc lui aussi, mais n'appréciant guère les bousculades et préférant une vue d'ensemble – disons plus théâtrale – resta légèrement à l'écart du groupe en compagnie de son chien. Il avait toute la journée devant lui : le bateau de Londres avait pris du retard, suite à un mauvais coup de vent en mer du Nord au large du cap de Flamborough, à l'est du Yorkshire, et ne serait pas à quai avant le lendemain matin. Bien qu'ayant attrapé le discours au vol – il avait souhaité avant tout s'assurer la réservation d'une chambre sur le port – Michael fut aussitôt saisi par la force du propos et l'enthousiasme avec lequel l'orateur parvenait à partager ses idées progressistes et, sinon convaincre, du moins capter aussitôt l'attention de son auditoire de pêcheurs quelque peu médusés.

Il y était question pêle-mêle de Capital, de Travail, de libéralisme et de socialisme, de patronat et de classe ouvrière, d'exploitation des uns par les autres, de révolution prolétarienne,

---

[10] Le Speaker's Corner (littéralement *coin des orateurs*) désigne à l'origine l'espace réservé au nord-est de Hyde Park à Londres où chacun peut prendre librement la parole et assumer un rôle temporaire d'orateur devant l'assistance du moment. Il fallut attendre 1872 pour que le gouvernement reconnaisse pleinement la liberté de se réunir ainsi en public sans être inquiété par la police.

de Friedrich Engels[11] et même d'un certain Karl Marx[12]... Bref, tout y passait et, quoique brouillon, ce brillant exposé de civilisation britannique, radicalement différent tant par l'esprit que par la forme, n'était pas sans remémorer chez l'adolescent les propos tantôt virulents, parfois contradictoires mais toujours passionnés, que défendait Finneghan avec force arguments à chacun des cours.

Quand Michael était rentré à l'auberge ce soir-là après avoir longtemps flâné sur le port en compagnie de son chien, ce ne fut pas sans surprise qu'il y trouva le harangueur de l'après-midi. Manifestement descendu au même hôtel, celui-ci était maintenant confortablement assis dans un large et épais fauteuil de cuir miel, près d'une fenêtre crasseuse d'où perçait tant bien que mal un ultime et trop rare effet de soleil. L'homme semblait déguster avec grande précaution une de ces bières irlandaises bien sombres et déjà légendaires fabriquées dans la ville de Baile Átha Cliath[13] depuis plus d'un siècle, lourde bière amère dont la mousse épaisse et blanche se colle volontiers à votre nez à la moindre gorgée. La canne que l'homme avait tant levée au ciel, menaçante, quelques heures plus tôt durant sa *conférence au sommet* – en cela qu'il était effectivement perché en équilibre au sommet de sa chaise – était ici posée sagement à ses côtés, bien inoffensive désormais. Sans son chapeau, sans le moindre

---

[11] Friedrich Engels (1820 – 1895) est un philosophe et théoricien allemand, grand ami de Karl Marx et fondateur avec lui du communisme. Né en Allemagne, il alla se former techniquement dans l'usine de son père à Manchester, dans une Angleterre en pleine transformation qu'il espère devenir le probable théâtre d'une révolution prolétarienne.

[12] C'est à Londres que le philosophe et théoricien allemand Karl Marx (1818 – 1883) rédigea son monumental *Le Capital* sur la base de l'observation de l'industrie britannique et des conditions de travail de l'époque. Ses brouillons inspirèrent Friedrich Engels pour publier ses livres 2 et 3 en 1885 et 1894.

[13] Dublin, capitale de la République d'Irlande (*Eire*).

moyen d'apprécier sa taille ridicule, l'homme dégingandé était pour ainsi dire méconnaissable.

Michael avait hésité puis, espérant prolonger avec lui la soirée en un plaisant échange d'idées, s'était finalement risqué à l'approcher. Il fut heureux de trouver en retour un accueil favorable et Henry G. Forsyte – c'est ainsi du moins que le tribun se présenta – lui offrit aimablement, sans se lever toutefois, de s'asseoir face à lui et d'accepter une des deux Guinness qu'il commanda aussitôt d'un geste sec et méprisant de la main. La première bière imprudemment absorbée trop vite, la fatigue du voyage, une seconde bière enfin : l'adolescent ne fut pas long à se sentir parfaitement à l'aise, et la conversation, tout d'abord fort banale et incertaine, n'eût bientôt guère de mal à trouver sa voie en compagnie d'un si beau parleur à l'éloquence londonienne habile et éprouvée de longue date.

Ils discutèrent ainsi durant deux bonnes heures et en oublièrent jusqu'à dîner tant la passion s'installa rapidement entre les deux hommes. Forsyte, qui avait l'art de faire parler ses interlocuteurs, comprit aussitôt qu'il avait en face de lui un jeune homme brillant, avide de liberté, idéaliste et courageux de surcroît, bien au-dessus de la moyenne de ceux qu'il côtoyait ou avait côtoyés régulièrement à Londres toutes ces années. Il comprit aussi combien, derrière une si séduisante et impertinente beauté, Michael était en réalité un être bien fragile ; qu'il était mûr, en quelque sorte, pour quitter sa famille et son Écosse natale, et s'engager auprès de lui et ses amis à transformer le pays, ou du moins tenter de l'unifier autour des nouvelles thèses socialisantes en vogue dans la plupart des grandes capitales européennes.

Idéaliste et courageux, Michael n'en est pas moins l'élève du révérend Finneghan. Et tout excité qu'il fût à l'idée de pouvoir voler enfin de ses propres ailes, l'adolescent avait acquis durant toutes ces années d'apprentissage auprès du pasteur des réflexes protecteurs tout compte fait fort heureux et bien légitimes face à un inconnu…

« Vous n'avez pas l'air entièrement convaincu, jeune homme. Il semble que votre précepteur – la paix de *votre* Seigneur soit avec lui – tel que vous me l'avez décrit du moins, ait eu assurément une forte influence...

— Avez-vous lu Thomas Carlyle [14] ? C'est un écrivain écossais, le saviez-vous ? intervient Michael.

— Un mystique ! s'emporte Forsyte, déconcerté par la question aussi inattendue qu'impertinente à ses yeux, cherchant en quelque sorte à expulser toute sa réprobation : on n'aime guère les mystiques chez les socialistes… Athées de surcroît.

— Un mystique qui a su garder les pieds sur terre, tout de même ! ajuste aussitôt Michael, étonnamment remonté et, cela va sans dire, pour le moins éméché. Et courageux avec ça ! Vous admettrez tout de même qu'il s'est opposé avec force aux dérives libérales du *Laisser-Faire*[15]… »

À sa décharge, et en dépit d'un discours passablement désordonné, malgré l'emportement, l'excès d'enthousiasme dû à sa jeunesse, l'étudiant – il faut bien l'admettre – connaît fort bien son sujet. : Carlyle, calviniste convaincu, devait à l'origine embrasser une carrière de pasteur. Or, ayant perdu la foi, il était devenu historien puis écrivain de renom. L'homme, certes

---

[14] Thomas Carlyle (1795 – 1881) est un écrivain écossais, historien et critique de la société de son temps. C'est un fervent adversaire du *Laisser-Faire* et de l'*Utilitarisme*.

[15] Le *Laisser-Faire* (ou *Laissez-Faire*) est un courant de pensée économique et politique né en opposition au mercantilisme. Pour Carlyle, il est temps de réagir face aux terribles conditions de vie extrêmes des travailleurs et des pauvres (Workhouses, New Poor Law…) : comprendre enfin que le rapport de l'homme à son semblable ne se réduit pas au mécanisme de l'offre et de la demande.

progressiste, n'en avait pas moins une vision fort critique à l'égard des mouvements révolutionnaires à la violence souvent sectaire et passionnée : il avait en particulier publié en 1837 un ouvrage intitulé *The French Revolution,* remarquable travail d'historien qui allait lui apporter reconnaissance et célébrité, mais dans lequel l'auteur, tout en disséquant ces années insurrectionnelles de manière non partisane, laisse clairement entrevoir les dangers de toute insurrection populaire de masse. Pour Carlyle en effet, la Révolution française n'est rien d'autre que l'anarchie, ni plus ni moins l'expression d'une colère destructrice et sans pitié : celle d'un *sans-culottisme* vengeur…

S'étant donc redressé sur le rebord de son siège, comme piqué au vif – on ne s'attaque pas ainsi impunément à l'historien préféré de feu le révérend Finneghan –, Michael lève vigoureusement sa pinte au nez de son contradicteur : « *L'âge des miracles est revenu, contemplez !* entonne-t-il avec une passion toute théâtrale ; *Un monde pareil au phénix, qui meurt pour renaître, qui meurt dans une mort de flammes, qui renaîtra dans une naissance de flammes !* (…) *Liberté, égalité, fraternité, ce ne sont pas des vêtements, mais le souhait qui les appelle. La nation est maintenant toute nue ; c'est une sans-culottique nation, elle n'a ni habit, ni règle.* »[16]

Avec gravité, talent, plaisir, voire un soupçon de candeur, le jeune homme venait de réciter de mémoire et sans aucune anicroche, face à un interlocuteur aussi médusé que séduit, l'extrait de l'ouvrage qui, selon lui, soulignait à la fois le mieux la pensée de l'auteur et résumait à lui seul la philosophie qu'avait épousée le révérend Finneghan tout au long de son existence.

---

[16] *Histoire de la Révolution française* (*The French Revolution : A History)* – Thomas Carlyle, 1837.

Qui s'étonnerait donc qu'à travers une prose si talentueuse, les idées du pasteur n'aient eu la même résonance sur le plus brillant de ses élèves ?...

« Savez-vous, continua d'ailleurs ce dernier tandis qu'il se relâchait mollement au fond de son fauteuil, mélangeant désormais un tant soit peu les faits – en proportion quasi égale avec l'alcool ingurgité – savez-vous que cet homme, lui, ce "mystique" comme vous dites, a toujours lutté avec véhémence contre de soi-disant réformateurs sociaux, ceux-là mêmes qui, comme vous autres beaux parleurs, ont pourtant soutenu cette foutue réforme d'assistance aux plus pauvres… Vous savez… ces pauvres qu'on oblige à vivre dans des endroits immondes pour mieux nous en débarrasser par la suite…[17] Vous verrez qu'un jour on créera même des camps, en secret, loin du peuple et des discours de liberté ; on y enfermera tous ceux qui nous dérangent, qui ne pensent pas comme nous… Et ceux qui survivront… ? Oh !... Nous trouverons bien le moyen de les soumettre à nos doctrines… au nom dc leur propre liberté ! »

Forsyte – qui, le visage baissé, avait écouté jusque-là sans rien dire ce long discours pour le moins édifiant – relève lentement la tête, visiblement séduit, décelant dans cette ultime réflexion d'ivrogne irraisonné un curieux et morbide intérêt : « Des camps… ? Quelle idée… ! Pourquoi pas, après tout… ? », analyse-t-il en silence, les yeux noirs et brillants, plus sournois que jamais.

Il se redresse enfin : nul doute, l'homme est patient, mais n'aime pas qu'on l'insulte pour autant.

---

[17] Michael fait ici référence à la *New Poor Law* de 1834, réforme réputée ô combien inhumaine de l'assistance aux pauvres, que Thomas Carlyle dénonce avec virulence dans son pamphlet intitulé *Chartism,* publié en 1839.

— La loi à laquelle vous faites référence commence à dater, jeune homme… corrige-t-il promptement. Nous sommes en 1863, si je ne m'abuse ! Il faut apprendre à sortir de vos livres, affronter la réalité, descendre dans la rue… Vous m'y auriez croisé d'ailleurs : j'étais contre le texte et l'ai fait savoir en son temps !

— Des endroits immondes, reprend Michael sans écouter, des mouroirs, je vous dis ! Juste pour les obliger à s'en aller d'eux-mêmes, à trouver un travail comme ils peuvent ! Et le résultat, je vous le demande… !

— Charles Dickens… On croirait entendre du Dickens. Voilà assurément une leçon fort bien apprise.

— C'est bien le moment de plaisanter… ! renchérit Michael, non sans avoir hésité sur le sens véritable de cette étrange répartie. Il a cru par ailleurs détecter une sorte de rictus amusé sur le visage du nabot, s'agaçant de le voir toujours aussi impassible et calme face à tant d'adversité. Un véritable fascisme social, moi j'appelle ça… ! poursuit-il alors, imbécile et furieux. Alors, je veux bien moi qu'on *maximise le bien-être collectif* comme vous dites tous si bien dans vos jolis discours hypocrites, *Messieurs-les-donneurs-de-leçons*… Mais pas à n'importe quel prix, voyez-vous… ? Pas à n'importe quel prix ! »

Inutilement provocateur, Michael était allé trop loin et, bien que passablement ivre, s'en était rendu compte. Pire : il s'était entendu répéter machinalement l'une de ces belles envolées lyriques qu'appréciait tant s'entendre déclamer son précepteur tout au long de ses cours. Par mimétisme complaisant en quelque sorte… Un vrai petit singe savant ! Ni plus ni moins : voilà ce qu'il était devenu. Forsyte avait vu juste : si Michael avait appris convenablement ses leçons et maîtrisait fort bien le verbe, il ne savait toujours pas raisonner par lui-même. Se démarquer de

Finneghan. Le remettre en cause. *Se* remettre en cause ! Oser penser différemment. Bref : accepter enfin la mort du pasteur… ! Était-ce seulement envisageable… ?

À la fois bouillonnant d'impatience et comme figé par ce brutal aveu d'impuissance, il cherche à poser son verre à moitié vide sur le rebord de la table, manque de le renverser, le saisit à nouveau et décide enfin de le vider d'un trait, comme pour mieux dissimuler sa rage et son embarras. Forsyte sourit. Décidément, ce garçon lui plaît : il doit finir de percer à jour ses faiblesses et le rallier définitivement à sa cause.

Durant leur échange, très vite en réalité après s'être présenté, l'homme avait machinalement sorti de l'une de ses poches une sorte d'amulette de bois clair n'excédant pas deux pouces en hauteur et, tout en parlant, l'avait fait tournoyer maintes fois entre ses doigts osseux avec une grande dextérité. Il choisit enfin cette courte pause pour cesser l'agile manipulation et, d'un mouvement sec et décidé, tel le pion du vainqueur sur son damier, place enfin l'objet devant lui sur la table. De loin et pour qui n'y prêterait guère attention, c'était une pièce fort ordinaire et de facture assez grossière. Mais à y regarder de plus près, on découvrait une statuette à l'expression sordide et au double visage : diablotin rieur côté pile, macabre tête de mort de l'autre. Celle-là même exactement, ou peu s'en faut, qu'on avait retrouvée avec stupeur quelques semaines plus tôt sur les hauteurs de Cuimdrith, le matin du drame, fermement maintenue dans la main déjà froide et rigide du pasteur, tandis que – pensant sans doute naïvement pouvoir encore le sauver – on transportait celui-ci en toute hâte chez le médecin du village. Par respect pour le défunt, ou du moins par superstition, on avait par la suite préféré inhumer l'objet avec Finneghan et taire ainsi l'affaire à tout jamais.

Forsyte fait rapidement pivoter la silhouette rieuse vers Michael : « Vous ne savez plus ce que vous dites, jeune homme ! Vous êtes ivre. Vous avez trop bu… Allez donc vous coucher ! Demain, nous y verrons plus clair… L'homme au ton jusqu'ici fort mielleux paraît alors bien impatient et affiche curieusement un sourire comparable à celui du talisman maléfique qui maintenant, et depuis quelques secondes, toise obstinément l'adolescent : mais qu'est-ce que vous croyez… ? Qui croyez-vous que je sois ? Il vous reste tant à apprendre… Sachez pour le moins que je n'ai pas attendu *votre* Dieu, ni même ce Finneghan, pour m'occuper des hommes ! »

D'une rage mal contenue, les yeux plus noirs, plus brillants qu'à l'ordinaire, il pose sèchement devant lui sa pinte encore sombre jusqu'aux trois quarts, faisant sortir de ses rêves la pauvre bête qui dormait jusque-là profondément aux pieds de son maître. Le chien se dresse aussitôt sur son séant, tombe malgré lui nez à nez sur la statuette dressée à hauteur de museau, retrousse méchamment ses babines par-delà des canines aussi blanches qu'acérées puis, discrètement d'abord, se met enfin à grogner avec une férocité qu'on ne lui connaissait guère.

— C'est que… hésite lâchement Michael l'air de ne plus rien y comprendre, tentant du mieux qu'il peut de calmer l'animal. C'est que, effectivement, je pense avoir trop bu… Les grognements sourds résonnent étrangement dans sa tête. Il a rarement vu son chien dans cet état et craint surtout désormais, en attirant sur lui les regards, de devoir bientôt quitter les lieux et partir avec son compagnon, titubant, à la recherche d'un improbable logis en cette heure bien tardive.

La lumière vacille alors. Un coup de vent aussi violent qu'inattendu s'acharne soudain sur la porte de l'auberge qui cède enfin et s'ouvre bruyamment derrière eux, détournant aussitôt l'attention des maîtres du logis. Et tandis que tout semble lentement s'assombrir et basculer autour de lui, le jeune impertinent, ivre, hagard et presque soulagé de n'être plus avec son chien, grâce au Ciel et pour un temps du moins, le centre de toutes les conversations, cherche à suivre d'un regard lointain et amusé l'aubergiste qui, encouragé par son épouse depuis la mezzanine à l'étage, les yeux exorbités et les cheveux hirsutes, se précipite au ralenti, hurlant quelque galimatias, les bras levés vers la porte de l'auberge d'où semble déferler toutes les forces de l'enfer…

* * *

La traversée des Pennines[18] fut pour Ewan l'un des plus extraordinaires périples de toute sa jeune existence. Il faut dire que son père avait bien fait les choses et avait tenu à effectuer exceptionnellement avec lui cette première transhumance vers Londres à travers les plus beaux paysages du nord de l'Angleterre. Le voyage, quoique légèrement plus long, valait effectivement le détour et permettait à chacun, au troupeau en particulier, d'éviter de déplaisants va-et-vient industriels alors en cours aux abords des grandes villes et tout le long de la monotone plaine côtière à l'est du pays. Le tracé, minutieusement étudié à l'avance par McFarlain et Robertson, partait de Kirk Yetholm, petite bourgade coincée entre les deux

[18] La chaîne montagneuse des Pennines, aussi appelée « la colonne vertébrale de l'Angleterre » s'étend du Peak District Midlands anglais jusqu'aux Monts Cheviot à la frontière de l'Écosse, en passant par les Yorkshire Dales, les West Pennine Moors et la Cumbria. Le nom « Pennines » vient de *penno* (« sommet » en langue celtique).

frontières romaines au sud de l'Écosse puis rejoignait rapidement Belligham par le Northumberland pour atteindre enfin les hauteurs des Pennines du Nord aux environs de Alston.

C'est là que, dix jours exactement après leur départ de Cuimridh, un violent orage les obligea à trouver refuge pour la nuit dans une grange abandonnée, à quelques encablures seulement de la ferme de Peter Lawson qu'ils connaissaient de longue date et chez qui ils avaient pourtant prévu de séjourner quelques jours… Tous étaient fatigués, crasseux, et avaient espéré atteindre le gîte avant le soir, se délectant à l'avance de l'agréable bain chaud et de la bonne pitance qu'on leur aurait aimablement offerts. En vain.

Malgré l'humidité ambiante et le manque de bois sec, Iain, qui s'y était collé, réussit néanmoins à allumer un feu et tous purent ainsi se réchauffer tant bien que mal au rythme de plus en plus menaçant des puissants roulements de tonnerre. Les chiens apeurés s'étaient quant à eux réfugiés l'un contre l'autre au fin fond de la grange, tremblant invariablement au moindre éclair, tapis qu'ils étaient sous la carriole près de laquelle la vieille mule chancelante et presque sourde ne semblait pourtant guère plus rassurée. James devinait bien à travers les flammes que son ami McFarlain était inquiet : comme lui, il pensait sans rien dire au troupeau trop hâtivement abandonné à lui-même à l'extérieur, sous l'averse, espérant ne pas devoir trop perdre de temps à le réunir à nouveau dès l'aube, une fois l'orage passé.

L'ambiance était propice au repos et à la solitude. Ewan sortit de sa poche la lettre qu'il avait reçue de son frère quelques semaines plus tôt, et qu'il avait peut-être déjà lue et relue une bonne douzaine de fois depuis leur départ. Il s'approcha du feu, y cherchant la lumière, déplia la missive avec précaution, s'assurant que le papier était assez sec et l'encre encore bien lisible malgré la pluie qui s'était abattue si brusquement sur l'équipage quelques minutes auparavant. Ses yeux brillaient à l'avance du plaisir de lire et relire les nouvelles que lui envoyait régulièrement Michael depuis Londres où il s'était installé pour de bon voilà déjà quatre ans. Cette lettre-ci, pourtant, présentait le jeune homme sous un jour inhabituel, pour ne pas dire déconcertant.

« *Cher Ewan, cher frère bien-aimé,*

Quand je pense au bonheur de te revoir enfin, dans quelques semaines, après toutes ces années, éloigné de toi, de maman, de notre belle Écosse.

Comme tu as dû changer. Tu es un homme, maintenant ! Comédien, par-dessus le marché ! Ah ! Shakespeare... Comme je suis fier de toi. Je sais par notre père que cette vocation est bien ancrée en toi désormais. Il n'est pas dupe, tu sais, le vieux ! Nous ne reprendrons jamais la ferme, il en est bien conscient. Et ce voyage vers Londres, s'il nous rapproche assurément toi et moi, nous éloigne chaque jour un peu plus de nos parents comme de notre terre natale. Maman, c'est certain, n'est pas étrangère à cela : après t'avoir toujours encouragé à poursuivre tes études littéraires et théâtrales après la mort de ce pauvre Finneghan, elle n'a jamais manqué à ce qu'il paraît de t'accompagner dans tes démarches auprès des saltimbanques et autres troupes théâtrales de passage... Papa m'a dit que, grâce à elle, tu es parti étudier seul à Glasgow il y a deux ans et que tu as même obtenu un rôle l'hiver dernier au Scotia Variety Theatre... C'est formidable ! Que je suis heureux pour toi. Comme j'ai hâte de tout savoir : tes projets, tes amours, tes peines aussi. Tout, sans exception ! Tu dois avoir tant de choses à raconter à ton vieux frère.

Le sourire aux lèvres, Ewan retourne hâtivement le feuillet et poursuit sa lecture.

L'Écosse me manque, tu sais. Finneghan me manque... Terriblement. Te souviens-tu seulement quand il nous parlait de Sybil, *le roman de Benjamin Disraeli*[19] *auquel il se référait sans cesse... ? Une œuvre majeure à ses yeux, qu'il disait. S'il avait su que son auteur deviendrait cette année Premier ministre du royaume ! Incroyable, tu ne trouves pas... ? Quel choc ça a été pour moi. Du coup, j'ai relu le roman et, ayant depuis pour ainsi dire vécu ici à Londres tout ce qu'y subissent ses personnages, je comprends bien mieux à présent pourquoi Finneghan, tout comme Disraeli d'ailleurs, tenait tant à réconcilier la bourgeoisie et le peuple exploité. « C'est le seul et unique rempart à l'anarchie », qu'il nous répétait sans cesse le révérend en levant les bras au ciel, tu te souviens ? Comme si c'était la fin du monde. Je l'entends encore : « Pas de Révolution française ici... ! L'anarchie ? Ah ça, non ! Il n'en est pas question. Pas de ça chez moi ! Pas en Grande-Bretagne ! » Et il manquait toujours de s'étrangler... Il défendait ses idées avec une telle passion. Et nous qui le regardions sans rien dire, assis, immobiles, les yeux écarquillés ; nous ne pouvions pas nous empêcher de rire, avec maman. Tu te rappelles quand elle passait derrière nous sans rien dire pendant les cours, sous prétexte d'aller ramasser un vêtement ou autre chose, et qu'elle nous caressait tendrement les cheveux... ? Ah, maman ! Comme elle me manque aussi. Comme nous étions bien loin de tout cela*

[19] Benjamin Disraeli (1804 – 1881) est une grande figure de la vie politique anglaise du XIXe siècle. Grand leader du parti conservateur, il fut Premier ministre en 1868 puis de 1874 à 1880. Il se fit pourtant d'abord connaître comme romancier à succès dans les années 1840 en évoquant les problèmes sociaux du pays, notamment dans son célèbre ouvrage de fiction *Sybil, or the Two Nations* (1845) auquel se réfère ici Michael.

alors, pas vrai, Shakespeare, toi et moi à l'époque, à jouer avec les chiens au milieu de nos bêtes et de nos pâturages... ? En toute innocence... Ah ! Si paisible innocence !

Ewan sentait peu à peu, comme à chaque lecture, son regard s'embuer de larmes heureuses et nostalgiques de tant de bonheur commun. Tout d'abord enthousiaste, le ton de la lettre prenait néanmoins désormais des relents beaucoup plus sombres, dérangeants même tant les mots étaient chargés de pessimisme et de révolte extrême, des sentiments qu'il ne connaissait guère jusqu'alors chez son frère…

Vois-tu, Ewan, poursuivait Michael sur le second feuillet encore humide, *je ne vous ai pas abandonnés, maman et toi. Tu dois me croire ! N'écoute pas ceux qui te disent le contraire. Le monde était en train de changer, voilà tout. Et pour le comprendre, il fallait que je parte. Que je participe moi aussi à cette « grande Révolution en marche », comme ils disent... Révolution, tu parles ! Engels a écrit que ce sont précisément les soulèvements français de 1848 qui ont sauvé la bourgeoisie anglaise et désorganisé le mouvement ouvrier britannique tout entier. Du coup, on n'entend plus parler ici aujourd'hui que d'« Efficacité économique » : c'est, paraît-il, la nouvelle éthique à suivre, la nouvelle Loi divine... ! Seulement voilà, tu t'en doutes, c'est celle d'une caste dirigeante : une caste de chefs d'industrie, vaniteuse, égoïste et cupide, qui ne cesse d'évoquer ses desseins dans le soi-disant « intérêt commun du peuple tout entier »... Laisse-moi rire !*

Tu sais, je me demande parfois si on n'était pas mieux à vivre tranquillement, loin de tout ça, dans notre belle Écosse. À élever nos moutons. À fermer les yeux... Seulement maintenant, vois-tu, c'est trop tard : maintenant, je sais... Je sais ce qu'est un peuple exploité. Je connais la misère pour l'avoir vécue, tu comprends ? Pour la vivre encore parfois, même s'il est vrai que, grâce à notre père, j'ai fini par trouver un logement correct et mène aujourd'hui une vie plus décente, à l'écart des usines et de la pollution du centre-ville.

C'est pourtant bien là, dans cet enfer du monde moderne, qu'on m'a envoyé au départ. Enfin... là où je me suis laissé séquestrer, plus exactement. Et de ma propre initiative, en plus... Tu te rends compte ? Quelle prétention ! Quel gamin j'étais... ! Et tout ça pour « parfaire mon éducation politique », qu'il disait... Henry G. Forsyte. Ah ! Jamais je ne l'oublierai, celui-là ! Tu l'aurais vu : un vrai nabot. Un type bien apparemment. Ah ça ils présentent bien, tu peux me croire ! Même du haut de son mètre cinquante... Chapeau compris ! C'est dire. Mais pas fréquentable pour un sou, en fait. Un vrai petit « Père la vertu », si tu vois ce que je veux dire... Comme tous les autres en politique, d'ailleurs... « Faites ce que je dis, faites pas ce que je fais ! »... Et moi, j'y ai cru comme un débutant. Naïf que j'étais... ! Résultat ? Des jours entiers à l'usine à surveiller des machines textiles infernales avec plein d'autres adolescents de mon âge, mais aussi des gamins (moins volontaires ceux-là, tu peux me croire !) à me demander comme un de ces personnages dans Sybil *: « Mais pourquoi donc suis-je ici... ? »*[20]

Ewan fit une courte pause, envahi par l'émotion qu'un frère ressent pour son aîné quand il comprend combien il est triste et déçu. Tout s'était assombri, en lui comme dans la grange. Il posa

---

[20] « *Then why am I here ?... Why am I, and six hundred thousand subjects of the Queen, honest, loyal, and industrious, why are we, after manfully struggling for years, and each year sinking lower in the scale, why are we driven from our innocent and happy homes, our country cottages that we loved, first to bide in close towns without comforts, and gradually to crouch into cellars, or find a squalid lare like this, without even the common necessaries of existence ; first the ordinary conveniences of life, then raiment, and, at lenght, food, vanishing from us ?* »
Sybil, or the Two Nations (Benjamin Disraeli, 1845)

doucement la lettre sur le sol terreux et s'aperçut que tous s'étaient endormis dans la chaleur d'un feu déjà bien diminué. Combien de temps s'était-il donc passé ? Il l'ignorait mais savait en revanche qu'il avait dû lire et relire chaque phrase à maintes reprises pour se persuader de l'incroyable réalité qui s'y dessinait. Dans sa solitude, Ewan semblait perdre ses repères et découvrait à quel point son frère Michael avait changé. Combien, après seulement quatre années d'exil, de lectures engagées et de militantisme acharné, il lui était en quelque sorte devenu totalement étranger. Quelle singulière charge émotionnelle dans son discours ! Comment l'associer ouvertement, lui Ewan ainsi que Finneghan, à sa propre fuite en avant ? Comment imaginer que le révérend ait pu un jour souhaiter, à la demande de ses parents ou même de sa propre initiative, parfaire l'éducation politique et militante d'un jeune paysan, dans un petit village perdu du sud de l'Écosse ? La France, il avait bien mieux préféré la faire connaître à travers la plume d'un Jean de La Fontaine ou d'un Jean-Baptiste Poquelin – dit Molière – qu'au travers d'une sombre *Histoire de la Révolution française*, fût-elle écrite par Thomas Carlyle, dont certes il partageait les idées, mais à propos duquel il avait surtout vanté auprès de ses jeunes élèves la profonde amitié avec Charles Dickens : « Personne ne connaît vos livres mieux que moi… ! », avait un jour confié l'écrivain à l'auteur de *Chartisme* tandis qu'il demandait la permission de lui dédier son célèbre ouvrage *Hard Times*[21]. « Je sais qu'il ne contient rien sur quoi vos pensées ne soient pas en accord avec les miennes ».

Quelle qu'en soit la raison véritable, Ewan réalisait mieux à présent combien le départ précipité de son frère avait été décisif

[21] *Temps difficiles*, de Charles Dickens. D'abord paru en feuilleton hebdomadaire dans la revue de l'auteur *Household Words* à partir de 1854, il fut finalement édité en 1857.

et l'avait métamorphosé à tout jamais. Qu'en quittant la ferme, en disparaissant pour ainsi dire sans donner de nouvelles durant près de deux années (sans ressources, abandonné de tous, il avait fini par contacter son père et le revit à Londres en mai 1866), Michael avait en quelque sorte souhaité effacer définitivement une page entière de son existence, quitte à en écrire une nouvelle, inexplorée celle-ci, un tant soit peu plus romanesque peut-être…

Personne ne sut jamais rien du drame qui, dans une grange de Cuimridh cette nuit-là, avait été à l'origine de l'indispensable départ. Et si tant est qu'Ewan – qui depuis avait lu *Hard Times* – pouvait facilement appréhender les difficultés bien réelles auxquelles son frère avait dû faire face, seul à Londres, du moins au cours des premiers mois de son exil, il ne pouvait en aucune façon imaginer à quel point le jeune homme au corps injustement souillé avait en réalité, pour survivre, été régulièrement amené à mettre de côté sa dignité d'homme, et vendre en quelque sorte son âme au premier diable de passage…

Le garçon hésita à reprendre sa lecture. La lettre prenait trop désormais les allures d'une confession intime, et cela le mettait mal à l'aise. Il jeta un rapide coup d'œil autour de lui. Les chiens tapis dans l'ombre, enfin apaisés sous la carriole, avaient eux aussi, semble-t-il, réussi à s'assoupir l'un contre l'autre : l'orage paraissait déjà bien loin, en effet, et la pluie ne martelait plus aussi bruyamment sur le peu qu'il restait du toit de l'édifice. Ewan saisit lentement les derniers feuillets posés près de lui.

C'est toi qui as raison Shakespeare, en définitive. Toi et cet « Idiot » de Dostoïesvki[22], un écrivain russe dont on parle beaucoup dans les salons ces temps-ci. Seules la culture, la beauté, l'innocence de l'artiste peut-être, pourront sauver ce monde du désastre vers lequel il court inexorablement !

Libéralisme, Socialisme... Ces idéologues me font peur. Certes, leurs idées sont belles, séduisantes même, souvent fort savantes. Mais leur méthode est implacable : ils te flattent tout d'abord, t'instruisent, te guident, t'accompagnent et se servent de toi – le temps nécessaire, du moins, de parvenir à leurs fins – puis un jour, dès que tu commences enfin à penser par toi-même, différemment en somme, ils te rejettent comme le pire des traîtres. Ils te coupent la tête ! T'enferment dans ta solitude.

Ah ! Finneghan, comme tu avais raison...

Ne m'en veux pas, Ewan, frère bien-aimé : ces prises de positions tout comme le ton de mes lettres peuvent te sembler impertinentes, excessives sans doute... Elles ne sont que le reflet de mes rencontres et de la cruauté de l'existence à laquelle j'ai dû faire face depuis mon arrivée à Londres. Mais le pire, vois-tu, c'est l'habitude... Un matin, sans prévenir... on s'habitue. On finit toujours par s'habituer... Même à la misère. À l'injustice... Alors, on commence à mourir.

Rassure-toi, p'tit frère, je ne suis pas encore mort ! J'ai même eu la chance de rencontrer ces jours-ci quelqu'un digne de me redonner l'espoir et la confiance. J'avais aimé ses articles parus dans le Cornhill Magazine, une revue littéraire, sous le titre

[22] *L'Idiot*, de l'écrivain russe Fiodor Dostoïevski, fut d'abord publié en feuilleton de 1868 à 1869 dans *Le Messager russe*, un périodique de l'époque, avant d'être édité en deux volumes en 1874.

étonnant de « Culture et Anarchie ». Matthew Arnold[23] *est un type formidable et d'une grande lucidité En plus, il adore le théâtre ! Il connaît plein d'artistes : des acteurs, des metteurs en scène, des directeurs de théâtre... Il faut absolument que je te le présente ! Bref, il a beaucoup fréquenté les quartiers populaires de l'East End de Londres – en fait, il y a travaillé pendant un bon moment. Il s'est penché en particulier sur ce qu'il appelle « les phénomènes d'exclusion ». Tu n'imagines pas la proportion des habitants de cette ville qui vivent aujourd'hui sous le seuil de pauvreté ! Même les socialistes sous-estiment les chiffres... Eh bien, lui, il affirme que le culte de la liberté individuelle, qu'on trouve aussi bien aujourd'hui dans l'aristocratie, la bourgeoisie, que dans le peuple lui-même, risque à terme d'être source d'anarchie. Il prétend qu'en Grande-Bretagne, sans État fort comme en France ou en Allemagne par exemple, l'unique remède à l'anarchie réside dans la culture : elle seule permet à chacun de sortir des limites de sa classe sociale, quelle qu'elle soit ! Et ça Ewan, grâce à Finneghan, tu l'as compris bien avant moi : la culture, tu le sais mieux que quiconque, c'est la condition même du dialogue entre les hommes ; la révélation de notre humanité commune... !*

Ah, Shakespeare, mon frère bien-aimé, comme tu as de la chance... Comme je suis fier de toi... ! À nous deux, on va peut-être enfin arriver à sauver le monde... ! »

---

[23] Brillant helléniste, Matthew Arnold (1822 – 1888) est avant tout un poète : il occupa la chaire de poésie à Oxford de 1857 à 1867. C'est aussi un critique littéraire ouvert à la culture européenne. Des missions à l'étranger lui font mesurer le retard de la Grande-Bretagne dans le domaine de l'enseignement populaire. Il prend également conscience de l'écart spectaculaire entre la réussite économique du pays et son indigence culturelle. Sa publication la plus marquante est *Culture and Anarchy* (1869) et sera publiée dès 1867 sous forme d'articles dans *The Cornhill,* la célèbre revue fondée par le romancier William Thakeray (*La Foire aux Vanités*), en 1890.

Ewan replia la lettre et pour le moins dubitatif, la glissa au fond de sa large poche de pantalon où elle serait sans nul doute à l'abri de l'humidité. Il s'allongea à son tour près du feu et chercha un sommeil qu'il ne parvint néanmoins pas à trouver avant deux bonnes heures, tant il était inquiet. Dans quel état allait-il donc retrouver son frère à son arrivée à Londres ? Jamais il ne l'avait senti aussi déprimé, si préoccupé sur l'avenir des hommes et du monde en général. Certes, Michael lui avait décrit dans de précédents courriers les multiples déceptions qu'il avait rencontrées dans ses démarches, qu'elles soient militantes, amicales, voire sentimentales… Or, il semblait bien désormais que sa bonne humeur légendaire, si appréciée de tous à Cuimridh autrefois, l'eût bel et bien abandonné à peine franchies les portes de la capitale.

Mais ce qui inquiétait bien plus encore le jeune Ewan était en réalité très éloigné des préoccupations sociétales de son frère ou même de l'avenir du monde : Michael n'avait pas pris la peine cette fois-ci, comme il le faisait pourtant sans faute jusqu'à présent à la fin de chacune de ses lettres, de s'enquérir des nouvelles de Jeff, son éternel et fidèle compagnon dont il avait dû si tristement se séparer quatre ans plus tôt. Un oubli volontaire de sa part ? Après tout, pourquoi pas ? N'est-on pas tenté en effet parfois d'éviter d'aborder certains sujets par simple superstition ou par la crainte naturelle de devoir affronter un jour une triste et terrifiante fatalité… ? Toujours est-il que le pauvre animal avait fini par se laisser mourir, paisiblement et sans se plaindre, autant de la vieillesse que du chagrin assurément d'avoir été si injustement et par trop longtemps arraché à son jeune et inoubliable maître…

* * *

Aucun animal ne manquait à l'appel. L'orage avait bien dispersé quelques moutons durant la nuit, mais il ne fallut guère plus d'une matinée à nos bergers, assistés de leurs chiens zélés, pour récupérer les bêtes dissidentes et reprendre la route. Comme convenu, le soir même, ils firent une halte fort appréciée à la ferme des Lawson, espérant y séjourner deux jours entiers. Peter, le maître des lieux, était au fil des ans devenu un véritable ami, McFarlain ayant de longue date pris l'habitude de s'arrêter chez lui à chacune de ses transhumances, ou presque.

Ce dernier avait cependant hésité à s'y rendre cette fois-ci, se méfiant tout particulièrement de l'attitude de Iain qu'il avait surpris l'année précédente, seul à l'écart du hameau, en train de dépecer le cadavre du chat préféré de Mary-Ann, la fille cadette de Peter, à l'occasion d'un de ces rituels sataniques que le jeune imbécile avait pour coutume d'organiser et de chérir, on le sait, au moindre signe de pleine lune en compagnie de quelques autres tarés de Cuimridh… James, cherchant comme on peut le comprendre – et à son grand regret, toutefois – à ne pas ébruiter l'affaire parmi ses hôtes, n'était pas intervenu directement auprès de Iain ce soir-là et laissa cruellement la fillette en pleurs des jours entiers désespérer de retrouver un jour sa petite *Peluche* adorée.

Ayant fini par raisonner de saines et fort compréhensibles pulsions primales qu'il aurait pourtant bien voulu laisser s'exprimer sur le visage du jeune dégénéré, James préféra en effet attendre patiemment que ce dernier s'en fût allé et fit en sorte d'enterrer discrètement les restes du pauvre animal sacrifié, d'éliminer au plus vite toute trace de cette sordide et macabre cérémonie nocturne. Ce faisant, il ramassa sur le sol une étrange effigie de bois (il lui sembla que c'était du bois) grossièrement sculptée au canif, haute de quelques centimètres à peine. Ayant cru vaguement y reconnaître à la lumière astrale une sinistre tête de mort doublée, en son envers, des traits approximatifs d'un visage guère plus rassurant, McFarlain remisa hâtivement l'objet dans l'une de ses poches. N'y voyant guère plus qu'une simple amulette rituelle associée à la cérémonie satanique dont il venait d'être le témoin, il avisa toutefois de s'en débarrasser au plus vite, dès le matin si possible : la brûler probablement…

Ce ne fut donc pas sans une certaine stupeur (le mot est faible, assurément) qu'un an plus tard – le soir même de leur arrivée à la ferme des Lawson, tandis que Iain, plus persifleur et satisfait que jamais, s'écartant opportunément d'un pas marqué de côté, la lui faisait paraître malicieusement et en toute discrétion – le brave homme découvrit ladite statuette, certes noircie, mais indemne et fort reconnaissable, posée sur le buffet de la salle à manger de ses hôtes, statuette que McFarlain pourtant se revoyait encore distinctement sortir de sa poche et jeter au feu comme il s'était promis de le faire, au lendemain même du sinistre cérémonial…

Tout se passa alors très vite ; rien ne prouve à vrai dire à ce jour que les visions ici relatées furent ou non véridiques : l'homme fort troublé, fatigué de surcroît, n'était en effet nullement dans son état ordinaire. Il vit pourtant c'est sûr, par flashs successifs mais dénués de logique, courant sans réfléchir derrière quelque Antonin de pacotille, des troupes de soldats romains déferler par milliers sur les plaines d'Écosse ; des morts par dizaines, par centaines sans doute, jonchés par-ci par-là, d'autres agonisant peut-être, déjà pleurés par leurs amis ou proches ; des chevaux errants, souvent sanguinolents, boiter à la recherche qui d'un peu d'eau, qui d'un havre pour mourir. Partout autour de lui misère, sécheresse, famine… Il vit son propre père, outre-tombe, lui faire un signe de la main puis disparaître au loin dans des fumées obscures ; crut reconnaître le rire de Finneghan, mais ne vit accourir qu'un ivrogne triste et solitaire : le fils de la boulangère, ou son père tout autant, venu lui annoncer la mort d'un être cher. Et tandis qu'il se hâtait déjà au chevet de sa femme, il sentit son bras lourd et vomit aussitôt, soulevant le cadavre d'un chat en décomposition… Il sut que la main qui frôla alors un moment son épaule était celle de Michael, mais n'osa pourtant se retourner sur son fils et l'embrasser sans condition tandis que déjà, du nord au sud, d'est en ouest, des flots marins incontrôlés surgissaient de nulle part, submergeaient peu à peu les cathédrales en feu… McFarlain ferma les yeux et se laissa absorber par le néant.

Lorsqu'il se réveilla, l'homme était paisiblement allongé sur l'herbe et vit que personne autour de lui ne semblait s'en soucier. Rien de ce qu'il avait vu n'était donc vrai ? Comment prouver le contraire ? Il faisait beau. L'après-midi sans doute. Un des chiens dormait encore à ses côtés. Ewan au loin surveillait le troupeau, tandis que Robertson trinquait joyeusement avec Peter. Aucune trace de Iain… « Tant mieux, se dit-il alors. Un mauvais rêve, sans doute… ? »

Au fil des jours, Ewan avait appris à gérer la solitude qui, tour à tour, s'empare des voyageurs et permet à chacun de retrouver ses marques et oublier au mieux la monotonie de certaines journées, de certains paysages… À l'écart et tandis qu'il veillait distraitement sur le troupeau, l'adolescent rêveur vit courir au loin la petite Mary-Ann qui rejoignait son père, apparemment heureuse et fort bien remise de la disparition de *Peluche*. Elle avait fini par oublier le chat et l'avait remplacé sans grande difficulté par une oie blanche et docile qu'on s'était empressé de lui offrir et qui ne la quittait pas. La fillette n'avait pas dix ans mais sa fine silhouette, son rire et ses cheveux dorés au vent lui firent immédiatement songer à Isobel… Il s'en étonna lui-même : c'était la première fois, en effet, depuis bien longtemps qu'il la revoyait si distinctement dans ses pensées. Oh, il la croisait régulièrement à la ferme et l'avait encore embrassée à son départ à peine deux semaines auparavant. Elle avait grandi, bien sûr et, du haut de ses seize ans, affolait déjà bien des hommes au village. Cependant dans la vie d'Ewan McFarlain, Isobel Robertson tenait une place à part et demeurerait à jamais la jeune et fragile adolescente qui, non loin du promontoire où gamins ils aimaient s'asseoir en compagnie de leurs chiots, avait enfin osé, un jour d'anniversaire, lui offrir son corps et sa virginité.

Or, si l'adolescente déjà femme, amoureuse de surcroît depuis des années, n'eut ce jour-là aucun mal à partager sa passion instinctive et trouva dans cette étreinte malhabile la flamme tant espérée, Ewan, comme tant d'autres puceaux de son âge, retiendra quant à lui de cette éphémère expérience, du plaisir certes, mais un plaisir insatisfait mêlé de la torpeur et de la maladresse juvéniles des toutes premières fois… Il n'y eut donc pas de seconde fois pour Shakespeare, pas plus qu'un Roméo pour Juliette ; et tandis qu'elle commençait à trouver le temps long à ses côtés, la tendre Isobel espaça peu à peu ses visites à la ferme, au grand regret de Moyra qui, de longue date, l'avait élue belle-fille.

Le garçon, de son côté, n'aura finalement découvert que l'année suivante son premier « *amour véritable* » – ainsi du moins qu'il crut devoir le colporter à la cantonade l'espace de quelques jours – dans les bras, cette fois-ci très expérimentés, d'une prostituée de Glasgow – la quarantaine bien tassée – et qui, on s'en doute, le fit jouir comme il se doit : « Je n'aimerai jamais que toi, ça, tu peux me croire ! Jamais je ne t'oublierai… », lui avait-il lancé encore tremblant mais sûr de sa masculinité, tandis qu'il se rhabillait hâtivement, pressé par les deux amis qui l'avait accompagné. « C'est 55 Shillings chacun. », avait-elle rétorqué froidement d'une voix nasillarde, en professionnelle qu'elle était, avant de claquer la porte, non sans laisser il est vrai quelques petits souvenirs qui ne manquèrent pas de démanger les trois copains de scène lors des répétitions qui suivirent… Ainsi donc effectivement, et sans jamais la revoir, Ewan n'oublia pas la fille de sitôt mais regretta très vite la tendresse maladroite de la belle et douce Isobel.

* * *

« Alors, les chiens… ! On se revoit dans un mois ? »

Peter Lawson affectionne particulièrement ces moments d'adieux, et ce n'est pas sans une certaine admiration qu'il regarde les deux inséparables frères détaler ce matin-là au signal de leur jeune maître, puis rejoindre bientôt le gros du troupeau qui, sous les cris perçants de Iain perché debout en équilibre aux commandes de sa carriole, s'engage déjà au loin sur l'étroit chemin de terre. Comme chaque année ou presque, il n'aurait raté le départ des bergers pour rien au monde. Une sorte de rite, en définitive. Un rite noble et païen célébrant avec bienveillance le changement de saison, la promesse d'accueillir à nouveau les deux fidèles bergers à quatre pattes à leur retour de Londres, seuls, libres et plus que jamais déterminés à rejoindre leur Écosse natale, à rentrer au bercail, à l'instinct, au flair, comme Jeff, comme bien d'autres de leurs congénères avant eux…

Inquiet, McFarlain demanda cependant à Ewan de rester dorénavant le plus possible à l'écart de Iain. Il tenait en effet à ce que cette dernière transhumance en compagnie de son fils soit unique, inoubliable. Elle le fut, hélas…

Si la semaine qui suivit permit au groupe de partager de bien agréables moments – le fils Robertson s'isolant de lui-même, occupé la plupart du temps à gratter son canif contre un morceau de bois – la nuit qui précéda leur arrivée à Londres fut marquée, quant à elle, d'un dramatique *coup de théâtre* dont même l'acteur en herbe se serait bien passé…

Tous étaient pourtant allés se coucher ce soir-là heureux de se projeter déjà le lendemain aux portes de la capitale, *enfin* pourrait-on dire, après une marche longue de quatre semaines… Le souper avait été copieux et permit à nos amis de faire la connaissance du charmant couple qui les accueillait pour la première fois dans leur vaste demeure, à quelque vingt miles au nord de la Tamise. Miranda et Nathan Trainer, de paisibles sexagénaires sans enfants, avaient emménagé l'année précédente dans cette proche campagne après avoir vécu une existence laborieuse dans la banlieue est de la capitale, espérant ainsi finir tranquillement leurs jours en bons bourgeois qu'ils étaient devenus. Le couple avait été recommandé de longue date par le révérend Finneghan lui-même qui les avait bien connus tandis qu'il officiait encore près de Londres. En outre, les Traîner répondaient régulièrement aux invitations du pasteur, les samedis soir en général, et allaient applaudir en sa compagnie les derniers spectacles en vogue et autres programmes culturels de la capitale. La nouvelle de sa mort les choqua à tel point que la conversation se cantonna essentiellement ce soir-là autour de la table à la mémoire du saint homme, ainsi qu'à sa passion pour le théâtre. Cela ne manqua pas de satisfaire le jeune Ewan pour qui, décidément, Londres était bien assurément et sans aucun doute possible, *the right place to be.*

L'ambiance étant à la bonne humeur, le vin propice à l'oubli et à l'inconscience, personne ne s'étonna particulièrement des va-et-vient du fils Robertson qui, sous prétexte d'aller surveiller les bêtes – mule comprise – à l'arrière de la riche demeure, quitta la table à plusieurs reprises et s'avisa ainsi de visiter, aussi discrètement que possible, quelques tiroirs et autres commodes, en vue d'y dérober de possibles richesses… En vain. Il ne manqua pas en revanche de noter au cours du repas un petit meuble fermé sous l'escalier, dans la pénombre de la salle à manger. D'un bois brut et austère, sans valeur apparente, il n'avait pas véritablement sa place dans cette maison et la clé en avait été ostensiblement retirée à dessein…

Tandis que McFarlain et Robertson furent conviés à partager la chambre voisine de celle de leurs hôtes à l'étage, le jeune Ewan dut se contenter du rez-de-chaussée et du confort tout relatif d'un magnifique lit clos élégamment sculpté, soi-disant hérité d'un vague cousin breton et qui faisait la fierté de Madame Trainer. L'ayant compris, l'adolescent flatteur et non moins acteur s'était aussitôt extasié sur l'objet qui ne l'intéressait guère pourtant, et reçut en juste retour l'autorisation sans réserve de garder Black Boy à ses côtés durant la nuit. Iain, manifestement moins apprécié de la maîtresse des lieux, irait quant à lui rejoindre sa mule préférée dans la grange, en compagnie du chien de sa sœur et des cent cinquante têtes de bétail qui y avaient été cantonnées…

Le hurlement féroce puis les grognements insistants de son chien qui lui avaient paru d'abord appartenir tout naturellement au rêve tranquille dans lequel il s'était confortablement retrouvé, sortirent sans ménagement Ewan de son sommeil. Se relevant brusquement, oubliant l'étroit coffrage du lit clos dans lequel il s'était assoupi, le jeune étourdi se cogna une première fois puis, se débattant d'autant plus qu'il se pensait agressé, heurta à nouveau de la tête la solide structure de bois dont il se sentit un moment prisonnier. Il mit donc quelques secondes à réaliser où il se trouvait, ouvrit enfin les deux battants du meuble qui le maintenaient au chaud à l'intérieur. N'y voyant guère mieux dans la pénombre de la salle à manger, le jeune homme fragilisé eut tout le mal du monde à distinguer enfin, dans cette nuit sans lune, les deux silhouettes qui se débattaient furieusement, semblait-il, au sol, en bas des marches de l'escalier.

Retrouvant des forces, Iain repoussa vivement Black Boy qui, couché sur lui de tout son long, la gueule obstinément serrée contre sa gorge en sang, l'agressait frénétiquement depuis de longues secondes déjà et déchaînait sa rage sur le jeune voyou au visage défiguré. Ewan se précipita hors du lit tandis que l'animal qui volait en arrière à travers la pièce s'écroulait non loin de lui, gémissant bruyamment contre le mur. Furieux et diabolique, les yeux pour le moins injectés de son propre sang, le jeune Robertson se releva aussitôt, portant la main contre sa joue à jamais détruite, comme pour mieux en retenir les chairs. De sa main libre, il fouilla en toute hâte l'intérieur du petit meuble qu'il venait de fracasser, en tira quelques billets par liasses entières puis, remisant rapidement les économies du couple dans les poches de sa veste, se précipita vers la porte et détala à travers champs. Il disparut sans mal dans la nuit noire, à cheval sur l'étalon brun et marbré de Nathan Trainer, étalon qu'il n'avait pas manqué de sortir discrètement de la grange et de seller quelques minutes auparavant en prévision de sa fuite. Réveillés par le vacarme, tous se trouvèrent dans l'instant au centre de la pièce, penchés avec tristesse sur le pauvre animal essoufflé qui, héros malheureux d'un soir, souffrait en silence allongé sur le flanc dans les bras de son jeune maître atterré.

Ne pouvant retrouver le sommeil en de telles circonstances, chacun resta debout à veiller le reste de la nuit. Traîner pleurait avec sa femme leur paisible retraite, envolée ce soir-là tandis qu'une heure à peine auparavant, blottis probablement dans les bras l'un de l'autre, ils rêvaient encore à dépenser la coquette fortune dûment gagnée et bassement dérobée par celui-là même, ce démon, qu'ils avaient pourtant convié sans détour à leur table. James, tout aussi dépité, ne trouvant auprès de ses hôtes que de bien plates et désolantes excuses, alla tenter de réconforter son ami Robertson. Ce dernier en effet – le plus abattu de tous, peut-être – s'était rapidement isolé au dehors, marchant sans but dans une obscurité quasi totale, ivre de tristesse, à deux doigts de s'écrouler parfois, las, le dos courbé, chargé de honte, la honte de n'avoir pas su élever dignement son fils, lourd de cet irréparable sentiment d'avoir été trahi par son propre sang, sa propre chair. Il pleurait en silence, à tout jamais meurtri par la lâcheté de cet enfant qui, à son grand regret, portait encore son nom…

Ewan les observe tour à tour, de loin, immobile, tout recroquevillé qu'il est dans son mal-être, assis par terre le dos contre le mur, sous la lumière diffuse et ténébreuse de la véranda. Black Boy l'y avait rejoint, tant bien que mal, s'était couché à sa droite, tout contre lui, cherchant à partager le bonheur et la fierté d'avoir su, pour le moins, protéger son maître durant son sommeil. Allez savoir pourquoi, le jeune homme pense alors à Marie, la jolie saltimbanque qui, cinq ans plus tôt, en compagnie de son père, avait partagé leur dîner à la ferme, un soir de drame déjà, bien plus indélébile encore, celui-là. En prévision de leur arrivée à Londres, Ewan n'avait pas manqué d'emporter avec lui un des exemplaires de la revue littéraire précisément offerts ce soir-là par l'actrice au garçonnet de douze ans. Il avait depuis, bien sûr, lu et relu *Oliver Twist* mais le passage de Dickens qu'il avait découvert en premier, au hasard de ses lectures, dans ce cinquième numéro du *Bentley's Miscellany*, conviendrait tout particulièrement, pensait-il, à son entrée triomphante le lendemain dans la capitale.

Étrangement ragaillardi, tel l'acteur à qui l'on vient de proposer un rôle, l'adolescent décide aussitôt de se replonger dans l'ouvrage, jure qu'à l'aube devant Dieu, *croix de bois, croix de fer,* dans quelques heures à peine, il sera *Oliver* – rien de moins, mais qui d'autre ? – à l'assaut de la glorieuse cité victorienne…

* * *

C'est ainsi qu'aux alentours de midi, et tandis que notre équipage s'engage enfin avec ses bêtes dans les faubourgs du marché de Smithfield, l'extrait résonne encore en boucle dans la mémoire du jeune berger réincarné, intact, écrasant de réalisme, tonitruant, magique…

« *Après avoir quitté Sun Street et Crown Street, et traversé Finsbury Square, M. Sikes prit par Chiswell Street, Barbican et Long Lane, et atteignit Smithfield, d'où s'élevait un vacarme qui remplit Oliver de surprise. C'était jour de marché ; on avait de la boue jusqu'aux chevilles ; une épaisse vapeur se dégageait du corps des bestiaux, et se confondait avec le brouillard dans lequel disparaissaient les cheminées. Tous les parcs, au milieu de cette vaste enceinte, étaient pleins de moutons ; on avait même ajouté un grand nombre de parcs provisoires, et une multitude de bœufs et de bestiaux de toute sorte étaient attachés, en files interminables, à des poteaux le long du ruisseau ; paysans, bouchers, marchands ambulants, enfants, voleurs, flâneurs, vagabonds de toute sorte, mêlés et confondus, formaient une masse confuse. Le sifflement des bouviers, l'aboiement des chiens, le beuglement des bœufs, le bêlement des moutons, le grognement des porcs ; les cris des marchands ambulants, les exclamations, les jurements, les querelles, le son des cloches et les éclats de voix qui partaient de chaque taverne, le bruit des gens qui vont et viennent, qui se poussent, se battent, crient et hurlent ; le brouhaha du marché, le mouvement de tant d'hommes à la figure sale et repoussante, à la barbe inculte, se démenant en tout sens, se coudoyant et se heurtant, tout contribuait à vous assourdir : il y avait vraiment de quoi être ahuri.* »[24]

Ewan, les yeux grand ouverts, pétillants de bonheur, dévore tout sur son passage. Et tandis que sa vie commence enfin, au loin, comme dans un mauvais rêve, sans y être invité, ponctuant obstinément chaque mot de ce brillant vacarme littéraire, retentit déjà le sifflement d'un train…

---

[24] « *After having left Sun Street and crossed Finsbury Square, M. Sikes took Chiswell Street, Barbican and Long Lane, and reached Smithfield from where rose a huge din which surprised Oliver greatly. It was market morning. The ground was covered nearly ankle deep with filth and mire ; and a thick steam perpetually rising from the reeking bodies of the cattle, and mingling with the fog, which seemed to rest upon the chimney tops, hung heavily above. All the cattle pens in the middle of this vast enclosure were full of sheep; a lot of temporary pens had been added and a multitude of beef and other sorts of cattle were attached in long lines to posts along the stream; countrymen, butchers, drovers, hawkers, boys, thieves, idlers, and vagabonds of every low grade, were mingled together in a dense mass: the whistling of drovers, the barking of dogs, the bellowing and plunging of beasts, the bleating of sheep, and the grunting and squealing of pigs; the cries of hawkers, the shouts, oaths, and quarrelling on all sides, the ringing of bells, and the roar of voices that issued from every public house; the crowding, pushing, driving, beating, whooping and yelling; the hideous and discordant din that resounded from every corner of the market; and the unwashed, unshaven, squalid, and dirty figures constantly running to and fro, and bursting in and out of the throng, rendered it a stunning and bewildering scene which quite confused the senses.* »
Oliver Twist, Charles Dickens (1839)

Acte V
La fosse

L'usine de filature où travaillait encore Michael malgré les conditions déplorables auxquelles il avait été confronté dès son arrivée dans la capitale se situait en plein cœur de Londres, dans un quartier populaire, à deux pas en réalité de l'auberge où McFarlain et ses compagnons avaient l'habitude de descendre lors de leurs déplacements annuels. Tous étaient arrivés une semaine plus tôt, fourbus et anéantis qu'ils étaient par les événements de la veille. Comme à son habitude, James avait tenu à déposer ses bêtes dans l'un des multiples enclos du département à bestiaux, à l'est de Smithfield, enclos qu'il avait réservé à cet effet plusieurs semaines auparavant. Il savait qu'il pouvait y confier également ses chiens, en toute confiance, le temps nécessaire du moins qu'ils puissent se reposer avant de repartir seuls vers le Nord. Rassuré, McFarlain pourrait ainsi attendre paisiblement quelques jours avant de s'atteler aux interminables transactions qui débutaient habituellement chaque matin, dès l'aube, aux alentours de six heures.

La femme de l'aubergiste qui les avait immédiatement reconnus s'avança toutefois avec le visage triste et austère que présente toute veuve éplorée à la porte du cimetière : elle venait en effet de perdre son mari – son deuxième mari, semblait-il – d'une pneumonie, tout comme le précédent : « Dieu que la vie est mal faite : toujours les hommes qui partent en premier ! » déplorait-elle en boucle auprès des clients les plus patients, feignant avec une lassitude convenue d'hésiter encore quant à l'avenir de son commerce. Une fois passées les condoléances d'usage, quelques mots réconfortants que l'on tenta d'écourter tant bien que mal et sans trop paraître rustre ou mal élevé, nos amis se hâtèrent de rejoindre leurs chambres d'où ils ne réapparurent qu'en fin d'après-midi… James ne tenait pas en place ; pas plus qu'Ewan d'ailleurs. Tous deux avaient convenu de se rendre à la filature vers les sept heures du soir et surprendre ainsi Michael au sortir du travail. Kenny hésita un moment, le temps suffisant du moins pour se faire désirer puis, tout aussi impatient de retrouver le jeune homme, avait bondi à l'étage y récupérer sa veste. Ils arrivèrent tout juste à l'heure dite, et tandis qu'ils se positionnaient à peine sur le trottoir d'en face, la silhouette tant espérée se dessina lentement sous le lourd portail menant aux ateliers.

Ewan, qui n'avait pas vu son frère depuis bientôt quatre ans, se figea de stupeur. Non qu'il ne l'ait reconnu facilement au premier coup d'œil : c'était bien Michael qui s'avançait vers lui et rien dans son allure ni sa physionomie ne pouvait justifier la moindre hésitation. Pourtant, derrière la barbe épaisse qu'il avait cru bon de se laisser pousser et qui indéniablement, marquant le visage de quelques années supplémentaires en gâchait surtout la beauté originelle, on pouvait sentir fatigue et lassitude tant sa démarche était pesante, tout comme de la tristesse semblait s'être installée pour de bon dans ses yeux lourds et ternes. À bientôt vingt ans, il en paraissait trente.

Les retrouvailles néanmoins furent extrêmement joyeuses, émouvantes même, et la déprime qu'Ewan avait ressentie chez son frère à travers sa correspondance – ces derniers mois surtout – lui parut ici presque anecdotique tant le ton était redevenu vif et fraternel, comme au bon vieux temps ; l'espace d'un dîner du moins… Ils avaient tant de choses à se dire, à se raconter. Les choses sérieuses tout comme les futilités de leur jeune existence en devenir : « Comme tu as grandi, Ewan ! s'était-il exclamé par exemple, le découvrant adulte, métamorphosé au côté de son père. Je ne t'aurais jamais reconnu, dis-moi… ! Tu es devenu un sacré beau gaillard maintenant. Tu vas en faire des ravages ici, ça, tu peux me croire ! Et pas seulement sur les planches… »

Michael semblait n'avoir d'énergie que pour son jeune frère, son *Shakespeare* bien-aimé enfin retrouvé. Son projet était clair à présent : il lui fallait dès que possible préparer l'avenir de son cadet, révéler son talent, le présenter à qui saurait le faire connaître sur les scènes des meilleurs théâtres de la capitale. Il n'y avait pas une minute à perdre : Matthew Arnold précisément donnait un meeting le lendemain au New Adelphi Theatre, sur le *Strand* dans le quartier central du West-End, à Westminster. Il n'y manquerait pas de lui présenter Ewan au sujet duquel, apparemment, il avait déjà dit beaucoup de bien.

Les deux frères se quittèrent donc heureux ce soir-là, passablement éméchés et tandis qu'aux alentours on se hâtait d'éteindre quelques trop rares réverbères, Big Ben résonna nonchalamment dans la pénombre, lointaine et pour la dernière fois de la journée…

La nuit qui suivit avait été brève. Bon pied bon œil dès huit heures du matin, Ewan et son père s'inquiétaient depuis de longues minutes déjà de ne pas voir Kenny descendre de sa chambre. Ils avaient donné rendez-vous à Michael aux portes dudit théâtre ce dimanche aux alentours de dix heures, et en aucun cas ne pouvaient lui faire faux-bond : après tout, l'avenir d'un comédien n'était-il pas en jeu… ? C'est alors que la veuve Norton – nouvellement promue à de hautes responsabilités, malgré elle et sans grand enthousiasme, on l'aura compris –

s'approcha en bougonnant de la table où tous deux terminaient en silence un copieux petit-déjeuner.

« Vous attendez Robertson, je suppose… »

Surpris tant par le ton abrupt et désinvolte de la propriétaire des lieux en cette heure matinale, que par son annonce directe et sa voix nasillarde, James avait manqué de s'étrangler et s'était même retenu de recracher son café brûlant dans le bol qu'il crut bon de maintenir toutefois d'une main ferme à proximité de ses lèvres. Pas même un « *Bonjour* », un simple « *Avez-vous bien dormi ?* »… Non : rien ! Absolument rien. Aucune amabilité d'usage commune à bien des contrées pour commencer agréablement la journée… « Que diable n'est-elle morte en lieu et place de son bon vieux bougre de mari ! songe-t-il avec regret. Au moins, il savait vivre. Il avait des manières, lui ! » James lève lentement les yeux, fixe effrontément l'insolente parvenue.

— *Monsieur* Robertson, corrige-t-il rondement, soucieux d'exiger de la patronne un minimum de courtoisie, notamment en présence de son fils. L'auberge était simple il est vrai, mais rien, toute veuve qu'elle était, ne justifiait chez elle un tel comportement. Tout à fait… reprend-il alors d'un ton sec et maîtrisé, teinté d'une ironie toute britannique. Pour répondre à votre question – si question il y avait, mais j'en doute à présent –, c'est bien lui que nous attendons en effet !

— Eh bien, ne l'attendez plus. Il ne viendra pas… ! enchaîne-t-elle piquée au vif, plus impertinente que jamais et sans trop s'embarrasser de la moindre des convenances. C'est lui qui m'a chargé de vous le faire savoir : *Monsieur* a quitté l'auberge et ne sera pas de retour avant plusieurs jours. Il est question de son fils, je crois… *Monsieur* est parti à sa recherche… et pense même savoir où le trouver. Voilà… Vous êtes satisfait ? Il paraît que vous comprendrez… ! Moi, en tout cas… c'est tout ce qu'il m'a dit. Mot pour mot, ou presque… Dois-je comprendre que sa chambre est libre jusque-là ? Ou préférez-vous la garder, au cas fort improbable où… ?

La bonne femme avait les pieds sur terre : la mort de son mari ne lui avait pas, semble-t-il, fait perdre le sens des affaires…

À demi étonné par ce départ précipité, McFarlain songe à son compagnon de route avec la nostalgie d'un père : un père fier et responsable de son fils en somme, fût-il le dernier des vauriens. Qu'aurait-il fait à sa place, d'ailleurs… ? N'avait-il pas lui-même pardonné à Michael de les avoir abandonnés, lui et sa famille, exactement au même endroit, dans cette même auberge, quelque quatre années auparavant… ? Lui aussi avait enquêté sur son fils à l'époque et bien des rumeurs l'avaient hanté durant les mois qui suivirent son retour à la ferme. Alors… Partir à la recherche de Iain, le savoir vivant tout du moins : c'était une décision que James considérait finalement comme le meilleur des remèdes à la dépression contenue de son ami Kenny, ce véritable ami qu'il connaissait assez pour partager pleinement avec lui et en toutes circonstances la peine et le profond désarroi.

James sort quelques pièces de sa poche puis, sans rien dire, les fait sonner négligemment sur la table devant lui, sous le regard froid et impatient de notre veuve imbécile : oui, il garderait bien la chambre jusqu'au retour de son ami. Non *Madame*, cela n'avait rien d'improbable…

* * *

Dix heures et deux minutes. Autant dire, dix heures tapantes ! Ewan s'approche de l'affiche qui trône sur le mur central, dans le hall du théâtre où lui et son père se sont hâtés de se réfugier tant la pluie redouble à l'extérieur. Il est trempé de la tête aux pieds mais l'image qu'il a découverte en entrant face à lui a immédiatement capté son attention et semble avoir pour ainsi dire depuis effacé toute réalité environnante. Le passé, ce matin-là, s'est comme invité et surgit de l'affiche avec insolence : *Cox and Box*, hurle celle-ci au visage du jeune homme pour le moins déconcerté. Non, il n'y a pas erreur pourtant : la surprenante inversion des deux patronymes prend peu à peu tout son sens et Ewan, au gré de sa lecture, comprend qu'il s'agit en réalité de l'adaptation musicale de *Box and Cox*, la célèbre création originale qui lui avait fait aimer le théâtre cinq ans plus tôt. Le compositeur, un certain Arthur Sullivan, en a fait un opéra-comique en un acte. Le spectacle créé dans ce même théâtre l'année précédente s'y joue depuis à guichet fermé et pour quelques jours encore, ainsi que le précise du moins un bandeau rouge grossièrement ajouté sur le coin supérieur de l'affiche.

Au hasard de ses déambulations, et tandis que Michael se fait encore attendre, le jeune homme émerveillé apprend d'une plaque commémorative ajustée bien en vue au bas de l'escalier menant aux loges royales que le New Adelphi Theatre où ils se trouvent à présent s'est tout d'abord appelé le *Sans Pareil* à sa création en 1806, étrange nom dont la résonance française rapproche un peu plus Ewan, malgré lui et non sans une certaine nostalgie, du révérend Finneghan. Coïncidence encore… ? Dès 1848, et sous la direction de Madame Celeste, Française elle aussi, actrice et nouvelle administratrice des lieux, on y avait produit Dickens : *A Christmas Carol*, en particulier, qu'Ewan avait joué et rejoué avec l'enthousiasme de l'enfant trop vite devenu adolescent tandis qu'il étudiait encore sur les planches de Glasgow.

Décidément, il semblait bien que ce lieu rassemblait à lui seul les énergies culturelles et artistiques de Londres et de la Ville Lumière enfin réunies, ces énergies si essentielles et fondatrices à ses yeux dont avait tant rêvé le jeune garçon du haut de ses douze ans depuis son Écosse natale…

« Psst… Ewan ! Ewan, viens par ici… Par ici… ! »

Le visage de Michael était apparu, coincé entre les deux battants d'une des quatre larges portes de cuir rouge et noir donnant sur l'orchestre. Il murmure, semble vouloir ne pas faire de bruit, invite son frère à faire de même tandis que d'un geste vif de la main, il le propulse déjà vers l'intérieur de la salle. Lui qu'on croyait en retard suivait en réalité depuis de longues minutes les discours successifs de compagnons de lutte, assis inconfortablement et malgré leurs différences les uns à côté des autres, sur la scène du théâtre qui, accessoirement ce jour-là, leur servait de tribune politique. Le contraste d'avec l'extérieur est saisissant : du silence feutré d'un hall respirant la chaleur des dorures, le respect des artistes tout comme l'Histoire de l'Art et de la scène en général, Ewan est passé sans aucune transition au brouhaha le plus confus, le plus anarchique et révoltant d'une salle bondée aux odeurs de sueur, de tabac chaud et bon marché, aux parfums d'une populace en délire, ivre de toutes les libertés, hurlant son insolence, vociférant plutôt, debout dans les rangées ou à moitié vautrée sur de rutilants fauteuils dont le velours au rouge éclatant semble crier ici avec eux le désir fumant et exalté d'une nouvelle Révolution française…

De cet enfer apparent, il n'en est rien, pourtant : la foule, certes impressionnante en nombre ce matin-là, n'en est pas moins policée, attentive et, debout sur la scène du haut de son pupitre, surplombant de quelques mètres la fosse vide d'un orchestre sans musique, l'orateur qui harangue alors le public d'une voix calme et posée n'a rien d'un démon et semble n'avoir somme toute aucun mal à se faire entendre. Pourtant, en une fraction de seconde et pour la première fois de son existence, le jeune paysan débarquant tout juste de sa province lointaine, encore naïf et plein d'espoir d'humanité, avait juste cru apercevoir les ténèbres, l'espace d'un instant, avec le regard passionné d'un Finneghan, ce regard froid et définitif qui ne saurait concevoir qu'un tel désordre politique – odieuse et perverse félonie, s'il en est ! – ne pénètre impunément dans cet ultime *Temple de la Culture* qu'est le Théâtre.

S'étant surpris seul dans le hall à se désoler du temps qu'il faisait – le ciel au dehors s'était bien assombri, en effet –, James passa à son tour les portes de l'orchestre – un peu au hasard il faut bien le dire, mais le hasard fait souvent bien les choses – puis, après avoir joué d'agilité entre quelques grappes de militants itinérants, rejoignit bientôt les deux frères qui s'étaient finalement rapprochés de la scène du haut de laquelle un nouvel intervenant, la quarantaine, flanqué d'une impressionnante paire de favoris, s'évertuait du mieux qu'il pouvait à convaincre son public :

« … Et voilà, chers amis, où mène le culte de la liberté individuelle ! semblait conclure celui-ci non sans une certaine amertume. L'anarchie, encore et toujours. L'anarchie, toutes classes confondues : *Barbares*, *Philistins* ou *Populace* ! [25] Souvenez-vous des émeutes de Hyde Park… il y a deux ans à

[25] C'est ainsi que Matthew Arnold a pour habitude de nommer sans irrévérence aucune la Bourgeoisie, l'Aristocratie et le Peuple : les *Philistins* désignent les bourgeois, les *Barbares* désignent l'aristocratie (en ce sens qu'ils sont les étrangers, chefs des différentes armées ayant envahi la Grande-Bretagne au Moyen-Âge), et la *Populace* désigne le peuple (au sens où les Romains le désignaient sous le nom de *Plèbe*).

peine, ce lundi 16 juillet 1866 ! – Nous en fêterons bientôt le triste anniversaire – Qu'était-ce donc, sinon l'anarchie… ? Or voyez-vous mes amis, contrairement aux Français – pas moins barbares que nous tous, pour autant, vous l'admettrez – ou même les Allemands qui au fil du temps ont su se fédérer autour de l'idée du devoir et de la discipline, c'est l'indigence culturelle de notre société qui nous perdra et qui en dépit de la réussite économique incontestable de notre pays, finira par le plonger dans le désordre le plus absolu… ! La Grande-Bretagne – à la différence de l'Allemagne ou de la France – n'a pas la tradition d'un État fort dont la volonté s'impose à celle des citoyens. Non, mes amis : notre seul et unique remède à l'anarchie réside dans la Culture. La Culture avec un grand “C”. C'est d'elle dont notre pays a le plus grand besoin aujourd'hui : c'est elle et elle seule qui permettra à tout homme de sortir des limites de sa classe sociale. Elle est la condition du dialogue entre les hommes ; la révélation de notre commune humanité ! »[26]

Ceux qui avaient suivi applaudissent aussitôt. Les autres, tout d'abord plus méfiants, croient bon de faire bientôt de même tant la ferveur du discours appelle le renfort. Matthew Arnold – c'est lui qui venait de parler – n'attend pas davantage et quitte promptement la tribune. Ce faisant, il remarque la silhouette de Michael qui, pressé de lui présenter Ewan et tirant prestement son jeune frère par l'une de ses manches, se hâte déjà vers l'escalier de scène, côté cour. Tandis qu'ils atteignent le bas des marches, s'apprêtant déjà à sacrifier aux accolades d'usage, ces deux-là sont stoppés net dans leur ascension par une tierce personne de forte envergure et qui, comme venue de nulle part, leur barre le passage *manu militari*.

---

[26] Discours imaginaire inspiré de *Culture and Anarchy*, Ch. 3 (Matthew Arnold – 1869).

« Comme ton discours était bien tourné, cher poète ! Avec quelle envolée lyrique tu les as tous acquis à ta cause ! Regarde-les comme ils t'acclament ! Non vraiment, bravo ! Bravo, cher Matthew. »

Pour le moins importun et désinvolte, se souciant fort peu de qui l'entourait, *le goujat* – comment le qualifier autrement ? – avait rapidement gravi les quelques marches qui le séparaient de l'auteur de la précieuse plaidoirie, et s'était littéralement vautré sur lui, l'accablant de tout son poids de mille et une amabilités tant plaisantes que superficielles. Tout d'abord dépités par autant d'incivilité, les deux frères gravirent à leur tour le petit escalier mais, n'osant interrompre de si beaux sentiments, attendirent néanmoins poliment en retrait à l'avant de la scène.

« Que je te présente un ami, Charles… ! Arnold se détache prestement de l'envahissant personnage et, soulagé par la présence opportune de Michael, rejoint rapidement les deux garçons avec le sentiment précieux d'une liberté enfin retrouvée. Vous tombez à pic, dites-moi, tous les deux ! Charles, je te présente Michael. Michael McFarlain, un ami récent avec qui j'entretiens néanmoins régulièrement de passionnants échanges sur l'avenir du monde et de la culture en général. Michael, voici Charles Fechter. Charles est cet acteur franco-anglais dont je t'ai déjà parlé. C'est aussi le directeur de ce théâtre et il est question qu'il joue ici même, sur cette scène dès la rentrée prochaine… C'est bien ça, non ?

— Tu sais, je ne suis plus le directeur de l'Adelphi depuis bientôt un an… Mais oui, c'est exact : à partir de septembre, je vais jouer le personnage de Obenreizer dans *No Thoroughfare*, de Charles Dickens. Tu connais cette pièce, mon garçon… ?

Michael hésite. D'un signe de la main, il presse son frère de s'approcher.

— Moi, pas vraiment. Mais… lui, certainement. Laissez-moi vous présenter mon cadet, Ewan. Ewan McFarlain. Il veut devenir acteur professionnel et c'est pour ça qu'il est à Londres…

Tétanisé, le garçon ne sait que répondre. Il a devant lui Charles Fechter en personne… Charles Fechter, ex-manager du Adelphi Theatre, ex-directeur du Théâtre de l'Odéon à Paris, ex-Valère dans le *Tartuffe* de Molière à la Comédie-Française ! Rien que ça… Finneghan aurait de quoi être jaloux… ! Comprenant son embarras, Arnold décide de lui venir en aide :

— Ewan ! Oui, bien sûr… ! Ton frère n'arrête pas de parler de toi, tu sais… De toi et de ton sacré talent d'acteur… L'homme aux favoris se tourne promptement vers son ami : Dis-moi, Charles… Tu dois bien pouvoir faire quelque chose pour ce garçon, n'est-ce pas ? Tu n'aurais pas besoin d'un figurant dans ta pièce, par hasard… ?

— Oh… Pas vraiment. On est au complet maintenant, tu sais. En pleine répétition. Par contre… je crois qu'on cherche encore des comédiens pour la figuration du Shakespeare qu'un vieil ami à moi, un Français, est en train de monter au Lyceum Theatre. Tu peux y aller de ma part Ewan, c'est à deux pas d'ici… Viens, je vais te faire un mot d'introduction. Tu le donneras au metteur en scène en lui disant bien que c'est moi qui t'envoie. D'accord… ?

Sans attendre de réponse, ni même la moindre reconnaissance, l'homme s'éloigne aussitôt : le *goujat* trop promptement jugé ne l'était pas tant que cela, en définitive…

— Eh bien ! Si ça, c'est pas une coïncidence… ! Du Shakespeare pour mon *Shakespeare* de frangin… Pour une première c'est une sacrée première, dis donc. Et à peine arrivé à Londres… Bougre de veinard… ! J'ai pas eu cette chance, ah ça non… !

Michael pousse gentiment son frère vacillant presque à ses côtés, irrésolu et perplexe face à tant de bienveillance, le précipite malgré lui à la suite de son bienfaiteur tandis que celui-ci disparaît déjà dans l'obscurité des coulisses. Ewan s'approche d'un pas hésitant. L'homme penché dans la pénombre sur le billet qu'il termine de rédiger à la hâte sur une table bancale se redresse lentement, lit le mot à haute voix ; en français, s'il vous plaît, cela va de soi entre compatriotes, ou presque :

« *Cher ami, peux-tu accepter le porteur de ce message au sein de ta troupe ? C'est un jeune homme dont on m'a dit tout le talent et la bonne volonté. Je suis sûr qu'il te donnera satisfaction en tant que figurant ou même dans un petit rôle. À bientôt le plaisir de nous revoir chacun sur nos scènes respectives dès la rentrée prochaine. Avec toute mon amitié.* »

Charles Fechter

L'homme replie la feuille en deux, y écrit le nom du destinataire…

À peine a-t-il saisi le message qu'Ewan ressent autour de lui comme un intense tremblement. Comme si les murs du théâtre étaient sur le point de s'écrouler. Puis tout revient très vite dans l'ordre ; pourtant, ceux qui étaient présents sur scène semblent s'être figés de même, imprégnés d'une commune et imperceptible frayeur. Encore sous le choc et tandis qu'il s'apprête à glisser le pli dans sa poche, Ewan a toutefois la curiosité de lire vers qui, cette fois-ci, le destin a décidé de l'envoyer : « *Monsieur Jean-Louis Lalumière*, déchiffre-t-il furtivement sans même le reconnaître, *Metteur en scène – Lyceum Theatre – London.* »

On rapporta les jours suivants dans la presse – jusque dans les pages centrales des journaux les plus respectables de la capitale – qu'on avait rarement vu un éclair d'une telle puissance s'abattre sur Westminster, au point d'endommager partiellement ce dimanche matin, exactement douze minutes après le onzième coup de *Big Ben*, la corniche frontale d'un des théâtres les plus en vue sur le *Strand.* La foudre s'était par ailleurs accompagnée d'un coup de tonnerre si phénoménal qu'on l'entendit à plus de vingt miles à la ronde, aux dires de certains témoins qui sous peu n'hésitèrent pas à parler de Dieu, de Satan et autres sorciers bien plus démoniaques encore…

* * *

Kenny hésita avant de pénétrer dans la sombre et inquiétante ruelle qui s'ouvrait à présent devant lui. Trois jours qu'il errait pourtant à travers les lugubres dédales de ce sinistre quartier de Londres, où aucun bourgeois n'osait plus s'aventurer depuis fort longtemps, ne serait-ce pour y trouver du plaisir auprès de bien pauvres *filles de joie* (Dieu que le terme est inapproprié !), des filles laides, malades et crasseuses – des fillettes le plus souvent – qui se surprenaient elles-mêmes d'aguicher encore parfois quelque misérable client… Trois jours donc qu'au risque de sa vie, il errait de bar en bar, de tripot en tripot, de cave en cave à la recherche de la moindre information, du moindre indice – si infime fût-il – qui pourrait le rapprocher un tant soit peu de son fils ou du moins de l'image encore humaine du jeune monstre qu'il cherchait à préserver au plus profond de lui. Trois jours qu'il pleuvait, qu'il ne s'était pas couché ni même lavé, au point que le pauvre homme ne sentait plus guère les odeurs nauséabondes de pisse et autres excréments ruisselant sous ses pas tant celles-ci imprégnaient désormais jusqu'à ses vêtements les plus intimes…

Il venait une nouvelle fois de se faire jeter sans aucun ménagement d'un bar en sous-sol où il avait trouvé le courage de descendre malgré les deux redoutables molosses, ivres de surcroît, qui semblaient lui en interdire l'accès. Il se faisait tard, huit heures probablement, mais l'endroit ne devait pas être bien plus lumineux à dix heures du matin. La fumée y était envahissante, et la bière coulait à flots, tant sur le sol que dans les pintes de clients – des hommes jeunes, pour la plupart – aux visages patibulaires et déjà boursouflés.

On lui avait indiqué l'endroit plus tôt dans l'après-midi, affirmant en échange de quelques pièces qu'il y trouverait la précieuse information : l'adresse, à vrai dire, d'un entrepôt dont Iain lui avait imprudemment parlé l'année précédente tandis qu'il se vantait encore d'avoir parié puis gagné un soir en ces lieux jusqu'à dix livres et demie sur des combats de chiens violents, dressés pour tuer dans une sombre et pitoyable arène, tant illégale qu'improvisée. C'est là que Kenny Robertson pensait tout naturellement retrouver son fils qui, si près de la capitale et manquant cruellement d'imagination, n'aurait su, selon lui, avoir fui si précipitamment la maison des Trainer pour une improbable et quelconque autre retraite…

Les *pits* (ou *fosses*), comme on les appelait alors, étaient la plupart du temps dissimulées au fond de cours d'usines abandonnées, d'entrepôts en piteux état ou, plus vraisemblablement, dans des caves aux couloirs si labyrinthiques qu'elles étaient prisées des parieurs et autres délinquants régulièrement amenés à fuir les intrusions fortuites de la police et disparaître ainsi en peu de temps dans les égouts de la capitale… On était bien loin des fastes des années vingt durant lesquelles les combats de chiens et autres rongeurs de bas étage étaient fort prisés des Britanniques, y compris au sein de la bourgeoisie. Les journaux sportifs de l'époque avaient élu sans difficulté les villes de Londres, de Birmingham et plus généralement celles des faubourgs des quatre métropoles les plus pauvres et polluées du royaume – qu'on désignait aussi du nom révélateur de *Black Country* – comme étant les centres les plus en vogue de ces violents combats animaliers.

Le plus célèbre *pit* de la capitale était alors celui de Westminster. L'arène située sur Duck Lane dans Orchard Street, et dont la taille avoisinait les six mètres carrés, était surplombée d'une galerie capable à elle seule d'accueillir jusqu'à deux cents spectateurs ! Billy, le Bull Terrier le plus célèbre des lieux, pouvait décimer jusqu'à cent rats jetés en pâture en six minutes et vingt-cinq secondes… Le singe Jacco Maccaco y connut quant à lui son heure de gloire comme meilleur combattant de chien et fut l'objet de diverses célébrations artistiques, tant littéraires que picturales. L'animal, qui ne pesait guère plus de quatre à cinq kilos, était capable en effet de se mesurer à des molosses de presque deux fois son poids…

Pourtant, et malgré leur succès, ces combats furent définitivement déclarés illégaux par une loi [27] votée par le Parlement en 1835, loi qui stipulait l'interdiction absolue de persécuter toutes sortes d'animaux, en particulier les taureaux, les chiens, les ours et autre macaque, fût-il Jacco Maccaco en personne ! Dès lors, des fosses clandestines proliférèrent dans les sous-sols les plus hideux des faubourgs du royaume où seuls les initiés et quelques crapules malfaisantes avaient désormais accès…

---

[27] *The Cruelty to Animals Act*, renforcée en 1849.

L'émanation nauséeuse des lieux, prenant aussitôt à la gorge tous ceux qui s'aventuraient pour la première fois dans le sinistre entrepôt, fit hésiter Kenny tandis qu'il s'apprêtait à refermer la lourde porte coulissante derrière lui. L'odeur tout comme les hurlements des chiens… Des chiens qu'il découvrit alors enfermés par dizaines dans des cages aussi crasseuses qu'étroites alignées en quinconce sur deux à trois niveaux de chaque côté d'un long et ténébreux couloir qui, sans l'ombre d'un doute, menait en sous-sol vers la fosse de combat…

« John Wallace… ?

— Qu'est-ce que vous lui voulez à John Wallace… ? Et d'abord, qu'est-ce que vous faites ici ? C'est fermé, aujourd'hui. Les combats, c'est demain. Vous pouvez pas rester… !

L'adolescent qui, du haut de ses 16 ans et feignant de grands airs, tentait à présent de raccompagner Kenny vers la sortie avait sans prévenir comme surgi de nulle part. Il maintenait fermement au bout d'une corde un de ces chiens hargneux, cerbère baveux et porteur de rage qu'on préférerait ne jamais croiser au détour d'un chemin. La bête marchait péniblement, semblait bien mal en point : lacérée de mille coups de dents, on devinait pourtant à son regard haineux et à ses grognements qu'elle avait dû vaincre bien des fois et malgré ses blessures des adversaires plus faibles et assurément moins chanceux.

— Vous êtes John Wallace ? réitéra Kenny qui se laissait guider.

— Non. Moi, c'est William… Mon père, il s'est absenté. Qu'est-ce que vous lui voulez… ? Il vous connaît, d'abord… ?

— On m'a dit qu'il avait embauché un jeune homme ces derniers temps. Vous ne seriez pas au courant, par hasard ?

— Vous êtes de la police ? Faites gaffe, hein ! Je suis capable de lâcher le clebs, vous savez…

— Non, non. Rassurez-vous… Je suis à la recherche de mon fils… Iain… Iain Robertson, un grand gaillard d'une vingtaine d'années qui…

— Iain… ? Mais fallait le dire tout de suite ! interrompit joyeusement le garçon. Sûr que je le connais… Il est en bas, en train de nettoyer l'arène. Allez-y, si vous voulez. C'est tout droit, en bas de l'escalier. Moi, il faut que je m'occupe des chiens. Je vous fais confiance, hein ? Mais pas d'embrouille… J'tiens pas à me faire engueuler par mon daron !

Le garçon était un bon gars. Comme bien d'autres, il n'avait pas eu la chance de naître fils de son père, voilà tout…

L'odeur persistante des lieux, quoique d'abord inqualifiable, s'intensifiait considérablement à mesure que notre homme avançait, qu'il s'enfonçait davantage dans les entrailles de la terre, guidé par de rares torches accrochées çà et là à des parois dégoulinant de salpêtre dans l'obscurité du sinistre couloir qui, passé quelques marches aussi abruptes que glissantes, semblait mener tout droit aux portes de l'Enfer. Ce n'est pourtant qu'en pénétrant dans la salle de combat à l'angle de laquelle on avait creusé à la hâte une provisoire et funeste fosse commune, que Kenny réalisa enfin en découvrant les corps combien le sang, lorsqu'il coule à flots, porte en lui assurément une fragrance de mort…

Consciente d'une présence inhabituelle, la silhouette qui s'activait encore mollement de dos au centre de l'arène, épongeant à la sciure les derniers restes de vie animale, s'arrêta un court instant, puis, s'étant appuyée négligemment sur le manche de son outil de travail, pivota suffisamment vers la lumière pour présenter au visiteur un visage atrocement meurtri, caché aux trois quarts par un large bandeau d'une toile grise et crasseuse toute gorgée de sang et grossièrement appliquée sur une plaie qu'on devinait profonde. En découvrant son père, Iain néanmoins ne parut guère surpris. On pouvait au contraire déceler sur ses lèvres, en deçà de l'effrayant masque de toile, comme un léger rictus empreint d'une satisfaction malsaine, comme s'il avait attendu ce face-à-face, qu'il avait rendez-vous, que le moment était venu.

Un simple échange de regards suffit alors au jeune démon pour visualiser l'avenir, pour échafauder de loin dans les yeux de son père un ultime et redoutable stratagème : il se voit courir dans ses bras, l'enlacer, se faire rapidement pardonner, jurer par tous les Dieux qu'en rentrant au pays il ira rendre aux Trainer l'argent de leur retraite, assure même vouloir s'excuser auprès du jeune Ewan d'avoir maltraité son chien tandis qu'il l'agressait… Bref, un autre Iain était né – semble-t-il – dans cette destinée, et Kenny veut y croire de toute sa naïveté. Avant de quitter Londres en compagnie de James, il le voit écrire l'adresse où retrouver Michael. Celui-ci a promis d'héberger son jeune frère, le temps du moins pour lui de trouver du travail ; Iain ne tarde donc pas à se représenter la scène : sa future victime de retour de Smithfield, par exemple ce jour-là, en compagnie de son maître… Il ne lui reste plus qu'à attendre. Attendre patiemment l'occasion de se venger enfin. Or Ewan est embauché, comme prévu, au Lyceum Theatre, et trouve bientôt à se loger à proximité, en toute indépendance. Il est temps pour les chiens de rentrer à Cuimridh. Et tandis que l'appel du large et de la liberté font détaler joyeusement vers le Nord les deux inséparables amis, il ne s'agit plus pour le fils Robertson qu'à piéger Black Boy au détour d'un faubourg, s'emparer de lui, laisser courir son frère vers sa propre fortune et punir celui qui seul a détruit son visage et son identité, l'enfermer à jamais avec ses congénères dans le secret espoir de le voir à son tour déchiqueté au centre de l'arène…

Iain s'avance à présent. Conforté par cette sinistre vision d'avenir, il sourit, contourne le charnier avec délectation, et tandis qu'il embrasse longuement son père comme prévu à l'avant de la fosse, d'une main agile et discrète le jeune effronté dérobe les quelques livres qu'il sait habituellement pouvoir trouver dans la poche du brave homme…

* * *

« *N'en déplaise à monseigneur, je n'ai pas pu être reçu,*
Mais, de sa servante, revient cette réponse :
Le ciel lui-même, avant sept étés révolus,
Ne pourra apercevoir son visage à découvert
Mais, comme une religieuse, elle marchera voilée
Et une fois par jour, elle inondera sa chambre
Des torrents de larmes qui abîment ses yeux : tout ceci pour mûrir
L'amour d'un frère mort, qu'elle garderait vivace
Et durable dans son triste souvenir... »[28]

« Parfait ! C'est vraiment très bien. On va pouvoir enchaîner maintenant… Allez, tout le monde en scène dans dix minutes. On fait une petite pause et on reprend depuis le début ! »

Il est assez rare, voyez-vous, de pouvoir contempler un metteur en scène de théâtre tandis qu'il félicite une nouvelle

---

[28] Tirade unique de *Valentin,* gentilhomme de la suite du duc Orsino, au début de la pièce de Shakespeare *Twelfth Night,* or *What You Will* (*La Nuit des Rois,* ou *Ce que Vous Voulez*) créée le 2 février 1602 au Middle Temple, à Londres.

recrue – imposée de surcroît par une vieille connaissance. Or ce matin-là, Jean-Louis Lalumière est heureux, c'est un fait. Ce serait dommage de ne pas le noter. L'acteur qu'il vient de féliciter non sans condescendance, il est vrai – Ewan en l'occurrence *alias* Valentin, gentilhomme avec Curio de la suite d'Orsino, duc d'Illyrie – ne sait d'ailleurs que trop répondre. Du haut de la scène, il lui sourit bêtement, d'une reconnaissance malhabile et forcée, nul doute surpris de tant de mansuétude aux premiers jours des répétitions…

Il faut dire qu'il la connaît par cœur sa réplique, notre comédien… Son unique réplique, à vrai dire, dans la pièce que Shakespeare semble n'avoir écrite que pour lui : *La Nuit des rois* ou *Ce que vous voulez*… Un véritable cadeau ! Une comédie au rythme si endiablé et dont les travestissements et autres échanges d'identités engendrent parmi les personnages autant de quiproquos absurdes que de rebondissements heureux… Que diable pouvait-il donc espérer de mieux !

Or Ewan lui aussi, comme piqué par quelque mouche tropicale, a tenu à cacher à la troupe son véritable nom : en hommage à son maître, il veut se faire connaître désormais à Londres et dans le monde entier du nom de Finneghan… Finneghan ce sera donc : « Peter J. Finneghan, acteur. Ça sonne plutôt bien, non ? » s'était-il même un jour entendu demander à son propre reflet dans le petit miroir tacheté accroché à la porte de sa chambre.

« Il est pas mal, ce garçon. Tu as bien fait de le prendre. C'est drôle… J'ai pourtant l'impression de le connaître. Un faux air de *déjà-vu*, sans doute… On croise tellement d'acteurs ici qu'on finit par tous les confondre, pas vrai… ? »

Régine, assise derrière son metteur en scène préféré au troisième rang de l'orchestre, s'était penchée avec un enthousiasme modéré par-dessus son épaule. Chaque fois qu'elle croisait un nouveau venu, elle ne pouvait en effet s'empêcher d'aller fouiner au plus profond de son âme les souvenirs diffus d'une possible rencontre. C'était plus fort qu'elle. Le nom du jeune homme pourtant, ne lui disait rien cette fois-ci… Ou plutôt si, au contraire : elle ne s'en souvenait que trop bien du pasteur Finneghan, tout comme de cette nuit-là à la ferme des McFarlain, cinq ans plus tôt (autant dire un siècle !) dans cette lointaine et maudite Écosse… Un bien mauvais souvenir en somme – redoutable, à vrai dire – pour s'y perdre à nouveau, elle et son protégé… Une fois encore donc, préférant se consacrer corps et âme au succès du spectacle, elle détournerait les yeux, refuserait par tous les diables de reconnaître en Peter le jeune garçon gauche et sans grand talent qui leur avait – peut-être – infligé ce soir-là en famille et du haut de sa chaise une bien commune improvisation…

Jean-Louis, de son côté, ignorant sa compagne, avait saisi la main de sa fille qui venait de s'asseoir à sa droite. « Il te plaît apparemment celui-là, hein ? Tu n'arrêtes pas de le regarder avec cet air béat depuis qu'il est entré sur scène… Marie avait alors dégagé son bras non sans un certain agacement. Allons… ! Ne me dis pas qu'il ne te plaît pas ! Au moins physiquement… ! Tu sais bien que je te connais comme si je t'avais faite, ma chérie ! » Il aimait plaisanter avec elle des éventuelles conquêtes de sa fille au sein des troupes qui venaient à se constituer, et s'amusait depuis toujours à évaluer en sa présence ses chances de réussite auprès de tel ou tel jeune comédien… Or Marie n'appréciait que peu cet humour bien masculin d'un père qui oubliait trop souvent combien, à vingt et un ans révolus, elle était devenue une femme, une vraie femme, très belle et fort séduisante. Elle l'acceptait néanmoins sans trop broncher, ayant appris au fil du temps que ce jeu à vrai dire bien innocent était une de ces conditions futiles à l'épanouissement de chacun au sein d'une troupe soudée et donc, à terme, participait à sa manière de la réussite d'un projet. Comme à son habitude, Régine ne disait mot, feignait d'ignorer tout, mais n'en pensait pas moins… Elle avait par ailleurs également remarqué ce regard brillant et intéressé que sa fille adoptive n'aurait su cacher encore bien longtemps à quiconque en présence du jeune « Peter ». Les deux jeunes gens, qui ne s'étaient pas reconnus – comment reconnaître en effet l'innocence d'un enfant de douze ans, furtivement croisé cinq plus tôt au hasard d'un dîner, dans le regard sévère de cet adolescent presque adulte et qui, du haut de ses planches, cherche par tous les dieux à cacher sa jeunesse ? – les deux jeunes gens donc, ne tardèrent pas à se retrouver fréquemment en coulisse, partageant dès qu'ils le pouvaient et plus souvent encore toutes leurs impressions puis bientôt, on l'imagine, d'autres sentiments plus intimes…

« Les plantes du jardin d'Orsino sont enfin arrivées ! Dois-je les faire disposer dès maintenant sur la scène ? Où préférez-vous qu'on les garde en coulisse ? Ça pourrait être utile aux acteurs, les aider à prendre leurs marques tout du moins, ne pensez-vous pas, *J.L… ?* »

John Farlow s'était approché de Jean-Louis avec difficulté, claudiquant péniblement malgré sa canne entre les premières travées de l'orchestre. Une chute vertigineuse du haut d'un décor mal assuré l'avait contraint d'abandonner la scène deux ans plus tôt. L'homme, assisté de deux forts et grands gaillards, se consacrait désormais pleinement – à la grande satisfaction du Français qui n'avait jamais vu en lui autre chose qu'un larbin – à des tâches de régisseur, ainsi qu'à la gestion des déplacements que la troupe multipliait en nombre, depuis qu'elle avait enfin connu auprès de la critique un certain succès d'estime dans un brumeux cabaret londonien. Par un *heureux hasard* de circonstance, à vrai dire : le décès aussi subit que mystérieux de la vedette du spectacle initialement programmé. La jeune actrice fut retrouvée nue, étranglée dans la Tamise la veille de la première, le dos affreusement mutilé, marqué au fer rouge d'étoiles de Satan et de triangles inversés aux allures étrangement maçonniques. Jean-Louis, qui se trouvait là *fortuitement* – dirons-nous – dans le bureau du directeur lorsqu'on avait averti celui-ci du drame, ne parut guère surpris et, notant le désarroi sur le visage blafard du brave homme qui venait de s'effondrer sur son siège, n'eut aucun mal à lui vendre bientôt son spectacle rôdé de longue date à travers le royaume.

C'est ainsi que, bon gré mal gré, notre metteur en scène français – cachant comme il le pouvait sa longue itinérance de saltimbanque en roulotte « à la recherche du *vrai* public » (ainsi qu'il l'avait proclamé haut et fort, on s'en souvient, à peine le pied posé sur le sol britannique) – avait réussi à s'immiscer peu à peu parmi les intellectuels de la capitale puis, exigeant qu'on l'appelle à présent de ses initiales, finit de convaincre sans tarder grâce à quelques relations bien placées les propriétaires des théâtres les plus en vue à Londres de la richesse de son répertoire comme du talent de sa troupe…

* * *

L'une des distractions favorites de nos deux jeunes tourtereaux, aussitôt les répétitions terminées, consistait à flâner chaque soir main dans la main – y compris les jours de pluie – entre les ponts de Westminster et de Blackfriars, prétextant auprès d'une troupe quelque peu médusée un étrange intérêt pour les chantiers – réputés insalubres pourtant – du Victoria Embankment, une digue en construction non loin de là sur la rive gauche de la Tamise. Initié par le Metropolitan Board of Works sous la direction de l'ingénieur Joseph Bazalgette, également en charge du réseau d'égouts afin d'assainir la capitale, et en finir une fois pour toutes avec *The Great Stink* (« La Grande Puanteur ») et les épidémies à répétition de choléra, l'ouvrage, tardant à s'achever, était devenu une véritable curiosité.

Ce soir-là, néanmoins, la Tamise attendrait. Sans avertir, Marie entre précipitamment dans la loge, s'approche joyeusement de Peter, l'enlace de ses bras nus tendrement par derrière et tandis que celui-ci la contemple à présent plus radieuse que jamais dans le reflet du miroir, elle lui jette sans plus attendre une chemise par-dessus son épaule :

« Habille-toi vite gamin, aujourd'hui nous allons à Paddington !

Elle hèle un fiacre. Ils s'y engouffrent tous deux et vingt minutes plus tard, debout face à une gare en pleine effervescence et se laissant bercer par le mystère qui les entoure, Peter serre longuement la jeune femme tout contre sa poitrine, lui frôle enfin la joue avec la délicatesse d'un enfant :

— Tu m'enlèves donc ce soir, belle inconnue ! Enfin, nous partons en voyage… ? lui murmure-t-il doucement au creux de son oreille, feignant l'innocence des toutes premières amours.

— Si nous prenons un train, ce n'est certainement pas celui que tu crois ! Viens, je te dis, suis-moi et arrête un peu avec tes envolées lyriques. C'est ridicule à la fin ! Nous ne sommes pas au théâtre… Grandis, gamin ! » Marie se redresse, l'embrasse subrepticement du bout des lèvres – pour se faire pardonner, sans doute, de tant d'agressivité aussi soudaine qu'involontaire – puis, le tirant par le bras, l'invite en riant à traverser la rue.

Ewan *alias* Peter, Peter *alias* Ewan… Gamin, il l'est peut-être… Peu importe, après tout ; il la suit à présent : c'est bien là l'essentiel… Le garçon tourbillonne, il est comme dans un rêve, il flotte et veut en profiter avant que d'être vieux, avant d'avoir vingt ans…

« Tu as déjà pris le Metropolitan[29] depuis que tu es à Londres ?

— Si je l'ai déjà pris… ? Je crois bien avoir parcouru la *City Line* une bonne dizaine de fois déjà ! Et dans les deux sens, c'est pour te dire… ! Oh, pas jusqu'à Hammersmith ; mais de Farrington à Paddington, ça oui tu peux me croire : les six kilomètres du tronçon d'origine, je les connais par cœur, d'un bout à l'autre, aller-retour *non stop*… ! "King's Cross, Euston Square, Portland Street, Baker Street, Edware Road, Paddington… tout le monde descend !" Cinq ans que j'attendais ça : un service ferroviaire souterrain, tu te rends compte ! C'est génial et ça n'existe encore nulle par ailleurs, à ma connaissance ! Pas même à Paris… !

Prenant du retard derrière elle, il s'active pour la rattraper jusqu'à perdre son souffle : Michael… Tu sais, mon frère Michael… Je t'ai parlé de mon frère… ? Eh, bien ! Cette ligne, il me l'a faite découvrir dès mon arrivée et je l'ai bien empruntée chaque jour ou presque, rien que la première semaine !

---

[29] La *Metropolitain Railway* : première ligne du métro londonien inaugurée le 10 janvier 1863. Son tracé constitue désormais dans sa majeure partie la *Hammersmith & City line*.

Marie se retourne, pose délicatement ses doigts sur les lèvres bavardes.

— Tais-toi maintenant ! Calme-toi et regarde plutôt… ! Elle s'était arrêtée un peu plus loin dans Leinster Gardens, face à deux maisons mitoyennes d'aspects fort similaires quoi qu'à l'architecture de peu d'intérêt. Est-ce que tu vois une différence entre ces deux bâtisses… ?

— Bah, non ! Pas vraiment. Elles se ressemblent beaucoup *a priori*…

— Regarde bien… ! Tu ne remarques rien… ? Elle le prie de patienter. Et maintenant… ? Tu ne trouves pas qu'elle fume vraiment beaucoup, celle de droite à présent… ? La maison qui affichait le numéro 23 certes n'était pas en feu, pourtant une épaisse fumée grise en effet s'en échappait abondamment par le toit comme d'un vulgaire conduit de cheminée…

— C'est quoi, ça ? Je rêve ou quoi… !

— Tu ne rêves pas, Peter ! La maison à gauche, la numéro 22, ça, c'est une vraie demeure. Des gens y habitent : tu vois, il y a une trappe pour le courrier. Celle de droite en revanche n'est qu'une façade : pas de boîte aux lettres ! Une simple illusion pour cacher aux passants ces horribles conduits d'aération qu'ils ont été contraints d'ériger çà et là à cause des fumées de locomotives en sous-sol. Tu peux en voir des comme ça un peu partout dans Londres aujourd'hui, tout le long de la *City Line* : des leurres avec de fausses portes et des fenêtres aux vitres noires peintes dessus dans le style du quartier… C'est curieux, non ? Ça ne t'est pas venu à l'esprit quand tu étais là-dessous ? Vraiment… ? Tu ne t'es jamais demandé qu'est-ce qu'elle devenait toute cette fumée une fois dans le tunnel ? Faut ventiler, y'a pas à dire… ! Tu as décidément encore beaucoup de choses à apprendre. Allez, viens gamin… Ne restons pas là. On va finir par être en retard… ! »

Lorsqu'ils débouchèrent enfin dans *Pread Street*, la rue était déjà impraticable tant la foule semblait se presser, au rythme d'une fanfare passablement désaccordée, vers une somptueuse bâtisse entièrement recouverte pour l'occasion de guirlandes multicolores, de ballons, banderoles et autres décorations festives à la gloire de la Metropolitan Railway et du Chemin de Fer Souterrain. Par-delà les silhouettes agitées, on devinait en outre au loin devant l'entrée de l'impressionnante Pread Street Junction, un élu municipal, petit bonhomme en costume sombre et chapeau haut de forme, juché en équilibre précaire sur une estrade non moins fragile comme en son temps le fut à Dundee un semblable Henry G. Forsyte. S'appuyant fermement sur une canne à l'étrange pommeau de bois sculpté, il parvenait tant bien que mal à dominer la foule et – au vu des feuillets qu'il cherchait malgré la brise à maintenir en ordre d'une seule main – s'apprêtait visiblement, une fois l'orchestre apaisé, à répondre à l'impatience de badauds surexcités, manifestement peu enclins à se laisser marcher dessus, en dépit de l'incontestable ivresse du moment. Aussitôt terminé, le discours – inaudible pour la plupart et sans grand intérêt – fut applaudi dans la liesse générale tant chacun souhaitait s'engouffrer au plus vite dans le bâtiment, rêvant probablement de pouvoir raconter un jour à quiconque s'y intéresserait peut-être avoir été parmi les premiers passagers de la toute nouvelle District Line, inaugurée en grande pompe ce jour-là à destination de Kensington…

« Il paraît qu'à l'avenir, ils vont poursuivre la construction de la ligne en plein air… Ça sera quand même mieux, non ? Ça évitera de détruire des quartiers entiers et de remplacer toutes ces somptueuses demeures par de vulgaires conduits d'aération ! Tu ne penses pas… ?

Peter ne répond pas. Il est ailleurs, à mille lieues d'ici, il jubile… Et tandis que la voiture dans laquelle il est monté presque inconsciemment s'ébranle enfin pour s'engager bientôt dans le tunnel, le garçon passe lentement son bras autour du cou de Marie assise à ses côtés, étincelante et épanouie malgré l'inconfortable banquette de bois, à proximité d'une large fenêtre déjà bien agressée depuis l'extérieur par une épaisse fumée grise…

— Tu ne peux pas savoir comme je suis heureux, Marie ! Être ici aujourd'hui, avec toi… C'est si important pour moi ! Tu parles d'une coïncidence… Sais-tu que mon grand-père a emmené mon propre père à l'inauguration de la ligne Liverpool-Manchester en 1830 ? Avec Premier ministre, discours, fanfare et tout le toutim… ! Exactement comme ici. C'est lui qui me l'a raconté autrefois. Et, aujourd'hui… ? Aujourd'hui, trente-huit ans plus tard, voilà que je me retrouve dans les bras de la plus jolie fille que je connaisse à bord du premier train de la toute nouvelle ligne du métro londonien ! Si ça, c'est pas la plus heureuse des surprises… ! Je t'aime Marie. Je t'aime et je t'aimerai toujours. De toute mon âme… »

Tandis qu'ils s'embrassent longuement, inconscients, loin du monde réel qui les entoure, loin du théâtre aussi, une silhouette s'approche lentement depuis l'arrière du wagon. Elle ne les a pour ainsi dire pas quittés ces derniers jours, mais ils ne le savent pas. Discrètement, caché derrière l'élu au chapeau noir parmi les autres passagers, le jeune homme au visage aussi hideux que familier, barré de part et d'autre d'une bien cruelle cicatrice, semble se divertir du spectacle avec délectation, affiche avec insolence le pernicieux quoique indéfinissable sourire du démon…

* * *

Une fois l'intrigue dévoilée, le rideau doit tomber… C'est la règle, même un soir de première !

Chacun s'agite sur scène, se congratule hâtivement dans la pénombre derrière l'épais tissu de velours rouge, cherche du mieux qu'il peut à s'aligner de part et d'autre de Jean-Louis, encore méconnaissable sous les traits de Malvolio, le ridicule intendant de la belle et riche Olivia qui, enfin, après moult rebondissements, changements de sexes et retrouvailles inopinées, vient d'élire comme futur époux le jeune et beau Sebastiàn, fraîchement échoué sur cette côte d'Illyrie, frère jumeau de Viola elle-même un temps Cesario auprès d'un duc d'Orsino aussi médusé que charmé d'apprendre le courroux de ce faux serviteur tout comme son heureuse identité…

De l'autre côté du rideau, dans une salle bondée pour la circonstance depuis l'orchestre jusqu'au paradis, les spectateurs s'impatientent, manifestent bruyamment leur enthousiasme à grand renfort d'applaudissements, de hurlements et autre tapage de bonne société. Depuis le fond du théâtre, Farlow interpelle brièvement de sa canne l'heureux directeur qui passe à proximité, à demi conscient de ce qui lui arrive : « C'est un véritable triomphe, Monsieur, nul besoin d'en douter ! ».

Régine, quant à elle et depuis les coulisses, pense à Paris avec nostalgie, parvient brièvement à échanger de loin et en silence avec l'homme de sa vie un regard qui en dit long de leur parcours commun, aussi secret qu'intense, aussi cruel que passionné durant toutes ces années. « La consécration, enfin, serait-elle à portée de main… ? », songe-t-elle un moment avec la pudeur et la retenue toutefois d'une femme d'expérience. Et tandis que nos deux jeunes amants, les yeux brillants de gourmandise, rejoignent main dans la main le reste de la troupe, l'ombre du rideau qui se lève à présent sur eux révèle au public le bonheur pour un acteur de jouer la comédie. De rappel en rappel Jean-Louis salue toujours plus bas, ovationné qu'il est tant par ses comédiens reconnaissants en léger retrait derrière lui, que par une salle entière bientôt debout galvanisée, unanime et généreuse.

C'est alors que Malvolio, *alias* Jean-Louis Lalumière, a la regrettable idée – nul ne saura jamais pourquoi – de retirer sa perruque…

Pour le jeune homme assis face à lui, six rangées plus loin, sur le siège central portant la lettre F et le redoutable chiffre 13, le monde vient de basculer pour la seconde fois. Dévisageant sans équivoque l'homme qui a violemment abusé de lui cinq ans plus tôt, Michael, que son frère a tenu à placer aux tout premiers rangs de l'orchestre parmi les célébrités et autres grands de ce monde, Michael, venu tout spécialement pour honorer son S*hakespeare* de toujours, ne se doute pas encore pour autant du sombre et terrifiant avenir vers lequel il va pourtant et de lui-même courir se perdre d'ici peu… Sans le quitter des yeux, lui imprimant sa haine autant que son mépris, le jeune homme offensé par l'imprévisible et insupportable vision du passé qui se dresse maintenant insolente sur la scène à quelques mètres face à lui, tente de se frayer comme il peut un passage le long de la travée encombrée puis, porté vers la sortie par une foule enivrée, tourne sans tarder le dos à la scène, à son frère et à son agresseur. Pour Régine, qui a tout de suite reconnu la furtive silhouette de celui qu'elle ne redoutait que trop, l'abîme vertigineux devant lequel elle s'est si souvent interposée par amour vient de s'entrouvrir à nouveau. « Adieu, les illusions ! songe-t-elle anéantie, comme aspirée dans cette infernale et sempiternelle spirale qui une fois de plus s'était invitée au théâtre ce soir-là… Décidément que l'on soit à Paris, à Londres, où sais-je encore… que l'on fuie le passé, que l'on célèbre le présent, que l'on glorifie l'avenir, comme ces soirs de premières se ressemblent à mourir… ! »

Ewan, lui, n'a rien vu et ne se doute de rien ! Il est bien trop aux anges dans les yeux de Marie pour y croiser le Malin. Du reste, le chercherait-il, il ne saurait distinguer son frère au milieu de cette foule en délire. Tous deux se verraient plus tard, comme convenu, dans le hall du théâtre ou plus probablement sur les marches au-dehors. Rien ne presse, après tout ! Pour lui, la soirée… Que dis-je ?... La vie ! ne fait que commencer…

Or Michael n'attendra pas Ewan, ni dans le hall ni devant l'entrée du Lyceum Theatre… À quelques mètres de là à peine sur le *Strand*, et tandis que son ombre rôde une fois de plus autour des deux frères, debout immobile au milieu de l'intense animation nocturne, accompagné ce soir-là d'un de ces cruels molosses qui ont fait la sinistre réputation du sieur Wallace et de son épouvantable « pit », Iain surprend sa future victime encore hésitante, seule aux portes du théâtre. Il le sent troublé, comprend que quelque chose ne va pas : « Pourquoi diable serait-il sorti avant les autres, sinon ? »

Surpris par une averse aussi brève que glaciale, Michael frisonne, remonte son col au plus près, quitte hâtivement la place et, visiblement décidé à contourner le théâtre par l'arrière, s'engouffre aussitôt dans la ruelle adjacente. Comme s'il l'avait anticipé, Iain traverse la rue, s'y précipite à son tour. Mais le chien se rebelle, on ne peut pas tout prévoir… Il se cambre, grogne, montre les crocs à qui veut se faire mordre comme on le lui a appris. Furieux, détestant l'imprévu, Iain tente de maintenir l'animal au plus près, lui intime de se taire à coups de lanière, de pieds et autre poing mêlés. Rien n'y fait. La bête veut en découdre assurément, comme au milieu de l'arène. Le garçon frappe encore, plus cruel que jamais : on sait comment il aime s'y prendre avec les chats ! Mais le molosse résiste, lui. C'est un professionnel ! Sans hésitation, son maître le plaque violemment au sol, lui écrase promptement le museau dans la poussière, se laisse lourdement tomber sur lui. L'effet est immédiat, le coup fatal : les gémissements s'estompent peu à peu. Sans faire le moindre bruit, tapis au sol sur le monstrueux animal essoufflé et soumis dans l'obscurité de la ruelle enfin silencieuse, Iain surveille furtivement sa victime. Inquiétée par le lointain tintamarre, celle-ci se hasarde néanmoins de quelques mètres encore, s'immobilise enfin face à une petite porte faiblement signalée d'une simple lanterne rouge. L'entrée des artistes, vraisemblablement, ou leur sortie tout aussi bien. « Il va se passer quelque chose d'ici peu, c'est certain… ! » Rabattant son chien plus près de lui, le vaurien flaire avec une insidieuse délectation l'occasion d'assouvir sa haine autant que sa vengeance à l'égard du fils aîné des McFarlain qu'il a toujours détesté, tout comme le reste du monde d'ailleurs…

Chacun préparant ainsi et en silence son propre forfait de part et d'autre de la sordide ruelle, tous trois se dissimulent alors à distance raisonnable, qui à l'ombre d'un escalier en sous-sol, qui à l'arrière un tas d'immondices… À chacun son style, que voulez-vous… ! Il ne leur reste dès lors plus qu'à attendre. Attendre que le destin se joue enfin de leur avenir…

Ewan était sorti le premier en compagnie de Marie. Il avait tenu à lui présenter son frère sans tarder et avait donc choisi de passer directement par le hall afin de le rejoindre comme convenu, sous les colonnades, à l'avant du théâtre. Ce ne fut donc pas sans une certaine émotion qu'il découvrit que Michael ne s'y trouvait pas. Qu'il l'avait pour ainsi dire laissé tomber en ce soir de gala. Le jeune homme n'arrivait pas à y croire. Comment était-ce possible, du reste ? Lui qui l'avait tant aidé depuis son arrivée à Londres à se faire une place dans les milieux artistiques. Lui qui croyait tellement en son frère, en son talent et en son énergie depuis qu'il se produisait en famille debout sur le rebord de la table sous les regards critiques mais toujours bienveillants de sa mère et du révérend Finneghan… Face à tant de désarroi, de tristesse et redoublant de tendresse, Marie cherche mille raisons de lui trouver des excuses : un empêchement de dernière minute, un simple mal de tête, que sais-je encore… ? Michael viendrait un autre jour. Après tout, le spectacle ne pouvait que s'améliorer d'une représentation à l'autre… Voir les choses du bon côté : un verre à moitié plein plutôt qu'à moitié vide ! Le devinant toujours désespéré, elle se blottit alors tendrement contre lui, l'embrasse et, pour la première fois depuis qu'ils étaient ensemble, l'invite à partager avec elle une nuit entière.

Abandonnant nonchalamment la troupe à leurs festivités de circonstance, ils marchèrent jusqu'à chez lui, seuls au monde dans la capitale, amoureusement l'un contre l'autre, gravirent à la hâte l'escalier tortueux menant sous les toits d'une bien piètre bâtisse qui pourtant, cette nuit-là, leur parut s'ouvrir comme nulle autre sur l'une des plus somptueuses dépendances du palais de Buckingham…

La plupart des autres comédiens avaient quitté le théâtre par l'entrée des artistes. Sans le savoir, ils étaient passés l'un après l'autre en riant, le cœur joyeux de tant de reconnaissance et d'amour du public devant les silhouettes furtives de Michael, de Iain et son chien. Une heure plus tard néanmoins, ni Régine ni Jean-Louis n'avaient encore daigné montrer ne serait-ce que le bout de leur nez. Il commençait à faire frais, il pleuvait même quand la lanterne rouge qui surplombait la porte finit par s'éteindre à son tour. Désormais, le Lyceum Theatre était bel et bien fermé.

Tandis qu'il s'apprêtait à sortir de sa retraite, gravissant déjà les premières marches de l'escalier en bas duquel il s'était abrité, frigorifié et fourbu d'avoir tant attendu, Michael se ravisa aussitôt. La porte avait grincé en effet et s'ouvrait de nouveau. On n'y voyait plus grand-chose à vrai dire : un vague rayon de lune traversait parfois les nuages quand ils le voulaient bien. Difficile cependant de ne pas reconnaître, y compris dans l'obscurité, la silhouette de l'homme qui vous a violenté cinq ans plus tôt. Or ce soir-là, Jean-Louis lui parut passablement majestueux, auréolé de succès et semblait même afficher un aimable sourire – inhabituel pour un monstre – au naturel fort apaisant. S'étant approchée à son tour derrière lui, étrangement langoureuse, Régine l'enlaça tendrement par la taille. On aurait dit deux vieux amants venant de faire l'amour… Ce qui était le cas. « Laisse-moi te serrer encore contre moi… Comme c'est bon, mon amour… Pourquoi avons-nous dû attendre toutes ces années… ? » L'homme ne répondit pas.

Apaisée, lascive, Régine fermait les yeux, s'appuyait tendrement contre son tendre amant. Effacer le passé, chercher du moins à oublier ces ombres sur lesquelles elle avait tant de fois fermé les yeux, des ombres délétères qui, tout comme ce soir-là et comme pour se venger, n'hésitaient plus, semble-t-il, à réapparaître parfois devant elle, plus vivantes que jamais…

Pour Michael, c'en est trop : comment l'amour d'un monstre, si talentueux soit-il, peut-il bien effacer tout le mal que cet homme lui a fait autrefois… ? Il quitte prestement sa cachette, se dresse glacial face à Jean-Louis. Sans attendre davantage, sans lui donner le temps de le reconnaître au moins, de comprendre pourquoi il doit mourir ce soir, les yeux rouges de fureur, mu par un impitoyable besoin de justice, Michael saute à la gorge du metteur en scène et, métamorphosé, l'étrangle de ses propres mains avec la bestialité de sa victime. Et tandis qu'il l'entraîne inexorablement au sol, que tous deux roulent à présent dans la poussière humide, Régine un temps figée par l'effroi, s'interpose vainement, hurle sa frayeur, s'éclipse contre le mur à la recherche d'un nouveau souffle puis, prise de panique, s'élance enfin dans la ruelle à la recherche de secours. « Au meurtre ! À l'aide ! Aidez-moi, par pitié… ! »

Iain le sait, il est à présent le maître des lieux ; c'est à lui de jouer désormais. Le jeune homme sans visage se redresse lentement et, certain de son avantage, s'avance paisiblement en compagnie du chien à la rencontre de la pauvre femme qui accourt déjà face à lui, implorante et hystérique. Sans réfléchir un instant malgré l'inquiétante physionomie, y décelant sans doute un sauveur inopiné, elle se jette à ses pieds comme on se jette par désespoir aux pieds d'un César victorieux ou de Satan, tout aussi bien. Brièvement amusé par le « burlesque » de la situation, souriant tant de la bassesse que de l'habituelle lâcheté des humains face à la moindre adversité, Iain extrait de sa poche une des statuettes rituelles dont il aime à faire usage, la présente à son chien qui redouble de rage, semblant y reconnaître une odeur familière. « Attaque, *Bruiser* ! Attaque ! Et tue-moi cette ordure… ! » Répondant sans tarder à l'injonction de son maître qui sans nommer la cible le libère de sa longe, le molosse hurle sa rage puis, les yeux illuminés de haine, frôle Régine qu'il ignore fort heureusement et se précipite ventre à terre en direction des deux ombres qui luttent l'une contre l'autre au loin avec acharnement. Et tandis qu'il s'approche enfin, opérant entre les combattants un choix aussi hasardeux que décisif et fatal, l'infernale créature s'élance tous crocs dehors à la gorge de sa victime…

* * *

Iain était revenu deux heures plus tard sur les lieux du crime accompagné de William, le fils Wallace, qu'il était allé réveiller en toute hâte au beau milieu de la nuit dans la petite remise qui leur servait de chambre à tous deux, à l'arrière de la fosse de combat. Après s'être débarrassé de Bruiser, séquestré de nouveau parmi ses congénères le museau couvert de sang, ils avaient pris soin de quitter l'entrepôt en toute discrétion, souhaitant ne pas éveiller la curiosité du « patron » sur « une affaire privée d'une extrême importance et fort bien rémunérée », ainsi du moins que l'avait vendue Iain à l'adolescent assis hagard sur sa paillasse, visiblement peu enclin à le suivre. Et pendant que William – enfin décidé – s'attelait à équiper l'étroite charrette de son père du cheval indûment « emprunté » à un voisin pour la circonstance, le fils Robertson alla récupérer Black Boy qui, méconnaissable, remisé à l'écart des autres molosses dans une cage sordide et crasseuse, tardait à se remettre d'un précédent combat, gagné peut-être, mais à quel prix !

Ils avaient stationné leur véhicule en amont de la ruelle à l'arrière du théâtre, face à l'escalier en bas duquel Iain, aidé de

Lalumière miraculeusement sorti indemne de cette épopée peu commune, avait pris soin de dissimuler le corps de Michael au cou mortellement meurtri, victime malheureuse d'un ultime et inéquitable combat de chien que le pauvre garçon comprit vite perdu d'avance. Régine sortit de l'ombre et les accueillit avec le soulagement de celle qui – pour éviter la ruine d'un spectacle, pour épargner tout déshonneur à un amant – avait une fois de plus et en échange d'une modique somme d'argent, préféré pactiser avec le Diable… Le plan de ce dernier était simple, limpide et s'avèrerait d'une extrême et perverse efficacité : Iain emporterait le corps du jeune homme jusqu'à son domicile. Avec l'aide de William, il l'y déposerait couché à plat ventre à même le sol – si possible dans son propre sang – y abandonnerait enfin Black Boy, couvert de blessures comme du sang frais de sa prétendue victime, le désignant ainsi, à qui le découvrirait, coupable idéal d'un massacre minutieusement prémédité…

Tandis que la carriole s'éloignait et quittait enfin la sinistre ruelle, Régine, rassurée, alla rejoindre Jean-Louis qu'elle avait sommé de se montrer au plus vite auprès du reste de la troupe dans un bar non loin de là, où tous avaient convenu de célébrer leur succès jusqu'à tard dans la nuit.

* * *

Faisant mine de s'inquiéter comme convenu dès le lendemain matin de la disparition de son « ami » Michael auprès d'un officier de police qui d'aventure passait par là, Iain revint rôder avec lui jusqu'à la porte de la chambre apparemment inoccupée depuis plusieurs jours et d'où seuls s'échappaient, selon ses dires du moins, de bien inquiétants grognements de chien…

« Comprenez-moi, lieutenant, il y a tout lieu d'être inquiet. C'est son chien qui m'a meurtri le visage de la sorte et sans aucune raison particulière, croyez-le bien ! J'adore les chiens. J'en ai toujours eu à la ferme… Mais cette bête est dangereuse assurément et mériterait qu'on s'en débarrasse au plus vite… »

Ayant refermé derrière lui en partant la porte à double tour, impatient d'en finir, Iain surjoue le danger, feint l'affolement, demande de toute urgence au représentant de l'ordre de bien vouloir forcer le battant, d'en faire sauter la serrure en toute autorité et d'un coup sec de l'épaule. Aussitôt fait et n'attendant que cela, le chien s'élance comme une furie entre les jambes du pauvre homme qui, pour le moins surpris, manque de perdre l'équilibre. Profitant de cette distraction, Iain dépose subrepticement la clé qu'il tenait à la main sur le sol de la chambre à proximité de l'ouverture. La mise en scène est parfaite : sous le choc, elle semble être naturellement tombée de la serrure. Sans attendre son reste, Black Boy de son côté dévale prestement l'escalier, aboyant à grands cris sa liberté retrouvée puis, sous les regards perplexes de passants médusés, guidé par un inébranlable instinct, disparaît sans tarder vers le Nord…

Face à la scène de carnage qui, inéluctablement, se présentait à lui, le jeune officier de peu d'expérience n'eut aucune raison de refuser plus longtemps la sentence de mort que Iain avait suggérée quelques minutes plus tôt. L'homme accepte donc qu'on traque l'animal le long de l'itinéraire bien connu de Iain pour l'avoir parcouru lui-même, étape après étape, dans l'autre sens tandis qu'il menait le troupeau vers la capitale…

Ne souhaitant néanmoins plus jamais retourner vers son Écosse natale – d'où il s'était à vrai dire lui-même banni –, Robertson confiera la redoutable tâche au jeune et innocent

William, qui verra dans cette mission de confiance l'occasion inespérée de quitter au plus tôt la capitale, de fuir définitivement son père et avec lui, l'enfer des combats…

« Mais qui est-ce qui t'envoie… ?

Anéanti par la nouvelle, Ewan ne comprenait pas comment le tout jeune messager qui se présentait à sa porte devant lui – le gamin devait avoir dix ans à peine – avait pu le trouver ce matin-là en son domicile. Seul son frère Michael en connaissait l'adresse et l'annonce de sa mort par un inconnu dont il ne semblait pouvoir rien tirer de plus lui parut de prime abord fort suspecte. Ne voulant d'ailleurs pas y croire – Pourquoi donc serait-il mort ? Un frère ne meurt pas à cet âge-là ! – il renvoya prestement le gosse à ses occupations et s'habilla au plus vite, soucieux de se rendre immédiatement sur place pour s'en assurer lui-même…

— Ne t'en fais pas, Marie. Je reviens tout de suite. Reste au lit encore un peu. Tu sais, ce doit être une mauvaise blague, après tout… tenta-t-il de se rassurer. Quelqu'un dans la troupe qui n'aurait pas apprécié qu'on les snobe tous les deux un soir de première… Un jaloux peut-être, tout simplement…

— Ça serait tout de même d'assez mauvais goût, tu ne trouves pas Peter ? Annoncer la mort de ton frère juste pour s'amuser… ? Marie s'était redressée, nue sous les draps, magnifiquement décoiffée dans le rayon de soleil qui s'était posé sur elle. Elle regardait avec perplexité son tout nouvel amant se vêtir devant elle : « Quelles jolies courbes tu as ! Comme j'étais bien dans tes bras ! » songe-t-elle en s'étirant sous la couverture, lascive et langoureuse, oubliant pour un temps le malheur qui s'abattait sur lui. Car Marie sentait bien qu'il se trompait, qu'un drame était bel et bien arrivé, qu'il devrait bientôt faire face à la triste réalité… Bien sûr, elle ne pouvait pas le lui dire ainsi… et préféra donc se taire. En revanche, elle serait là à son retour pour le réconforter. Pour essayer du moins : qui donc à dix-sept ans peut bien se consoler de la mort d'un frère ?

Iain, qui le guettait discrètement, à demi dissimulé à l'ombre du porche d'un bâtiment voisin, vit arriver Ewan une heure à peine après avoir envoyé le message. Assouvir pleinement sa vengeance : tel était désormais son but. Non content d'avoir éliminé le frère, de bientôt s'être débarrassé du chien, il souhaitait maintenant assister de ses propres yeux à l'irrémédiable chute du cadet. L'attroupement qui s'était constitué à l'entrée de l'immeuble où habitait Michael ne cacha pas encore bien longtemps au jeune homme le corps que l'on transportait déjà au-dehors sur une civière de fortune. À moitié recouvert d'un drap on ne voyait pas son visage mais, lorsqu'il passa devant lui, Ewan comprit aussitôt que le gosse n'avait pas menti…

Bouleversé, il s'engouffre dans l'immeuble, gravit précipitamment les quelques marches qui le séparent de la chambre de son frère, s'arrête un moment, essoufflé, ne trouvant pas en lui la force d'y pénétrer, même si la porte béante à la serrure explosée lui intime de le faire. Des larmes abondent dans ses yeux. Il les laisse couler ainsi sans réfléchir pendant de longues minutes, préférant peut-être à la dure réalité la vision diffuse du malheur à travers un prisme de pleurs. Il s'avance enfin, essuie ses larmes, redécouvre la petite pièce, désormais vide et sans âme, où il a séjourné un temps avec son frère. Elle n'offre guère plus au visiteur que désordre et désolation. Au sol, une flaque de sang rappelle un crime dont il ne sait rien. Tout ce qu'il sait, en fait, c'est que Michael n'est plus là. Qu'il y a du sang sur le sol. Qu'en bas, on a emmené quelqu'un au visage voilé sur une civière… Doit-il encore y croire… ? *Sortir avant tout de ce mauvais rêve…* : Ewan se laisse tomber lourdement sur le lit, tente d'y trouver l'oubli ou le sommeil, tout aussi bien. Malgré lui, son regard se fige alors sur un petit objet clair, abandonné là, peut-être depuis des années, en dessous de l'armoire à l'angle opposé. Dépourvu de la moindre énergie, il glisse depuis le lit jusqu'au sol, rampe lentement hors de sa couche, traverse la pièce puis, tendant paresseusement le bras, récupère enfin sous le meuble le bibelot oublié. C'est avec une stupeur peu commune qu'il reconnaît enfin, coincée entre ses doigts, l'une des étonnantes et sordides têtes de mort que Iain n'avait cessé de sculpter tout au long de leur voyage, comme pour passer le temps, tandis qu'il se laissait surprendre parfois le soir, seul et bougon à l'écart du troupeau.

Tout était clair à présent : Ewan tenait dans sa main l'ultime pièce d'un bien macabre puzzle que le destin n'avait cessé d'assembler autour des deux frères durant toutes ces années, au hasard de leurs rencontres et de leurs pérégrinations dans ce monde qui leur échappait. Un monde où ils avaient appris à leurs dépens que toute quête de soi se fait bien souvent au détriment de sa propre humanité… Et tandis qu'il fait pivoter une nouvelle fois l'objet fétiche devant ses yeux, qu'un souffle glacial de mort traverse la pièce, la silhouette du jeune monstre au sourire démoniaque apparaît comme par magie, l'espace d'un court instant dans l'encadrement de la porte, auréolé de sa victoire sur les hommes d'une indéfinissable lumière, aussi vive que ténébreuse…

Impatiente, Marie s'est levée. Comme bien des visiteurs restés seuls à attendre dans un appartement inconnu, elle commence à fouiner, par simple curiosité d'abord, à poser son regard à ses risques et périls sur l'intime et sur tout ce qui fait le passé de son hôte. C'est alors qu'au hasard de ses errements, parmi les revues et autres publications posées çà et là sur le rebord de la fenêtre, la jeune femme découvre l'un des exemplaires du *Bentley's Miscellany*, annoté de sa propre main, et offert par elle-même quelques années plus tôt dans un petit village perdu du sud de l'Écosse à un enfant de douze ans, passionné de théâtre et prénommé Ewan.

Rideau !
(Épilogue)

« Après trois interminables semaines, cet imbécile de William a fini par retrouver la trace du Bearded… ! Je t'avais pourtant minutieusement détaillé le parcours avant ton départ, espèce de taré… ! Tu ne vaux guère mieux que ton père, crois-moi ! Mais quel abruti tu fais ! Comment est-ce que j'ai pu te faire confiance ! Et maintenant que tu le tiens enfin en joue, maintenant qu'il est assis paisiblement devant toi face aux Highlands, comme si de rien n'était, à quelque distance seulement de la ferme où il est né, voilà que tu rechignes à tirer… ! Tu n'as pas autant hésité, dis-moi, lorsque tu as lancé Bruiser à ses trousses passée la ferme des Lawson et que, à cause de ta foutue maladresse, c'est cette pauvre bête que tu as abattue à sa place… ! Bruiser ! Mon bel assassin, mon champion, mon molosse préféré ! Ah, c'était bien la peine de te donner tout ce mal… ! Et cet abruti qui ne tire toujours pas ! Mais qu'est-ce que tu attends, bon sang… ! … Tire ! Tire donc ! Pourquoi est-ce que tu ne tires pas… ? »

Dévoré par la fièvre à l'ombre de la geôle où il sombre à petit feu, allongé sur sa couche ce jeudi 9 juin 1870 – la date est d'importance [30] – Iain (du moins, l'homme lui ressemble étrangement) délire à moitié et, depuis plusieurs jours maintenant, se surprend à parler seul en compagnie des rats.

Le visage défiguré de croûtes purulentes, entouré de ses propres excréments, le manuscrit achevé serré très fort tout contre sa poitrine, il répète inlassablement et pour la énième fois la fin d'une histoire sordide qui ne lui convient pas.

Brusquement réveillé par la lumière du soupirail, le jeune monstre se redresse alors et d'un bond s'assoit sur sa paillasse : « Dickens a rendu l'âme… ! Il est mort, Ewan, ton héros, ce matin ! » Soudain tombée du ciel, la sinistre révélation illumine son regard d'une étrange satisfaction. Comme s'il avait attendu ardemment ce moment, brusquement secoué d'une énergie créatrice, il saisit l'ultime feuille de papier qu'on a bien voulu lui déposer avant l'exécution, se remet à écrire…

« *Un auteur est mort. Ainsi va le monde, vers son inéluctable destin... Les siècles passent... la terre tourne... les hommes naissent, vivent sans le savoir des histoires que d'autres ont écrites ou écriront pour eux un jour... Vous autres mortels croyez être les acteurs d'une expérience choisie, unique et inestimable. Puis vous disparaissez à jamais dans l'oubli, avec l'espoir inavoué de renaître peut-être un jour... Regardez-moi ! Regardez cet homme assis sur sa paillasse... Voyez cet être inculte et brutal, au fond de son cachot, soi-disant incapable de raisonner ni d'aimer son prochain... Vous dites : "Cet homme est fou, il n'a que ce qu'il mérite !" n'est-ce pas… ? Il a avoué son crime : avoir tué cette catin "juste pour le plaisir", "Pour savoir ce que ça fait de tuer de ses propres mains une fille de bas étage, une moins que rien, la violer, l'égorger puis la*

[30] Charles Dickens meurt le 9 juin 1970 à Higham, dans le comté de Kent, à l'âge de 58 ans.

découper avec délectation au fin fond d'une ruelle à côté d'un bordel"... Vous avez peut-être raison. À cet instant précis, du moins, fou je le suis, en effet... »

La porte de la cellule s'ouvre. Un prêtre entre, lentement suivi d'un gardien. Un troisième homme, plus fort, le bourreau sans doute, ferme la procession : il ne l'avait encore jamais vu, celui-là... Pressé par le peu de temps qu'il lui reste à vivre, le prisonnier griffonne à la hâte quelques dernières pensées...

« *Qu'est-ce que tout cela peut bien faire, maintenant ? Vous allez me pendre, pas vrai... ? Peu vous importe qui je suis réellement ni qui j'ai été d'ailleurs... Vous tenez votre coupable : justice est faite... ! Qu'en savez-vous, en réalité... ? Ne vous ai-je pas dit de vous méfier des apparences... ?* »

Le manuscrit s'achève ici. Officiellement du moins.

Sans ménagement, on lui retire les feuilles puis le crayon : « C'est l'heure. Soyez courageux, mon fils », lui murmure machinalement le pasteur, en bon professionnel comme avant chaque exécution. On le lève, on lui lie fermement les mains derrière le dos, on l'incite à se repentir, on le propulse brutalement à l'extérieur de la cellule. « De l'air, enfin », il inspire longuement puis soulagé, cherchant à braver son bourreau, se retourne en marchant vers l'ecclésiastique et, à travers lui, semble bien décidé à confier son histoire à la postérité :

« Je me souviens d'un sage, mon Père, en Inde, il y a bien longtemps, qui professait à qui voulait l'entendre le caractère cyclique du monde : sans commencement ni fin. Chaque vie, disait-il, est la conséquence d'une vie antérieure et elle engendre la suivante sans qu'aucune n'en détermine l'ensemble... En définitive, toute chose finirait par arriver à tout homme... à toute créature : le Bien, comme le Mal... Chaque être finirait par s'acquitter de tous les personnages d'une pièce infiniment jouée et rejouée, où seul le hasard distribuerait les rôles, inlassablement… »

Tous s'arrêtent au bas des marches face au gibet dressé ce matin-là pour notre homme au centre de la cour. Le bourreau l'invite à monter, presque respectueusement. Ce qu'il fait sans détour, surmontant sa frayeur dans un silence de mort. Mais a-t-il peur, au moins… ? Redoublant de véhémence, le condamné se tourne une dernière fois vers le révérend comme si seul celui-ci pouvait comprendre, juger, lui pardonner peut-être :

« Il fallait que je les tue !... Il fallait bien que je tue tous ces innocents pour qu'aujourd'hui je meure à mon tour… ! »

Le jeune fou éclate de rire. Et tandis qu'on cherche à le maîtriser, il se calme de lui-même, se laisse guider vers le gibet avec le cérémonial d'un macabre rituel dont on le sait fervent : n'est-il pas enfin le digne héros de sa propre histoire, de son propre sacrifice… ? Il semble jouir du moment. S'en délecte pour ainsi dire. Et du haut de sa potence qui lui sert de tribune, c'est l'humanité tout entière qu'il doit convaincre à présent :

« Tout, chez vous autres mortels, a valeur de l'irrécupérable, de l'aléatoire. Tout acte accompli ne peut être que le dernier. La mort vous rend précieux et pathétiques. Quel gâchis ! Regardez-moi, mon Père… Regardez-moi, vous autres… Je vous offre ici l'immortalité… Saisissez-la, que diable ! Rien ne peut arriver qu'une seule fois, rien n'est précieusement précaire. Rien qui n'apparaisse perdu dans le vide du néant… Quel soulagement, n'est-ce pas… ? »

Non sans élégance, le jeune illuminé se positionne alors de lui-même très calme face à la corde qui va le pendre, lève lentement les yeux au ciel : « Je suis prêt. »

Le bourreau s'approche, recouvre sa tête immonde d'une cagoule noire, lui passe la corde au cou : « Va au Diable ! Mais surtout, n'en reviens pas... » Et tandis qu'il actionne une manette, la trappe se dérobe déjà sous les pieds du jeune fou qui sombre aussitôt dans l'inconnu...

Rideau... !

Sur la scène, à l'abri des spectateurs qui applaudissent déjà la fin de la représentation, on s'active à redescendre le « pendu » de son gibet factice. Tandis qu'un assistant lui ôte déjà la cagoule qui lui couvre le visage, on reconnaît Ewan dont le maquillage excessif rappelle sans hésiter les traits défigurés du fils Robertson avant l'exécution. Le jeune acteur, essoufflé par sa composition, rejoint alors Marie, Jean-Louis, Régine ainsi que ses autres compagnons de scène, s'aligne avec eux derrière le rideau rouge sur le point de se lever pour le salut final... Derrière eux, les lumières se rallument progressivement sur le décor du dernier acte : une simple chambre mansardée, un lit, une armoire... En son centre, un corps est allongé sur le sol, immobile, mort sans aucun doute, du moins pour le théâtre. Le personnage baigne encore ventre à terre dans une mare de faux sang. Et quand le rideau se lève enfin, tous saluent avec émotion une salle passionnément acquise depuis les premières scènes.

Ce n'est que lorsque le comédien se releva enfin à l'arrière de la scène, se plaçant de lui-même aux côtés d'un *J.L.* en costume de pasteur, qu'il sembla seulement qu'en écrivant sa pièce, mettant lui-même en scène sa toute jeune existence, Ewan *alias* Peter avait fait renaître d'un coup et pour l'éternité son frère Michael tout comme le bien-aimé révérend Finneghan...

* * *

On raconte que l'on trouva dans la poche d'un condamné à mort avant qu'il ne soit inhumé dans la fosse consacrée, à l'arrière de la Tour de Londres[31], outre une petite figurine au double visage et grossièrement sculptée, une feuille manuscrite vraisemblablement froissée de la main de l'auteur… La numérotation de bas de page suggère au lecteur la fin d'une histoire avortée ou du moins non retenue telle quelle : assurément, le récitant n'en voulait pas ou n'était pas satisfait de la tournure que semblaient prendre malgré lui ses propres directions. En voici le contenu. Sachez néanmoins qu'ayant été transmis oralement de gardiens à prisonniers, de prisonniers à gardiens et autres pensionnaires de la prison durant toutes ces années, le texte qui suit ne saurait refléter une parfaite authenticité :

« …/… Seul sur le pont, accoudé contre le bastingage à bâbord du vieux clipper qui appareille pour l'Écosse ce soir-là, Kenny Robertson semble bien triste et songeur. Il regarde sans les voir les marins, pêcheurs et autres négociants s'activer autour du navire et sur les quais le long de la Tamise. Il pleut, il fait froid, on n'y voit goutte à travers le brouillard et les fumées d'usines. Il vient surtout d'apprendre que son fils est un criminel. Que Iain a juré la mort de Michael et qu'il l'a fait abattre par l'un de ses molosses. Un chien qu'il a dû croiser d'ailleurs dans les bas-fonds de Londres, lorsqu'il croyait encore pouvoir sauver son fils de la haine, du Diable et des griffes de l'Enfer… James le rejoint en silence, pareillement atterré par la mort de Michael,

---

[31] *La Tour de Londres* (*Tower of London*) est une forteresse historique située sur le la rive nord de la Tamise à Londres, à côté du *Tower Bridge*. Son utilisation carcérale atteignit son apogée aux XVI et XVIIe siècles. Malgré sa réputation tenace de lieu de torture et de mort, les exécutions étaient généralement réalisées à la *Tower Hill*, au nord de la tour où 112 personnes furent exécutées sur une période de 400 ans. La Tour est aujourd'hui classée au patrimoine mondial de l'UNESCO.

pose affectueusement sa main sur l'épaule de son vieux partenaire, ultime témoignage de leur longue et inaltérable amitié. Sans un mot, ils regardent tous deux la ville s'éloigner derrière eux, comprennent qu'une page est à jamais tournée, qu'un monde est en train de disparaître sous leurs yeux… Au loin, dans un sifflement strident, une locomotive d'un genre nouveau barre l'horizon de son panache de fumée noire…

Caché derrière le buisson, William hésite encore. Il vise Black Boy mais ne tire pas… Puis, guidé par son devoir, s'apprêtant enfin à l'abattre, à appuyer sur la gâchette qui va le perdre à tout jamais, il sent la douceur d'une main féminine lui frôler doucement l'épaule puis, plus fermement cette fois-ci, l'inviter à retenir son geste. Surpris mais impassible, le chasseur se retourne et, comme dans un rêve découvre debout derrière lui un ange : c'est Isobel, magnifiquement vêtue d'une robe légère, blanche et immaculée, auréolée des premiers rayons du soleil qui, déjà, percent les nuages au loin, par-delà les Highlands. Isobel, la sœur de ce Diable de Iain, celui-là même qui a sommé William de supprimer Black Boy, le frère jumeau de son propre chien… ! Mais l'Amour est plus fort que la Haine, n'est-ce pas ? N'a-t-il pas mené le fils d'un brigand vers l'innocente bergère ? Les regards de ces deux-là semblent d'ailleurs avoir choisi leur camp… Le jeune garçon se redresse puis, sans un mot, abandonne son arme contre un rocher. Alors, avec la grâce d'une femme, Isobel lui sourit et, qui sait, l'entraîne jusqu'à chez elle vers une heureuse destinée…

Dévalant les collines, laissant bruyamment exploser sa joie à grand renfort de cris et autres aboiements, Chuck, qui avait suivi sa maîtresse jusque-là, découvre son frère de retour de voyage. Il le rejoint, s'assoit calmement près de lui, heureux comme autrefois face aux montagnes d'Écosse. Et tandis que les deux chiens, museaux l'un contre l'autre, redoublent de tendresse, qu'un jour nouveau se lève enfin à l'horizon, Black Boy se retourne un instant, avise l'arme posée au sol, observe les deux amoureux s'éloigner au loin, main dans la main puis, se blottissant contre son compagnon, juge assurément que tout cela est bon… »

Imprimé en France
Achevé d'imprimer en juin 2022
Dépôt légal : décembre 2021

Pour

Le Lys Bleu Éditions
40, rue du Louvre
75001 Paris